お前ら、おひとり様の
俺のこと好きすぎだろ。
Omaera, Ohitori sama no Ore no koto Sukisugi daro.

「あたしはイケメンだったら何顔でもいい！」
美咲華梨
みさき・かりん
「全校生徒の皆と仲良くなるのが私の目標なんだ」
倉敷瑠璃
くらしき・るり

羽鳥英玲奈
はとり・えれな
姫宮春一
ひめみや・はるいち
「私、別に大人っぽくなんてないんだけどな……」
「独り最強かよ」
おひとり様とリア充

「すごいよ姫宮君！　用意してた課題が、
午前中で殆ど終わっちゃった！」
おひとり様は強キャラ

「〜〜っ！　どうしよう！
姫宮と趣味が合いすぎて時間が全然足りない！」
多趣味なおひとり様

「女の子2人と一緒に遊べるのって、
普通の男の子なら結構嬉しいことだと思うもん」
おひとり様の休日

「ぴったり10分前なのが姫宮っぽい」

contents

# お前ら、おひとり様の俺のこと好きすぎだろ。

凪木エコ

ファンタジア文庫

2757

口絵・本文イラスト　あゆま紗由

# お前ら、おひとり様の俺のこと好きすぎだろ。

Omaera, Ohitori sama no Ore no koto Sukisugi daro.

## 人物紹介

**姫宮春一**【ひめみや・はるいち】
主人公。高校一年生。生粋の独り好き

**美咲華梨**【みさき・かりん】
学園の完璧ヒロイン。生粋の博愛主義者

**羽鳥英玲奈**【はとり・えれな】
春一のクラスメイト。クールで巨乳

**倉敷瑠璃**【くらしき・るり】
ムードメイカー。女子力を気にしがち

**天海水面**【あまみ・みなも】
春一のクラス担任。見た目は幼女

**波川俊太郎**【なみかわ・しゅんたろう】
テニス部。カーストトップのイケメン

**遠藤比奈**【えんどう・ひな】
クラスのクイーン。香水がキツイ

**飴屋紋二&武智王助**
【あめや・もんじ&たけち・おうすけ】
オタク。春一に懐いている

# プロローグ

桜吹雪《ふぶ》く4月初旬《しょじゅん》。新たなスタートを切るには、どんなことでさえ運命だと思えてしまう暖かい季節に、彼女は目の前に現れた。

「あ、あの！」

「はい？」

朝の通学時。電車から降り、改札口を出たときだった。

イヤホンで音楽を聴《き》いていると、自分が声を掛《か》けられたのが分かった。改札前に立っていた少女が、俺の真正面まで駆《か》け足《あし》気味にやって来ていたから。

他校の制服に身を包む少女は、若干大きめのブレザーに袖《そで》を通し、肩《かた》に掛ける革製のスクールバッグは真新しく光沢《こうたく》がかっている。俺と同じく新入生なのだろう。

小柄《こがら》で華奢《きゃしゃ》な体つきに、あどけない顔立ち。ハーフ？　というよりクォーターくらいだろうか。西洋譲《ゆず》りと思われる肌《はだ》の白さやガラス玉のような瞳《ひとみ》、地毛であろうブロンド色の髪《かみ》は、人形のような童顔を輝《かがや》かせる。整った身だしなみから育ちも良さげで、甘い香《かお》りだけでなく甘い雰囲気《ふんいき》も漂《ただよ》わせる。総じて、絵本から出てきたのかと思うくらいに可愛《かわい》らしい子だった。

俺には見覚えがあった。停止ボタンをタップし、イヤホンを耳から外す動作を律義に待ってくれた少女は、俺の目を真っ直ぐ見つめてくる。

「私のこと、……覚えてますか？」

「えっと……、自分の受験する高校を間違《まち》えてた人、だよな？」

余程、俺が覚えていたのが嬉《うれ》しかったのか。「そうです！　そうです！」と力強く何度も頷《うなず》く少女は、照れもあるようだが喜びが勝っているように顔を綻《ほころ》ばせる。

２ヶ月ほど前の高校受験日。自分の受けるはずの高校と場所を間違えてしまった少女に、本来行くはずの学校前で停まる最寄のバス停を俺は教えてあげた。

最初は他の奴《やつ》同様、立ち尽《つ》くす少女を無視しようと思った。けれど、彼女の人生が左右される大一番なのは当たり前に分かっていたから、自分に差し支えない程度には手を差し伸《の》べようと動いてしまった。

あの日の記憶《きおく》をなぞり終える頃《ころ》、少女は深々と頭を下げてくる。ロータリーを歩く人々が何事かと注目するくらい、丁寧《ていねい》かつ全身全霊《ぜんれい》のお辞儀《じぎ》だった。

「本当にありがとうございました。貴方《あなた》のおかげで無事に合格することができて、ずっとお礼が言いたかったんです」

その気持ちに嘘偽《うそいつわ》りないと容易に分かるほど、少女は顔を上げても感謝の言葉を紡《つむ》ぎ続ける。緊張《きんちょう》が解けてきたのか、印象はより柔らかなものへと変わっていく。

俺のおかげで着れたと言わんばかりに、晴れ着となった制服を回って見せびらかしたり、その行為《こうい》に恥《は》ずかしさを覚え、誤魔化《ごまか》そうと大きな瞳が細くなるくらい笑ったり。

普通《ふつう》に可愛い。たかだか道を教えただけだが、ここまで感謝されれば助けた甲斐《かい》もあったと思える。俺まで嬉しくなってしまう。

朗らかな笑みを浮《う》かべていた少女は、ハッ、と思い出すかのように電光掲示板《けいじばん》に設置された時計を見上げる。俺は若干の余裕《よゆう》があるものの、少女のほうは時間が押しているらしい。

向かう先は反対なので、「それじゃあ」と会釈《えしゃく》して立ち去ろうとする。

「あ、あの！」

「ん？」

「あの……、よろしければ今日の放課後、お茶でもしませんか？」

「えっ。……俺と？」

驚《おどろ》かないわけがない。コクコクと頷く目の前の可愛い少女が、ほぼほぼ初対面、それどころか自分のような不愛想な男をお茶に誘《さそ》っているのだから。それだけでも性格の良さが分かってしまう。何より、「これは、ひょっとして……」という淡《あわ》い考えが生まれてしまう。

「あっ！　そちらの予定も聞かず、いきなりすいません！　で、ですが……、ここで会ったのも何かの縁《えん》というか、その……、また出会えたことに、う、運命を感じてしまいまして……」

「運、命……？」

「は、はい……」

自分で言っていて恥ずかしいのは重々承知のようで、少女の顔はみるみる紅潮していく。色白な肌なだけに如実《にょじつ》に赤さが伝わって来てしまう。俺としたら当事者の実感が湧《わ》かず。テレビでも見ているような、第三者感覚で彼女を見続けてしまう。

しばらくすると、彼女は瞳を閉じて大きく深呼吸を一拍《ぱく》、二拍。吐《は》き出す息、胸に当てた右手は小刻みに震《ふる》えているが、慌《あわ》ただしかった雰囲気は静かなものへと変化していく。

そして、意を決したかのように瞳を開く。

「その……、遠回しは止《や》めて、正直な想いを打ち明けますね……？」

「！」

夢見心地気分から脱《だつ》してしまう。ひょっとしたらが確信に変わってしまったから。本気なんだと思った。だからこそ、俺も本気で聞く義務があると思った。生唾《なまつば》を飲み込み、背筋を伸ばしてしまう。

俺の行動を汲《く》み取った少女が頭を下げ、手を差し出してくる。

「あのとき私に手を差し伸べてくれた貴方が、ずっと気になっていました！　私と付き合ってください！」

新たなスタートを切るには、どんなことでさえ運命だと思えてしまう暖かい季節。

高鳴る心臓に負けじと、精一杯《せいいっぱい》の声で俺は彼女に応える。

「放課後は独りで過ごしたいので、ごめんなさいっ」

「……。へ？」

顔を上げた少女がポカンと俺を見つめ、すれ違《ちが》うリーマンも俺を三度見。愛想笑う俺氏。

「あの……、理由をもう一度聞かせてもらっても……」

「独りが好きなんだ」

「……」

即答《そくとう》する俺と沈黙《ちんもく》する彼女。

告白が嬉しいか嬉しくないかで言うと、当たり前に嬉しい。

目の前の女の子は、俺とは釣《つ》り合わないほど可愛いし、性格も良いに違いない。

けど、ソレはソレ。コレはコレ。独りを天秤《てんびん》に掛けられれば話は別。

独り is プライスレス。

お気に入りの小説や新発売された雑誌を、微《かす》かなBGMが流れる喫茶店《きっさてん》で独り読んだり、贔屓《ひいき》にしているバンドやゲーム実況者《じっきょう》の動画を日の当たるベッドの上で独り視聴《しちょう》したりする時間には、ラブラブな恋人《こいびと》生活であろうと入り込む余地などあるはずがない。独りは最強なのだ。

というわけで、勝者独り。

こんな俺を一瞬《いっしゅん》でも好きになってくれた彼女へと、感謝を込めて一礼。

「俺、コンビニ寄ってシャー芯《しん》買いたいから。それじゃ、お気をつけて」

「コンビニ……、シャー芯……。ま、待ってください！　せめて名前だけでも！　というか！　私、自己紹介《しょうかい》もできてないです！」

「名乗るほどの者ではないんで、お構いなく」

「私が構うんです！　というか！　私も名乗るほどの者ではないってことになってますよ!?」

「……」

腐《くさ》っても恩人なのだから、少しのミスくらい見逃《みのが》してくれてもいいじゃないですか。

「じゃあそういうことで」

「どういうことですか⁉　い、行かないでくださ――――い！」

仏の顔も三度目まで。故に我止まらず。早くコンビニ行きたい。

「私、諦《あきら》めませんから――！」という物騒《ぶっそう》なワードが背後から聞こえた気がするが気のせいに違いない。

駅のロータリーを抜《ぬ》け、道中のコンビニを目指しつつ考える。付き合えば価値観が変わるとかよく言うが、別に変えたくないのだからしょうがない。

海外旅行をすれば自分の価値観が変わるという輩《やから》もいるが、あんなもん嘘《うそ》っぱちだ。遠出したくらいで変わる価値観なら、お前の価値観は最初から無かっただけ。もしくは、遠出してテンションが上がっているだけ。近所でも散歩して一旦《いったん》落ち着け。

そもそも、あの日助けたのが俺じゃなくて既婚《きこん》のオッサンだったらどうする。オッサンにディスティニーを感じて交際をスタートするのだろうか。奥さんに不倫《ふりん》がバレてドロドロの昼ドラ展開でも興じるというのだろうか。

様々なことを考慮《こうりょ》して、名も知らぬ少女に改めてごめんなさいと胸の中で頭を下げる。

桜舞《ま》い散る春。コンビニの自動ドアが開けば、慣れ親しんだ来店を知らせる電子音が俺をお出迎《でむか》え。

電子音が鳴り終わる頃、俺の頭の中はHBを買うかBを買うかでいっぱいになっていた。

# 1章　姫宮春一《ひめみやはるいち》は独りを愛す

俺、姫宮春一は独りが好きだ。愛していると言っても過言ではない。厳密に言えば、独りで過ごす時間が好きだ。1分1秒、全ての時間が自分のためだけに流れていると考えただけで凄《すご》い贅沢《ぜいたく》な気分になれる。ゆったりと流れる時間をぼんやり好きなことに集中し続け、気付いたら日が沈《しず》んでいた、ともなれば言うことはない。

集団に属するのは嫌《きら》いだ。ストレスフリーな毎日を望む俺にとって、無理矢理、人と合わせたり顔色を窺《うかが》い続ける生活は大いにストレスが掛《か》かる。

ＪＫはすごい。「それな」「あーね」「んごんご」を連呼しつつ、ズッ友と誰《だれ》と誰が付き合っているだのパコついただのと、内容のな──、他愛のない会話をドリンクバー単品で延々と話し続けることができるのだから。俺には絶対にできない。絶対途中《とちゅう》で帰る。

別に人が嫌いというわけではない。けれど、どこかの集団に属するということは、気遣《きづか》いが大なり小なり発生してしまう。気を遣ってまで一緒《いっしょ》に過ごしたいとは思えない。1日は24時間しかないのだ。自分が楽しい、有意義だと思えることだけに時間を費やしたい。

独り＝恥ずかしいという考えは間違《まちが》っている。独り旅から始まり、独りカラオケ、独り焼肉、ソロキャンプ、独身貴族などなど。誰に関与《かんよ》されることなく、のびのびと自分だけの時間を望む人々は増加傾向《けいこう》にあり、ニーズに合わせて店やサービスもおひとり様を歓迎《かんげい》する形態へと変化しているほどなのだから。

ワンマンプレーと言えば自己中心的なイメージを抱《いだ》く者が多いが、単独だからこそ成功することだってある。人と触《ふ》れ合い手と手を繋《つな》ぎ合うことで世界平和は築けるかもしれないが、また、人と触れ合わなければ戦争の火種も生まれない。

極端《きょくたん》な話、個人個人が鎖国《さこく》同士だとしても、世界は平和を築けていると俺は思う。ウダウダ言いつつ、俺が鎖国状態、無干渉《かんしょう》でいられるなら、他国同士が友好条約を結んでいようが戦争を繰《く》り広げていようが構わない。要するにウチはウチ、ヨソはヨソ。「どうぞご自由に」のスタンスである。

しかし、もし俺の独りの時間や居場所を奪《うば》ったり、価値観を馬鹿《ばか》にするような黒船が来航したのなら、俺は刀を抜くだろう。ペリーに屈服《くっぷく》してお友達ごっこを余儀《よぎ》なくされるくらいなら戦って死んだほうがマシ。何なら切腹したほうがマシ。

独りだからと誰に迷惑《めいわく》を掛けているわけでもない。だからこそ、お前の生き方は青春の無駄遣《むだづか》いだとか、底の浅い生活を送っていると評価される筋合いもない。他人の評価など知らん。

それでも「ボッチ乙《おつ》」と馬鹿にする奴《やつ》がいるのなら中指を立てて言ってやる。

独りが最強だと。

※　※　※

乙塚《おとづか》高校に入学して早2週間。新しい環境《かんきょう》を新しいと思わなくなってきた今日この頃《ごろ》。

自分の教室である1年B組へと入り、自分の席へと腰《こし》を下ろす。

2週間も経てば、クラスの交友関係はできあがったと言ってもいい。すなわち、クラスでの自分の立ち位置を全員が把握《はあく》する。

簡単に分ければ、自分がイケているかイケていないか。リア充《じゅう》か非リア充か。はっちゃけていい人間かはっちゃけてはいけない人間か、などなど。分ける表現は様々だが、意味に大きく差異はない。

実際は上下関係など存在しないはずなのだが、この見えない線引きは必ずある。自他ともに意識して作ってしまうものであり、学校というコミュニティに属せば、どの学校にも例外なく存在してしまう。

勿論《もちろん》、友達ゼロの俺はド底辺のイケていない側、それどころかクラスカーストの組織に入っているのかも疑わしい。しかし、入っていようが入ってなかろうが心底どうでもいい。

無理にどこかのグループに属すくらいなら、今のように独りで本を読んでいるほうが楽しいし、気楽だ。

欠伸《あくび》ついでに、教室後ろのロッカー付近にたむろする男子グループにぼんやりと焦点《しょうてん》を合わせる。我らが主人公とでも言いたげに談笑する男子らは、総じて身だしなみが整っており、各々がワックスで毛先を遊ばせたり、パーマで髪《かみ》を立体的に表現したり。制服の着こなしにも各々なりの拘《こだわ》りが窺え、カッコいい奴はやはりカッコいい。グループの中心人物であろう波川俊太郎《なみかわしゅんたろう》など、「姉がこっそり履歴《りれき》書送ったら某《ぼう》アイドル事務所入れました」とか言いそうなくらいのイケメンっぷりである。

対して、教壇《きょうだん》前ほどの席にいる2人、飴屋《あめや》と武智《たけち》はどうだろうか。両者とも身だしなみを気にしていないらしく、飴屋のほうは寝《ね》ぐせで頭頂部が弄《もてあそ》ばれ、武智のほうは伸《の》びきったモッサリ天パ。服装は総じて地味、ダサいという印象は避《さ》けられない。

両グループともスマホでゲームを楽しんでおり、会話の内容から同じサバイバルゲームをしているのだろう。今話題のゲームで、オンラインでランダムに選ばれた100人が最後の1人、もしくは1チームになるまで戦うというものだ。オタクの飴屋と武智、リア充の波川たち、ボッチの俺もインストールしているのだから中々に流行していると言える。

普段《ふだん》は大人しい飴屋と武智も大盛り上がり。

「ちょw　応急キット俺にもよこせしww　火炎瓶《かえんびん》置くなしwww」

「ヘッショも満足にできない奴は、包帯1つで十分なんですけどw！　わ、分かったから火炎瓶構え――、うおおおっ！　マジでブン投げるとかアホすぎるんですけどwww」

波川グループも大盛り上がり。波川近くの取り巻き的ポジションの伊刈《いかり》が特に騒《さわ》がしい。

「俊《しゅん》君ヤベー！　もう1人殺してんじゃん！　前世テロリストかよ！」

「適当に撃《う》ったら偶然《ぐうぜん》当たっただけだって」

「偶然で当てるとか天才じゃね？　俊君いれば1位余裕《よゆう》じゃね!?　俺らも続け続け！」

会話の程度は五十歩百歩。それどころか、対等な関係でゲームを楽しんでいるのは飴屋と武智だと思う。しかし、波川たちと親しい女子たちの考えは俺とは異なる。飴屋たちには「オタクやば……」という蔑《さげす》みの視線を送り、波川には「俊太郎ヤバ！」と称賛《しょうさん》を送る神対応。同じゲームをしているのにだ。

世界史で人種差別を教わり、日本史で部落差別を教わった。クラス内でのカースト差別は誰にも教わってはいない。にも拘《かかわ》らず俺たちは、どんな教科よりも詳《くわ》しくクラスカーストについて学んできたと言っても過言ではない。多くの者たちが現状の立ち位置を自分の立ち位置だと受け入れ、気の合う仲間たちと学園生活を過ごしていく。

しかし、カーストの階級を超越《ちょうえつ》した奴も極稀《まれ》に存在する。

噂《うわさ》をすれば、ご本人登場。

「おはよう！」

教室の入り口前。彼女の明るく弾《はず》んだ一声に、教室が一層の賑《にぎ》わいを見せる。誰もが彼女の挨拶《あいさつ》に反応を示し、彼女も屈託《くったく》のない笑顔で1人1人に応えていく。

彼女の名を美咲華梨《みさきかりん》。この短期間でクラスや学年の枠《わく》を飛び越《こ》え、乙塚高校のアイドルとなった絶対ヒロイン。

入学式、新入生代表として入試トップの美咲が壇上《だんじょう》に上がった瞬間《しゅんかん》、全校生徒が色めき立ったのを今でも覚えている。人に関心がない俺でさえ、小さく声が漏《も》れていた。

華《はな》やかな存在だと思った。類《たぐい》稀なる容姿を持ち、勉強もできる高スペック。物怖《ものお》じせず笑顔で高校生となった意気込みを語る姿に、誰もが口を閉じ、耳を澄《す》まし、目を奪われてしまう。入学1日目で、美咲がカースト最高峰《さいこうほう》の頂へと君臨した瞬間だった。

勝ち組故の慢心《まんしん》が生まれてもおかしくないのだが、美咲には一切の驕《おご》りがない。

美咲を一言で表すと、博愛主義者。

スクールカーストの頂にいるにも拘らず、人は皆《みな》平等と言わんばかりに誰にでも明るく接し、誰にでも優しく手を差し伸べる。誰と話していても、今が一番楽しいのだと感じさせてしまうほどに笑みを絶やさない。

ファンなどの一部の者たちから、カリン様と崇《あが》められているのも頷《うなず》けてしまう。誰もを愛するからこそ、誰にも愛されているのが、美咲華梨という存在である。

今現在も、飴屋と武智に挨拶を交わした美咲は、

「わ！　今日も1位獲《と》ったんだ！　2人ともすごいね！」

と、2人がゲームクリアしたことをまるで自分のことのように喜んでいる。

「私も飴屋君と武智君がやってて面白そうだったから、インストールしてみたんだけど全然ダメだったよ。私、武器探してる間にいっつも撃たれちゃうんだ。へ、っどしょっと？何あれズルいよ！　フライパンじゃ勝てないよ！」

飴屋と武智も緊張《きんちょう》したり照れているものの、身振《みぶ》り手振りを加えつつコロコロ変わる美咲の表情に癒《いや》されているのは言うまでもない。周りにいるクラスメイトも会話を聞いて楽しそうに笑っている。

波川たちも美咲へと挨拶を交わす。

「おっす華梨」

「おはよー」と挨拶した美咲は、波川がロッカー上に置きっぱなしにしているスマホに目を向け、「あらら」と口にする。どうやら全滅《ぜんめつ》してしまったようだ。

「このゲーム難しいよねー」

「な。俺一生1位獲れないわ」

「飴屋君と武智君に教えてもらいなよ。2人ともすごい上手《じょうず》だからさ。敵が現れたら一《いっ》瞬《しゅん》でパーン！　って倒《たお》しちゃうくらいだし！」

「へー。もう少しやってみて無理そうなら聞いてみるわ」

美咲からの提案を受け取りつつ、波川は再挑戦《ちょうせん》するかのようにスマホを手に取る。すると伊刈たちも、「もういっちょ、やんべ！」と士気を高め始める。飴屋と武智といえば、自分たちが噂されていたのが嬉《うれ》しくて堪《たま》らないのかソワソワと挙動不審《ふしん》げ。

その後の美咲も、教室を歩くだけで声を掛けられたり、声を掛けたり。友達の女子から「華梨ー。英語の課題手伝ってー」と頼《たの》まれ、「えー。まだ瑠璃《るり》やってないの？　しょうがないなぁ」と応対したり、菓子《かし》を食べている男子に、「朝からチョコ食べてるー。私は太るから要《い》りませーん」などとからかったり。1人1人の性格や趣味《しゅみ》を熟知しているかのように、それぞれの話題に花を咲《さ》かせ続ける。

美咲にとって博愛主義の対象は俺も例外ではない。

「おはよう、姫宮君」

「おはよう」

本日初めてのおはよう。美咲で始まって美咲で終わることはザラ。

俺の開いたままの本を美咲は覗《のぞ》き込んでくる。

「姫宮君って読むペース速いよね。昨日読み始めたって言ってたのに、もう読み終わりかけだもん」

よくもまぁ、そんな些細《ささい》な情報まで覚えているものだ。

「遅《おそ》いほうだと思うぞ。黙々《もくもく》と読んでこれくらいのペースだから」

「姫宮君、本読みすぎ。虫になっちゃうよ？」

本の虫とでも言いたいらしい。美咲はカマキリでも表現したいのか、両手を鎌《かま》っぽい形にして振《ふ》り上げたり振り下ろしたり。美人は何をやっても可愛《かわい》く見えるから得だなと思う。

「たまにはクラスの皆《みんな》と仲良くしなきゃダメだよ？　それじゃあ今日も1日頑張《がんば》ろうね！」

俺へと小さく手を振り終えた美咲は、また別のクラスメイトたちと挨拶を交わしていく。

毎回言われる最後のセリフ。博愛主義者の美咲としては、他のクラスメイト同様、俺が友達のいない可哀想《かわいそう》な奴に映っているのは間違《まちが》いない。傍《はた》から見たらそうなのだから仕方ないし、独り好きだからほっといてくださいと主張するのも面倒《めんどう》くさい。

そんなことを考えるよりと、俺は本へと視線を戻《もど》す。

※　※　※

本日の授業が終了《しゅうりょう》し、一同が各々の放課後を迎《むか》えるべく席を離《はな》れていく。

４月いっぱいまで部活動は仮入部期間なものの、既《すで》に先輩《せんぱい》と後輩で上下関係が成り立っているのだろう。体育会系の部活に属する奴らは、駆《か》け足《あし》気味に部室棟《とう》目指して教室を去っていく。

部活に属さないリア充女子たちは、

「どこのカラオケ行く？　駅前？」

「三宮《さんのみや》ー。ＴＷＩＣＥの新曲歌いたいからＤＡＭ一択《いったく》ね！」

などと取り立て急ぐこともなく、歩幅《ほはば》を合わせてグループで教室を去っていく。

部活に属さない飴屋と武智たちも、

「どこの本屋行く？　アニメイト？」

「とらのあながいいです。店舗《てんぽ》特典エロそうだからメロンブックスも寄りたいです」

目的や行き先が違《ちが》うだけで、多くの帰宅部も同じように気の合う仲間と放課後を過ごすのは言うまでもない。

当たり前に帰宅部の俺も、誰《だれ》に挨拶することなく教室を去る。しかし、目指す場所は正門ではない。

ヤンキーは深夜のコンビニとドンキを愛し、リア充《じゅう》たちはドリンク飲み放題のファミレスとカラオケを愛する。

独り好きの俺にも愛する場所は存在する。落ち着ける静かな空間である。

集団生活嫌《ぎら》いな俺が、半日以上教室で過ごすのは、体力や精神力、その他諸々がゴリゴリ削《けず》られてしまうのは理の当然。となれば、心身を回復する憩《いこ》いの場、充電スポットは必要不可欠になってくる。

今現在、文化棟4階にある空き教室もとい、手中に収めたプライベートルームにて俺は読書中。もちろん誰もおらず。

「春一君にうってつけな場所が学校にあるよ」と、とあるOGから誰も使用していないであろう空き教室の存在を教えてもらい、ここ数日、プライベートルームとして利用を開始したのだ。もちろん周囲には秘密である。幸い自慢《じまん》できる友達もいない。

最初は疑心暗鬼《ぎしんあんき》だった。「空き教室だろうが、無断使用したらまずいでしょ」とOGに問えば、「非公式の同好会がコッソリ使ってたけど、バレてなかったから大丈夫《だいじょうぶ》だよー」と、すごい軽めにあしらわれたのは記憶《きおく》に新しい。

そもそも、非公式の同好会ってなんぞや。未だに存続していたらどうする。鍵《かぎ》は？　などなど。複数の疑問を抱《いだ》きつつ空き教室へと出向けば、百聞は一見に如《し》かずとはよく言ったもので、おおよその疑問は拭《ぬぐ》えてしまう。

鍵は壊《こわ》れているようで出入りし放題、室内は片付けられているが埃《ほこり》が被《かぶ》った状態。部屋を物色すれば、ＯＧが同好会の名前を教えてくれなかった理由もおおよそ理解できた。

とまぁ、複数個あった疑問を拭えれば、理想的な空間と言わざるを得ない。

独りで使うには十分すぎる十二畳《じょう》の空間には、向かい合った長机と椅子《いす》、部屋隅《すみ》にデスクトップＰＣや本棚《ほんだな》があるくらい。決して快適とは言えないかもしれない。それでも、ラジオや音楽を聴《き》きつつ、小説や漫画《まんが》を読んだりスマホをいじれるだけの机と椅子があるだけで、それ以上の贅沢《ぜいたく》はこのプライベートルームに俺は望まない。

家でくつろげ馬鹿野郎《ばかやろう》、という意見は却下《きゃっか》。家でくつろげるものなら俺だって真っ直ぐ帰る。けれど、この時間帯に帰ってしまえば、残念な妹の相手をほぼほぼ１００％しなければならない。大切な放課後を妹のために２、３時間消費してしまうのは御免被《ごめんこうむ》る。

だったら図書室に行け馬鹿野郎、という意見も却下。図書室はスマホや携帯《けいたい》ゲーム機なども触《ふ》れられないし、おまけに飲食も厳禁。仮に全てを許容される環境《かんきょう》になったとしても、俺はこの空き教室を選ぶ。俺だって思春期真っ盛りの男。『独りで使える』というワードは、とてつもなく魅力的《みりよく》に心へと響《ひび》くものがある。

小学生の頃《ころ》、公園裏の茂《しげ》みに自分専用の秘密基地を完成させ、安いスナック菓子《がし》と缶《かん》ジュースを相棒に日が沈《しず》むまで遊んでいた日々が懐《なつ》かしい。1週間くらいで、「毎日1人でいる。家出少年かもしれない」と近所のオッサンに通報され、怒《いか》り心頭《しんとう》の親父と一緒《いっしょ》に秘密基地を取り壊した思い出は一生忘れられない。すごい泣いた。

良い思い出と辛《つら》い思い出が混濁《こんだく》しつつ、やはりいくつになってもプライベートな空間、男の隠《かく》れ家的《が》なモノには憧《あこが》れてしまうと再認識してしまう。

読んでいる小説が山場を迎える直前、本を一旦《いったん》机に置く。これからの展開に胸を弾ませつつ、まだ慌《あわ》てるような時間じゃないと、いつの間にか渇《かわ》いていた喉《のど》を潤《うるお》すべく缶コーヒーに口を付ける。

飲もうとしたタイミング。空き教室の扉《とびら》が開いた。

「うおっ⁉」

不測の事態に変な声を出してしまう。完全に油断していた。鍵が壊れて施錠《せじょう》できない教室だろうが、こんな辺境な場所になど誰も来ないと高《たか》を括《くく》っていたから。

コーヒーが気管に入り涙目《なみだめ》でむせつつ、招かれざる客へ視線を合わせようとする。

「こら姫宮君！」

「ず、ずみまぜ──、……」

何故だろうか。叱責《しっせき》されたにも拘《かかわ》らず、謝罪や焦燥《しょうそう》の気持ちが消失。安堵感《あんどかん》へとあっという間に上書きされてしまう。

聞き覚えのある、大人にしては幼すぎる声だからか。

涙を拭い、目測で見上げようとしていた視線を面舵一杯《おもかじいっぱい》、上から下気味へと変更《へんこう》。予想通り小柄《こがら》な人物が扉前に。胸を撫《な》でおろしつつ、再度、缶コーヒーを一口。

「何だ……、天海《あまみ》先生か。驚《おどろ》いて損した……」

「損じゃないですよ⁉　というより何で今飲むんですか⁉」

「あ、すいません。ナチュラルミスです」

「もう！」と、追撃《ついげき》の怒りをぶつけてくるが、申し訳ないくらいに怖《こわ》くない。プンスカやプンプンなどの擬音《ぎおん》語が良く似合う。

幼女の名──、否。彼女の名は天海水面《みなも》。俺クラスの担任であり、生徒たちの間ではアマちゃん先生の愛称《あいしょう》で呼ばれる、乙塚高校のマスコット的存在。

持ち歩く名簿《めいぼ》よりランドセルのほうが似合うくらい、容姿や体つきが小学生。幼女体型がコンプレックスなのだが、いかんせんレディースよりキッズサイズ専門店のほうが似合う服が多いんだとか。

今日も慎《つつ》ましい体型を隠す緩《ゆる》やかなワンピース。無理してレディースで買ったのだろう。ひと回り程大きいワンピースは、レース素材も相まって今から寝《ね》るんですか？　と聞きたくなるほどにナイトウェアチック。

ズンズンと大股《おおまた》で俺へと近づいてくるが、ちょこちょこという表現が相応《ふさわ》しく、椅子に座る俺と良い勝負の身長は、１４０あるか微妙《びみょう》なところ。

天海先生のまんまるな双眸《そうぼう》が半分に狭《せば》まる。

「姫宮君。今、失礼なこと考えてませんか……？」

鋭《するど》い。

「い、いや……、先生って身長いくつかなーと」

「女性に身長と年齢《ねんれい》を聞くのはデリカシーないですよ？」

それを言うなら年齢と体重だろうに。

「そんなことよりです！　仮入部申請《しんせい》していない姫宮君が、文化棟に入るところを見かけてたので、ずっと捜《さが》していたのです。まさかこんな場所にいるなんて驚きですよ先生は」

本格的に説教が始まるのか。壁際《かべぎわ》に押しやられた大量の椅子から、一番上の椅子を取り出そうとしている。小さき者には一苦労な仕事であり、プルプルと伸《の》びきった細い腕《うで》が悲鳴を上げ始めている。二頭筋雑魚か。

見ちゃおれん。代わりに椅子を取り出し、俺と向かい側の机へ席を用意してやれば、「あ。どうもです」とペコリと一礼して天海先生は着席。足が長いタイプの椅子なだけに、足先は床《ゆか》に着いておらず。

見ちゃおれん。

「小さいから毎日辛いですね」

「辛くはないですよ⁉ 大変って言ってください！」

大変ではあるらしい。

わざとらしい咳払《せきばら》いをして天海先生は場の空気を整える。さすがの俺も姿勢を正すべく、机に片肘《かたひじ》つくのを止《や》め、足を揃《そろ》えて座り直してしまう。

説教される環境作りを手伝ってしまってから言うのもアレだが、やはり説教されるのは気が滅入《めい》る。10：0で俺が悪いとしても。

閉鎖《へいさ》的な空間に2人だけというのが取り調べを彷彿《ほうふつ》させ、「盗《ぬす》んでないです」と万引きした主婦の往生際の悪さが今だけは分かる気がする。カバンを見せろと言われて号泣し始める姿は、役者顔負けの演技力があると毎度毎度、密着警察を観ていて感心するものだ。

俺も「家族には内緒《ないしょ》にしてください――――！　ンフンフッハアアアアア！」くらい泣き叫《さけ》べば、ワンチャン見逃《みのが》してくれないだろうか。

否。俺はまだ人間を止めたくはない。それならば厳重注意を甘んじて受け入れる。人間素直が一番である。

「勝手に教室を使用してすいませんでした」

「姫宮君。どうしてこんなところに独りでいたんですか？」

「家庭の事情です」

「！　そ、それは……、重たい話ですか……？」

静かに頷《うなず》くと、天海先生は驚きを隠せない様子。しかし、教師である自分が動揺《どうよう》してどうするといった風に背筋を伸ばすと、胸に手を当てて力強い眼差《まなざ》しで訴《うった》えてくる。

「先生は小さいですが先生です！　姫宮君！　必ず助けになりますから先生に相談してみてください！　一緒にご家庭の悩《なや》みを解決しましょう！」

「あ。そんな重くないです。残念な妹がうるさくて、家で静かに過ごせないからこの教室を利用していただけです」

「先生の心配返せです！」

頬《ほお》をパンパンに膨《ふく》らましてご立腹の天海先生。その姿は怒《おこ》っているというより、頬袋《ぶくろ》にエサを溜《た》め込んだリスに見えてしまう。

先生は分かっていないのだ、あのバカの恐《おそ》ろしさを。というか面倒《めんどう》くささを。

「全く！　ただでさえ先生は、姫宮君はいつも1人だけどクラスに馴染《なじ》めてないのかな？　大丈夫かな？　って沢山《たくさん》心配しているのに！」

頭の中でカチッ、とスイッチが入る音がした。

「先生」

「はい？」

「独りってそんなにダメなことなんですか？」

「え……」

俺の悪い癖《くせ》だ。独りを『悪』のように語られてしまえば、いくら教師、チビッ子であろうと歯向かってしまうのは。

「独り＝クラスに馴染めていない、というのは疑似相関です。確かに独りの俺はクラスに馴染めていないでしょう。けれど、他人からの評価を気にして集団で群れる奴《やつ》は、果たして馴染めていると言えるでしょうか？」

怒りから一変。「むぅ」と口をつぐむ天海先生。あながち俺の発言が間違《まちが》っていないからに違いない。

「先生は独りだけで行う趣味《しゅみ》やイベントなどはありますか？」

「え、えっと……。月末の休日は自分へのご褒美《ほうび》にと、洋食屋さんでハンバーグランチをいただきます。デザートに生クリームたっぷりのプリンも」

「うん、いいですね。誰《だれ》かと待ち合わせるわけでもなく、ぶらっと立ち寄った店で自分の好きなものを好きなだけ食べる。他に何かありますか？」

共感を得てもらえたらしく、先生も「そうなんですよねー」と頷きつつ、

「どうしても疲《つか》れが取れない日の週末は、岩盤浴《がんばんよく》付きのスーパー銭湯で身体《からだ》を癒《いや》してます。先生は長風呂《ぶろ》派なので、お友達と行くと気を遣《つか》ってしまうので」

「そんな先生にイメージしていただきたいです。俺を空気の読めない職場の後輩《こうはい》だと思ってください」

「イメージ、ですか……？　わ、分かりました！」

問題ばっちこいと身構える天海先生。

一つ咳払いして、ワントーン高めの声にて。イメージは入社１ヶ月目の新卒ＯＬ。

「え――。天海先輩《せんぱい》ってー、月末に独りでご飯食べて、週末は独りで銭湯行ったりしてるんですかー？　一緒に行ってくれる彼氏とか友達いないんですか――？　寂《さび》しくなくないんですかー？　ハンバーグランチってお子様ランチですか――？　その身長なら銭湯行かなくても家の浴槽《よくそう》で足伸ばせば事足りませんか――？」

「キ――！　めちゃくちゃムカつきます――！　主に姫宮君に――！」

「ですよね、ムカつきますよね。……。え。俺ぇっ!?」

いかん。後半のアレンジが強すぎて矛先《ほこさき》が俺の喉元《のどもと》にめり込んどる。

やろう、ぶっころしてやると言わんばかりに錯乱《さくらん》する天海先生を落ち着かせる。

「ま、まぁ、俺が言いたいのは、別に独りだから寂しいとか負け組とかは違《ちが》うでしょ?ってことですよ。先生の辛辣《しんらつ》な言葉に、さっき俺も今の先生くらい傷付いたってことを再現しただけです。別に先生の悪口を言っていたわけではないので悪《あ》しからず」

思ったことを言っただけです、なんて今は言えない。

自身の身体を大きく見せようと両手を上げていた天海先生も、「確かにおあいこだったかもしれませんね……。大人げなかったです」と、ようやくクールダウンしたようで両手を下げる。子供って純粋《じゅんすい》。

「姫宮君が傷付いたなら謝ります。でもでも! 先生が言いたいのは独りが悪いということではなく、クラスに馴染めていないってことですよ!」

「む」と今度は俺が口をつぐんでしまう。クラスに馴染めていないところだけをピックアップされてしまえば反論はできない。

「姫宮君は学校生活が楽しいですか?」

「楽しくはない、ですかね。つまらなくもないですが」

「それでは、質問を変えましょう。姫宮君は1人で過ごす学校生活は楽しいですか？」

「気楽で楽しいです」

「しつこいようですが、本当に無理はしてないですよね？」

「誓《ちか》います。俺は真正の独り好きです」

　ノータイムで即答《そくとう》。

　ふむ……、ふむ……、と先生は小さい身体の全身を使って頷く。じっと見ていると、授業に集中できないアホな小学生に見えてくる。

　しかし、天海先生は俺の話をしっかり聞いており、ハッキリと言うのだ。

「うん。なら姫宮君の意見を先生は尊重します」

「……。え？　それって、俺は今のまま、独り好きでもお咎《とが》めなしってことですか……？」

「はい♪　姫宮君が友達を必要としなければ、それはそれで先生は構わないと思います。勿論《もちろん》いたほうがいいとは思いますが、今のご時世です。色々な子の気持ちを先生は尊重してあげたいのです」

　ペカー！　と、大満足げに晴れやかな笑顔の天海先生。

「先生……」

　小中時代の教師は、友達いない＝不良品とでも言いたげで、生徒指導書にでも記載《きさい》されとんのかと思うくらいに、「もっと自分から友達に話しかけましょう」と通知表の備考欄《らん》に書かれてきたものだ。友達いなかったから話しかけなかったけど。

だが天海先生は違う。俺の意見を聞いてくれた上で、受け入れてくれるではないか。

そんじょそこらの大人より、天海先生が大きな存在に見えてしまう……！

自分の輝《かがや》かしさに気付いているのか、えっへん！と天海先生は胸を張る。

「先生の器はとっても大きいのです！　あ！　絶対今、器『だけ』って思いましたよね⁉

絶対思った！」

器ちっせー……。

敬愛の眼差しではなくなったことに気付いたのか。少しでも挽回《ばんかい》しようと、天海先生は話を再開する。

「でもでも。友達が要《い》らないからといって、クラスに馴染もうとしないのは先生は許しませんよ？　ソレとコレとは話は別です。学校行事やイベントではコミュニケーション能力は必須《ひっす》ですし、姫宮君が社会に出たときにも以下同文です」

「……」

なまじ俺の独り好きを認めてくれただけに、バツの悪い顔くらいしかできん。

「そんなブチャイクな顔をしてもダメなものはダメなのです。いいですか姫宮君。人は決して1人では生きてはいけない生き物なのです。もしそれが嫌《いや》なら、サバンナに行って野生動物さんとして暮らしていくか、火星に行ってエイリアンさんとして生きていくことを先生は姫宮君にオススメするです」

「幼稚園《ようちえん》の頃《ころ》、「将来の夢は木、何もしなくていいから」と発表会で言ったのを不意に思い出しました。木もアリかもですね」

「どうしても木になりたいなら、そのときは先生が手伝ってあげるです」

「埋《う》めるってことですか……？」

笑えねー……。

人は決して1人では生きてはいけない。これぱかりは論破できないし、そもそも1人で生きていけるなどと、はなから考えてなどいない。俺はちっぽけな存在だと日々嚙《か》みしめて生きているくらいだ。ちっぽけな存在と認知した上で、必要最低限の人間関係で独り気ままに生きていきたいと願っているだけ。

挙手し、「どうぞ、姫宮君」と発言の許可を貰《もら》う。

「でも先生。揚《あ》げ足《あし》を取るようで申し訳ないんですけど、『友達は作らなくてもいいけど、クラスには馴染め』ってトンチ利きすぎじゃないですか？」

トンチどころかエッジききすぎ。こんなもん、一休でも殿様《とのさま》に出題されたら舌打ちレベルだ。互《たが》いが剣呑《けんのん》なムードから「俺一休、お前ファッキュー」「俺殿様、お前何様」的なフリースタイルダンジョンが始まってしまうわ。

腕《うで》を組んで唇《くちびる》を突《つ》き出す小柄《こがら》な一休もとい天海先生は、「うーん……」と唸《うな》り始める。

しばらくすると、名案が思い浮《う》かんだように大きく頷く。

「ではでは、こういうのはいかがでしょうか？　先生の手の届かない、生徒間で発生するイベントなどを姫宮君に協力してもらうというのは。クラスの子たちと触《ふ》れ合える機会を設けるのです」

猫《ねこ》の手も借りたいとでも言いたいのか。両手を猫の手にした天海先生がニャンニャンと口ずさむ。傍《はた》から見たら可愛《かわい》いとか思うのだろうが、俺は騙《だま》されん。

嫌に決まっている。誰がしたくもないことのためにタダ働きなどするものか。先生は残業が当たり前で土日も潰《つぶ》れる職業だから、仕事に対する感覚が麻痺《まひ》している。教師って本当にブラック。こんな小さな子の思考も狂《くる》わせるのだから。

「もちろんタダでとは言いません。先生のお手伝いを継続《けいぞく》的に引き受けてくれる場合、この教室の使用を正式に許可します」

「！　マ、マジですか……？」

「マジです。先生に二言はないのです」

夢にも思わない発言に、俺の感情が揺《ゆ》さぶられまくり。もはや手放すことは当たり前だと思っていただけに衝撃《しょうげき》は大きい。

したくもないことのためにタダ働きは嫌だが、欲しいもののために働くのは至極当然のこと。あれだけ嫌だった提案も、そんな簡単なことでプライベートルームが手に入るんですか？　とさえ考えてしまっている。

俺ってば現金な奴だと思う。甘い蜜《みつ》に飛びつかずにはいられない。

「乗ります！　先生のお手伝いさせていただきます！」

天海先生の気分が変わらないうちにと高速手のひら返し。

計画通りとか、お前はチョロインかよと思われようがどうでもいい。こちとら真正の独り好き。人の目など気にしていたらやってはいられない。

小さい手をパチパチ叩《たた》く天海先生は嬉《うれ》しげ。

「契約完了《けいやくかんりょう》ですね♪　それでは早速で申し訳ないのですが、姫宮君にお願いしたいことがあります」

「？　何ですか？」

「クラス親睦《しんぼく》会の幹事をやってほしいのです」

「親睦会の幹事、ですか？」

「はい♪」

このときは思いもしなかった。幹事の仕事の一件によって、俺の平穏《へいおん》無事な生活を脅《おびや》かされるようになるとは。

※　※　※

親睦会の詳細《しょうさい》やプライベートルーム使用にあたっての注意事項《じこう》などを天海先生から聞き終えた頃には、既《すで》に夕陽が沈《しず》みかけていた。

何をするにも中途半端《ちゅうとはんぱ》な時間ということもあり、いつもより早めの家路に就く。

後悔先《こうかいさき》に立《た》たず。やはり、真っ直ぐ家に帰るべきではないと思った。

「は、春兄《はるに》ぃ……！　春兄ぃぃぃ――――！」

「……」

我が家に到着《とうちゃく》し、その足で自分の部屋の扉《とびら》を開けた瞬間《しゅんかん》、妹のゆずが泣きベソかきながら飛びついてくる。

スク水姿で。

「なんて格好してんだよ……」

生き別れた兄と再会したのかよというくらい小3の妹は泣き声を上げているものの、そんな大層なイベントではない。日常茶飯事な光景である。

「で、今日は何をやらかした……?」

「来て!」

着替《きが》えることすら許されず。ゆずにぐいぐいと背中を押され、行きつく先は風呂場《ふろば》。

恐《おそ》る恐る風呂場の扉を開けてみる。

「うお……! 気持ち悪っ……」

浴槽《よくそう》の中がワカメ・ワカメ・ワカメ。

わかめおうじでも沈んどんのかと思うくらいに、浴槽一杯《いっぱい》に膨張《ぼうちょう》した大量のワカメが浮かび上がっており、床《ゆか》には『増えるワカメ(業務用)』とラベルが貼《は》られた大袋《ぶくろ》がスッカラカンで放置状態。

ゆっくりと犯人を見下ろすと、両指をこねくり回しつつ言い訳開始。

「あのね、あのね……! 水に入れると大きくなるビーズをお風呂に沢山《たくさん》入れて遊んでる動画が面白そうだったから、ゆずもやってみたいと思ったの。でも家にそんなビーズないから、あ! ワカメ! って思って入れてみたの」

「……」

「そしたら、ぶわぁぁぁぁぁぁっ！　って物凄《ものすご》い勢いで膨《ふく》らみ始めて、ゆずもひゃぁぁぁぁぁっ！　って！　怖《こわ》くなってお風呂の栓《せん》引っこ抜《ぬ》いたら、お風呂の水が全然抜けなくなっちゃったの。これはお母さんに絶対怒《おこ》られるでしょ？　だから春兄を待ってたの！」

「何でお前は毎回、最終的な解決方法が俺待ちなんだよ……」

「春兄は独りでも生きていけるカッコイイお兄ちゃんなんだもん！」

「仮にもカッコイイお兄ちゃんにワカメ駆除《くじょ》させようとするなよ……」

俺を心から崇拝《すうはい》しているであろう笑みには、怒る気力も失せてしまう。

「はぁ……。ゴミ袋大量に持ってこい。あとパイプユニッシュも」

「うん♪」とゆずがキッチンへと駆《か》けて行き、怪物《かいぶつ》と化したワカメの集合体を処理していくべく制服を脱《ぬ》いでいく。

「こんなことなら、学校に残るなり喫茶店《きっさてん》にでも寄れば良かった……」

家に帰ってくれば、何かしらのトラブルを抱《かか》えたゆずが俺を待っているのは珍《めずら》しいことではない。大好きなユーチューバーのコメント欄でキッズたちと喧嘩《けんか》して、アカウントをBANされて助けを求めてきたり、アルミホイルを丸めて鉄球を作ろうとして、俺の部屋で大量のアルミホイルをハンマーで叩き続けていたり。事例を挙げればキリがない。

万が一何も無いとしても、一緒《いっしょ》にゲームしようだの宿題教えてだのと、兄離《ばな》れができておらず。故に俺は独りのんびりする時間を欲《ほっ》し、放課後は安住の地を求めて放浪《ほうろう》する日々、というわけだ。

そろそろ妹に反抗期《はんこう》は訪れてくれないだろうか。

そんなことを考えつつ、磯臭《いそくさ》い浴槽に手を突っ込み、ゴミ袋へワカメをぶち込んでいく。

というかアイツ、よくワカメ風呂に入ろうと思ったな……。

※　※　※

翌朝のショートHR《ホームルーム》。降りそうで降らない空模様を自席から眺《なが》めていると、教壇《きょうだん》前に立つ天海先生が生徒たちの注目を集める。今日も絶好調に身長は小さく、足りない身長を補うための踏《ふ》み台《だい》、黄色い風呂《ふろ》桶《おけ》をひっくり返した上に立っている。普通《ふつう》の踏み台を持ち歩くより、チョークや出席簿《ぼ》を入れることができる風呂桶がベストなんだとか。廊下《ろうか》で出くわすと今から銭湯に行く小学生にしか見えないし、銭湯によく行くという発言から、マイ桶として持参しているのではなかろうか……。

「皆《みな》さーん。4月も半ばに入りましたが新生活は慣れてきましたかー?」

歌のお姉さん的な発言なものの、お姉さんの掛《か》け声で集まって来るチビッ子のほうが先生には適役だと思う。

「慣れたという子も、まだまだ慣れていないという子もいると思います。そこで先生からの提案です。もっと皆さんが距離《きょり》を縮めるためにクラス親睦会をしたいと思います」

昨日のうちに話を聞いていた俺は新鮮《しんせん》な反応ができないものの、初耳のクラスメイトたちは当たり前に様々な反応を示す。賛成か反対かはさておき、提案するにはベストな頃合《ころあ》いだと思う。４月末の仮入部期間が終われば本格的に部活が始まるし、交友関係が間もない奴《やつ》らが休日に集まるきっかけにもなるから。

「勿論《もちろん》、無理に参加しなくても構いませんし、先生のポッケから多少ではありますがお金も出そうと思っています」

ポケットマネーが支給されると聞き、「「「おお――――！」」」とザワツキ始める生徒たち。

クラスの調子者たちが、「アマちゃんのクラスで良かった！」「小さいけど太っ腹！」などと都合よく持てはやし、天海先生もまんざらでもなさげに、えっへん！　と胸を張る。

２週間足らずで生徒の心を鷲摑《わしづか》んでいるのだから大したものだが、金で生徒の心を摑むのは大人としていかがなものか。

チラ、と天海先生の視線が俺へと向けられる。

「そこでです。大まかなことは親睦会の幹事さんに一任したいと思っています。ということで！　親睦会の幹事さんをやってもいいよー、という心優しい子を大大大募集《ぼしゅう》します。

どなたかいませんかー？」

ナチュラルにハードル上げるなよ。

けどまぁ、そんなハードルもプライベートルームのことを考えると容易《たやす》いもの。

天海先生と交わした契約《けいやく》を遵守《じゅんしゅ》すべく、遵守してもらうべく、ゆっくりと手を挙げる。

一瞬《いっしゅん》、俺へとクラスメイトの視線が集まってくるのが分かった。「え？　お前が？」という文字が顔には張り付いている。

けれど、直ぐにどうでも良いといったように、視線を前へと戻《もど》す。

予想通りの反応である。はっちゃける奴らは、はっちゃけることしか考えないし、目立ちたくない奴らは、目立たないことしか考えない。共通項《こう》として面倒《めんどう》なことはしたくない。

俺だってそうだ。理由が無ければ手など挙げない。理由無しに手を挙げる奴のほうがどうかしてるとさえ思う。

天海先生も頷《うなず》いたし、もういいだろうと手を下げようとした瞬間だった。

クラス中がザワついた。

「先生、私も姫宮君と幹事します！」

あ？

手を挙げる人物のほうへ振《ふ》り向けば、クラスメイトがザワつく理由を納得してしまう。

この人気者ならやり兼《か》ねないと思ったから。

丁度良くチャイムが鳴り、先生は大満足げな表情浮《う》かべつつ、風呂桶から飛び下りる。

「ではでは。よろしくお願いしますね♪　姫宮君と美咲さん」

「はい！　頑張《がんば》ろうね姫宮君！」

「お、おう……」

２人目の幹事となった美咲華梨が、愛嬌《あいきょう》たっぷりに俺へと微笑《ほほえ》みかりる。あまりの眩《まぶ》しさに、自分でも出ているか出ていないか分からない返事しかできず。

なぜ予想できなかったのだろう。カリン様と呼ばれる博愛主義者の美咲なら、親睦会の幹事に立候補しそうなことなど容易に想定できたはずなのに。

けどだ。想像できようができなかろうが、俺が幹事に立候補しない理由にはならない。こちとらプライベートルームを自由に使える権利がかかっているのだから。

ポジティブに考えていこう。２人で分担して作業するほうが楽な仕事もあるし、人気者の美咲だからこそ進行しやすい作業も多いと。

※　※　※

放課後。早速、堂々と使えるようになったプライベートルームで暇《ひま》を満喫《まんきつ》中。

天気は相変わらずの愚図《ぐず》りようで、一向に雲が薄《うす》くなっていく気配は見えない。むしろ濃《こ》くなっており、ついにはポツポツと水滴《すいてき》が窓に付着し始める。

窓越《ご》しにグラウンドを見下ろせば、「これしきの雨、降っているうちに入らない」とでも言いたげ。何処の部活動も何食わぬ顔して、それぞれのスポーツに精を出している。

純粋《じゅんすい》にスゲーと思ってしまう。有り余っているエネルギーを発散させている姿は、見ている分にはカッコいいとさえ感じる。しかし、あの中に自分が入ることを想像すると、苦笑いしか湧《わ》いてこない。我ながら似合わなすぎる。

時計を見れば17時手前。これ以上、天気が酷《ひど》くなる前に帰ってしまおうと、読みかけの本をカバンにしまう。今日はゆずがスイミングスクールに通う日だし、家に着いたら自分の部屋でゆっくりできるだろう。

ビニール傘《がさ》を持ってきて正解だったと思いつつ、正門目指して歩いていると、

「おーい、姫宮くーん！」

後方から名前を呼ばれて振り向けば、駆け足で走って来る少女の姿が。

美咲だ。

「駅まで傘に入ーれて♪」

小雨が降り注ぐ中、両手を合わせてお願いする美咲は、それだけでも絵になる。故に傘など要《い》らないのではなかろうか。

だからと言って、「無理。これ1人用だから」と非道な一言を告げて立ち去れるわけもなく、美咲の入るスペース分の傘をずらす。

「どうぞ」

「ありがとう！」

その晴れやかな笑顔を俺でなく空へ放てば、厚い雲など吹《ふ》き飛ばせるのではなかろうか。

美咲は律義にも、「お邪魔《じゃま》します」と会釈《えしゃく》してから傘へと入って来る。

「ゴメンね。それじゃ行こっか」

「おう」

俺が一歩踏み出せば、美咲も一歩、また一歩と横を並び歩く。さすがは美咲。俺へと肩《かた》が触《ふ》れようとお構いなしで、さも友人、下手《へた》をすれば恋人《こいびと》のよう。俺だって男子高校生だ。やった！　カリン様と相合傘《あいあいがさ》だ！　と、テンションを上げることはないものの、芸能人やモデルと遜色《そんしょく》ない奴と相合傘ともなれば、意識してしまうのは仕方がない。

正門を出たタイミングで美咲に尋《たず》ねられる。

「姫宮君も部活見学？」

「ん？　ああ、違《ちが》うぞ。天気が良くなるのを待ってただけで、結局、雨が降って来たから諦《あきら》めて帰るとこ」

「ふふっ」

「？　何で笑うんだよ」

お前の顔面キモすぎワロタ。とでも唐突《とうとつ》に思ったのだろうか。

というわけではないらしい。

「だってさ。姫宮君って、「俺は雨が好きだ……」的な感じだもん。朝のショートＨＲのときも、ずっと空眺めてたし」

「なんだよ、そのカッコつけてる感じ……。というか、普通に晴れのほうが好きだから。余計な手荷物増えるし」

「そうだよねー。今はもうあったかいけど、冬の雨なんか特に私は苦手。あと梅雨《つゆ》は全般《ぜんぱん》苦手かな。髪《かみ》の毛《け》広がっちゃうし」

困ったものですよ、と頷く美咲の艶《つや》やかな髪が揺《ゆ》れる。雨の日でもお構いなしに優しく光る髪も、梅雨の時季には苦戦するようだ。

「『も』ってことは、美咲は部活見学してたのか？」

「うん。マネージャーやらないかって、何人かの先輩《せんぱい》に誘《さそ》われてたから。誘われた部活を全部見学してたら、こんな時間になっちゃった」

1つ1つ足を運ぶのが美咲らしい。人気者は大変だな。

美咲は「うーん……」と唸《うな》る。

「どの部活もいまいちピンと来なかったよ。というか、押しに負けて見に来ただけの私が、マネージャーするのは失礼だなって実感しただけ。見学に行って期待させちゃったし、先輩たちには悪いことしちゃったな」

「無理に誘われて足を運んだんだから、気にしなくていいだろ」

そうかな？　とホッとするような表情を浮かべる美咲が、少し恥《は》ずかしげに笑う。

「私が運動苦手っていうのもあるんだけどね」

「へー、意外だな。勝手なイメージだけど、美咲って何でもできる奴だと思ってた。入試で一番だったし」

「私が何でもできる？　できないできない」と美咲は手と首を大袈裟《おおげさ》に振る。

「入試では確かに手応えあったけど、たまたまだよ。それに私が何でもできる人なら、乙塚高校よりもっと偏差値《へんさち》高い高校行ってるでしょ？　神辺《かんべ》高校とか」

「家が近いから選んだとか？」

「姫宮君、漫画《まんが》の見すぎ」

ずい、と一回り小さい美咲が覗《のぞ》き込むように見上げてくる。

否定はできんと押《お》し黙《だま》った俺に対して、「あはは！　図星なんだ！」と美咲が笑うのだが、不快感は全くない。むしろ名誉《めいよ》なことなのではないかと錯覚《さっかく》してしまうくらいだ。

その後の帰路も、美咲のコミュ力に驚《おどろ》かされるばかりだった。共通の話題など親睦《しんぼく》会の幹事くらいなのに、会話が途切《とぎ》れたり気まずい雰囲気《ふんいき》になることがない。何の変哲《へんてつ》もない話も、２人だけの特別な話のように錯覚させられてしまう。マジシャンかよというくらい錯覚させてくる。

何より驚かされるのは、学校以外でも美咲の愛されっぷりが尋常《じんじょう》じゃないこと。

パン屋の前を通り過ぎれば、店前を掃除《そうじ》する店長らしきオバさんが、「あら華梨ちゃん、気を付けて帰りなさいね」と笑顔で見送ってくれ、「はーい。また買いに来ますね！」と美咲も愛想よく手を振って別れを告げる。

交差点で信号を待っていれば、「お嬢《じょう》ちゃん、この前は助かったよ。友達と一緒《いっしょ》に食べな」といつぞや助けたらしいお爺《じい》さんから和菓子《わがし》を貰《もら》い、「わー！　イチゴ大福だ！　ありがとう！」と美咲は天真爛漫《てんしんらんまん》な笑みで感謝する。

公園横を通り過ぎれば、飼い主そっちのけで大型犬が美咲に擦《す》り寄ってくる。「タロウは相変わらず元気だね～！　早く帰らないとズブ濡《ぬ》れになっちゃうぞ～」と、しゃがんだ美咲は犬の首元をワシャワシャと両手で撫《な》で回す。

人間だけでなく動物にも愛されてるとか。コイツには地域密着型アイドルでも太刀《たち》打ちできないだろう。

「すごいな。高校卒業するまでに、ここら辺の人たち全員と仲良くなれそうな勢いだぞ」

「えへへ。もちろん地域の人たち皆《みんな》と仲良くなりたいと思ってるよ。でも、それよりも先に全校生徒の皆と仲良くなるのが私の目標なんだ」

「全校生徒と？」

「うん！」

決して冗談《じょうだん》で言っているわけではないことが、たった一言の返事で分かってしまう。それだけでなく、無謀《むぼう》にも近い目標のはずがコイツなら簡単に達成してしまうのではないかとさえ思える。

美咲の柔和《にゅうわ》な瞳《ひとみ》が、ビニール傘《がさ》越しに胡乱《うろん》な空を眺《なが》める。

「高校生の3年間ってあっという間だろうし、せっかくの高校生活だもん。皆と仲良く過ごせれば絶対楽しいから」

俺の目に広がる曇《くも》り空《ぞら》ではなく、澄《す》んだ青空が美咲には見えているようだった。けれど、不確かな世界を心から楽しみにしているのだとすれば、同じ景色が見えているのだろう。

俺としては人との関わりが多ければ多いほどストレスは溜《た》まるし、面倒事《めんどうごと》が増えるだけとしか思えない。何より、独りで過ごすほうが気楽で楽しい。

俺が理解できないように、美咲からしたら俺の考えなど到底《とうてい》理解できないに違いない。俺が思うマイナスなことなど、美咲にとっては、ちっぽけなことだろうし。ちっぽけだからこそ、カーストの上下であったり、老若男女も問わずに分け隔《へだ》てなく人と優しく接することができるのだから。

結論。俺と美咲は分かり合えない。

とはいうものの、互《たが》いの考えが理解できなくとも構わないではないか。別に理解されようとも思わんし、分かり合う必要もない。ウチはウチ、ヨソはヨソ。

マイノリティだろうがマジョリティだろうが、天動説だろうが地動説だろうが、自分の正しいと思える道を真っ直ぐ進めればそれで良い。

干渉《かんしょう》しない平和に乾杯《かんぱい》。

気付けば駅前。ロータリーに入り傘を閉じると、

「ありがとね、姫宮君」

感謝を告げる美咲はパーソナルスペースが狭《せま》いためか、相合傘のときと、さほど俺との距離《きょり》を離《はな》さない。

「姫宮君ってもっと固い人だと思ってた。亭主関白《ていしゅかんぱく》！　ちゃぶ台バーン！　って感じの」

「俺のイメージどんなだよ……。亭主関白で固いってことは、頑固《がんこ》ってことか？」

「頑固というか、何て言えばいいんだろ？　うーん……」

そういう意味ではないが、言い表す表現が見当たらないらしい。

「でもさ。実際、話しかけるなオーラ結構出してるでしょ？」

「意図的には出してない。出てるだけだ」

「それは同じだよ……」

自然に漏《も》れているなら俺は漏らし続ける。我慢《がまん》して膀胱炎《ぼうこうえん》になどなりたくない。

「もっと柔《やわ》らかくしたほうが友達沢山《たくさん》できるよ。笑顔、笑顔♪」

美咲の120点の笑顔に対し、愛想笑い返し。

「もっと口角を上げなさーい」

美咲が両方の人差し指で俺の頬《ほお》をリフトアップ。俺の目が死んでいるだけに「……ぷっ。あはははは！」と笑われてしまい、結果、美咲の笑顔が200点になっただけ。

改札を抜《ぬ》け、梅田《うめだ》方面と姫路《ひめじ》方面のホームへと分かれる中央で美咲は立ち止まる。

「私は姫路方面だけど、姫宮君はどっち方面？」

「梅田方面」

「そっか。じゃあここでバイバイだね」

「ん」

愛想の良い美咲に対し、不愛想この上ないのは重々承知。デフォルトがこれだから仕方ないし、直すつもりもサラサラない。

「傘持ってけ。俺、駅から家近いから」

傘の持ち手を差し出せば、俺の行動が予想外だったのか美咲はキョトン、とする。しかし、直ぐにうんうんと頷《うなず》き始め、いつもの朗らかな笑みへと戻《もど》る。

「やっぱり姫宮君って亭主関白だよ。一瞬《いっしゅん》、キュンッとしちゃった」

「……。反応に困るから、そういうのは口に出さないで欲しい」

あはは！　と笑う美咲だったが、乗るであろう直通特急のアナウンスを聞くと「あ……電車来ちゃった」と、さも惜《お》しそうに呟《つぶや》く。

早く受け取れと傘を揺らすが、

「また明日ね！」

「だから傘《かさ》――、……」

受け取る気はサラサラないと、美咲はホームへと続くエスカレーター目指して小走り。

エスカレーター手前。未だに立ち尽《つ》くす俺へと美咲が振《ふ》り向く。

カバンから何かを取り出し、それを見せびらかしてくる。

折《お》り畳《たた》み傘《がさ》だった。

「あいつ……」

作戦大成功と言わんばかりに白い歯を見せつつ、美咲は手を振ってくる。

「親睦会の幹事、頑張《がんば》っていこうね！　私も姫宮君の挑戦《ちょうせん》を全力でサポートするから！」

「ん？　あ、ああ……」

傘が無いフリをしていたのは、帰り道に暇《ひま》を潰《つぶ》したかっただけか、はたまた親睦会の幹事同士だからか。いや、俺とも仲良くしようと手を差し伸《の》べただけか。

美咲が見えなくなり、俺も梅田方面を目指して歩き始める。エスカレーターに乗りつつ、ふと、別れ際の美咲の言葉に違和感《いわかん》を感じてしまう。

「まぁ、気のせいだろう」と、イヤホンを耳へと付けて音楽を再生していく。

※　※　※

翌朝。昨夜の雨模様が嘘《うそ》のような快晴。グラウンドも乾《かわ》ききり水たまり1つなし。

今日も1日、平穏《へいおん》無事な生活を望みつつ、自分の席へと向かう。

しかし、そこには、

「おはよう、姫宮君！」

「お、おう……」

呆気にとられてしまう。俺の席には学園アイドルの美咲が座っていたから。

「昨日はありがとね」

朝にも拘《かかわ》らず、気だるさを微塵《みじん》も感じさせない笑顔が眩《まぶ》しく、お天気お姉さん顔負け。

周囲の視線が痛い。表情だけで「何で？」とか「姫宮のくせに」という言葉を表現できるのだから大したものだ。役者でも志望すればいいのに。志望して世界の広さに絶望すればいいのに。

傘の件で小言の1つでも言いたいところだが、クラスメイトにこれ以上注目されるのは嫌《いや》だから敢《あ》えて触《ふ》れない。

どいたどいた、と美咲を俺の席から追い出して腰《こし》を下ろす。

「親睦会のことか？」

俺の言葉と同時。柔らかい印象だった美咲の瞳が細まり、涙袋《なみだぶくろ》が強調される。むすっ、とした表情に。

「用事が無いと話しかけちゃダメみたいな発言は傷つくなー」

「でも実際、親睦会関係だろ」

「減らず口めっ」

短く舌を出す美咲だったが、直ぐに不機嫌《ふきげん》な演技を止《や》めて「そうなんだけどさ」と、いつもの笑みに戻る。

「昨日も話したけど、今日から色々やっていこうと思うんだ」

「俺は何をすればいいんだ？」

俺の質問に対し、よくぞ聞いてくれました！　と、美咲は手のひらを突《つ》きつけてくる。

「5人だよ姫宮君」

「5人？」

「うん。まずはクラスの男の子5人に話しかけてみよっか」

「……は？」

ナニイッテンダコイツ。

？？？？　本気で意味が分からない。握《にぎ》り拳《こぶし》を額へ合わせ、目を瞑《つぶ》って考えてみても結果は変わらず。聞き間違《まちが》いかもと美咲を見てみるが、相も変わらずニコニコ。

「？」と首を傾《かし》げる姿も無駄《むだ》に可愛《かわい》くて、無駄に腹が立つ。ナンダコイツ。

「……あのさ。親睦《しんぼく》会の予定を立てていくんじゃないのか？」

お前は何も分かってないなー、と言いたげに、美咲は人差し指を揺《ゆ》らす。

「姫宮君は親睦会の予定を立てる以前の問題だよ。まずはウォーミングアップとして、皆とコミュニケーションをしっかり取ることから始めていこうよ」

遊び人で経験積まないと賢者《けんじゃ》にはなれない的な？

親睦会の予定って、コミュ力上げから始めないとダメとか初耳だ。

……なわけあるか。

要するに、美咲は試したいのだろう。いつも自分の席で独りな俺が、親睦会の幹事を円《えん》滑《かっ》に進められるコミュ力を持っているかどうか。

いや、違うな。持っていないと思われているからこそ、ミッション的なものを提案しているわけだし。まぁ、俺がコミュ力持ってないのは正解だけど。

少し前の俺ならば、「断る。コミュニケーションなどクソくらえ」と中指を立てていたかもしれない。美咲に中指を立ててクラスの男たちに中指をへし折られていたかもしれない。

だがしかし。プライベートルームという文字が頭に浮《う》かんでしまう。さらには、天海先生の言っていたセリフさえ浮かんでくる。

「学校行事やイベントではコミュニケーション能力は必須《ひっす》」

うむ……。郷に入っては郷に従え。

ましてや、人を束ねるような仕事が全く未経験の俺である。コミュ力モンスター美咲の提案なだけに、幹事の仕事をこなしていく上で合理的な気がしてきてしまう。

それだけでなく、

「物事には順序があるから、1つずつ頑張ってみようよ。もちろん私も協力するから。ね？」

美咲にとっては不必要な業務、俺に関することなのに、ここまで頼《たの》み込まれてしまえばバツが悪い。有難迷惑《ありがためいわく》なことに変わりはなくともだ。

これもプライベートルームのためか……。

「はぁ……。男子5人に話しかければいいんだな？」

「うん！」

渋々《しぶしぶ》の俺とは対照的に、「偉《えら》い姫宮君！」と喜ぶ美咲。何がそんなに偉いものか。

「早速だけど、今から頑張っていこうよ」

「分かった」

「一言二言でも大丈夫《だいじょうぶ》だから、焦《あせ》らずに落ち着いて話していこうね」

頷きつつ重い腰を上げれば、美咲が俺の横へと並んでくる。

「ん？　美咲も付いてくるのか？」

「うんっ。私が隣《となり》でサポートするから安心してね」

「いや、全然1人でいいけど」

「……え？」

というか1人がいいんですけど。

仕返し？　今度は美咲が、ナニイッテンダコイツみたいにフリーズ。思考停止する美咲の顔を眺《なが》めていても、整ってるなぁコイツくらいしか思わないし時間の無駄。

背伸《せの》びしつつ周囲を見渡《みわた》す。おおよそのクラスメイトは既《すで》に登校しているようで、仲の良い友と予鈴《よれい》が鳴るまでの時間を談笑していたり、1人でスマホをいじっていたり、宿題に追われる者もチラホラ。

うん。ある程度目星は付けた。

「本当に大丈夫……？　私も一緒《いっしょ》に付いて行くよ？」

「過保護のオカンかよ。お前はそこで見といてくれ」

「で、でも無理しないほうが──」

「行っちゃった……」という美咲の言葉を背に、窓際席の男子のもとへ向かう。

辿《たど》り着いたと同時、

「射場《いば》。悪いけど、寒いから窓閉めてもらってもいいか？」

「あいよー」

「ども」

　1人目達成。

その近場。飴屋と武智のもとへ。

飴屋は今日も鏡を見てこなかったのか。

「飴屋。寝《ね》ぐせ酷《ひど》いぞ」

「えっ……、これ、ワックス付けてんだけど……」

「え」

俺だけでなく、武智までもが衝撃《しょうげき》の事実に驚《おどろ》きを隠《かく》せない。

遺憾《いかん》ではあるが、現実を受け入れるなら早めのほうが良い。

「女子たちから寝ぐせヤバいって言われてるから、セットするならちゃんとセットしたほうがいいぞ」

「……嘘……だろ……？」

そんなオサレに言っても、髪型《かみがた》はオサレにはならないから残酷《ざんこく》だ。

「嘘をつくために、わざわざ俺が話しかけに来ると思うか？」

「……思わない」

「雑誌でも買って頑張れ。あと、武智おはよう」

「えっ！　あ、おは、おはよよ……」

2人目と3人目達成。

自分の席へと帰り際。2人組の男子の会話が聞こえてくる。

「芸術の選択《せんたく》科目、何にする？」

「何があったっけ？　美術と音楽と……」

「書道だぞ」

「おお、そうそう！」「教えてくれてサンキュなー」

「どういたしまして」

4人目と5人目達成。はい終わり。

経過時間は3分も経ってないと思う。自分の席に座り直し、目の前のポカン、と口を開けたまま固まる美咲へと話しかける。

「今のでいいのか？」

数秒の沈黙《ちんもく》後、ようやく我に返った美咲は大興奮。

「バッチリだよ姫宮君！　1人で話せるどころか、予想よりずっと早く達成できたからビックリしちゃった！　不愛想なのが少し気になっちゃったけど！」

不愛想で悪かったな。

というか、

「たかが話しかけただけだろ。そんなに俺が喋《しゃべ》れない奴《やつ》と思ってたのかよ」

「！　……」

拍手《はくしゅ》を止めた美咲は、視線を逸《そ》らすと白々しく口笛をピーピー吹《ふ》き始める。

「マジかお前……」

「だ、だって！　姫宮君が皆《みんな》と話してるとこ見たことなかったんだもん。てっきり恥《は》ずかしがり屋かと……」

「舐《な》めるなよ。俺は話しかけられないんじゃない、話しかけないだけだ」

「話しかけなよっ！」

用があれば話しかけますけども。

「でも、良い方向に予想外なら大歓迎《だいかんげい》だよ。話しかけることに抵抗《ていこう》ないなら、これからはもう少し難しかったり、具体的な課題を出していくね」

「まだやんのかよ……」

「まだまだ道のりは長いよ？」

そんな、「俺たちの戦いはまだまだこれからだ！」的な発言されてもだな。打ち切りでいいんじゃないですかね。姫宮春一の来世にご期待くださいって最後のページに挿《い》れとけよ。

※　※　※

以降の休み時間も俺のコミュ力を上げるためにと、美咲監修《かんしゅう》による謎《なぞ》のコミュニケーション講座は続く。ウォーミングアップというだけあり、そこまで大層なものでもなく、ただ単に出された課題をこなしていくだけ。朝の段階では美咲と一緒にいると好奇《こうき》や嫉妬《しっと》の目を向けられたものの、親睦会業務の一環《いっかん》と認知されれば、一緒にいても悪目立ちしなくなったのは幸いか。全然、業務じゃないのだが。

果たして、こんなことをやってコミュ力が身につくのだろうか。「あ！　このシチュエーション、進研ゼミでやったことある！」という日が来るのだろうか。絶対来ねーよ。

しかし、繰《く》り返しとなるがプライベートルームのためである。

1限目終わりの休み時間。課題はクラスメイトの相談に乗る。

「いい姫宮君？　この課題は、困ってたり悩《なや》んでる人の発見から、相談に乗るまでのセットだからね。さっきの課題より難しいけど頑張《がんば》って！」

「りょーかい」

美咲に見送られつつ、教室内を巡回《じゅんかい》。すると、机に置いたバイト求人誌を囲うように話し合っている男子2人組の姿が目に入る。

会話から察するに、2人一緒にバイトする場所を探しているようだ。

「だいぶ絞《しぼ》ったけど、どこから応募《おうぼ》すんよ？」

「うーん……。条件はあんまし変わんないから、どこでもいいかなぁ。正味な話、人間関係良好なとこだったら時給安くても俺、全然いいわ」

「分かるわー。けど、求人誌だけじゃ人間関係なんて分かんねーよなぁ……」

「悪いところなら大体分かるぞ」

「「え……？」」

フォロー外から失礼しますかの如《ごと》し。2人の背後から俺登場。

いきなり話しかけられ、「こ、こいつの名前なんだっけ……？」的に固まる2人を尻目《しりめ》に、候補であろう求人誌に赤マル付けている店を指差す。

「例えばこの焼き肉屋。『スタッフ全員、家族みたいに仲が良い』と謳《うた》っているが、写真に写ってるスタッフは派手なグループと地味なグループに見事に分かれてる。全員仲が良いというのは嘘《うそ》の可能性大だな」

「マジか……」「ホントだ……」

次いで、別の赤マルの付いた店を指差し、

「こっちの居酒屋も怪《あや》しい。週1日3H～可、高時給、髪型ネイル自由、簡単なお仕事ですとか、良い条件しか書いてないのにスタッフを大量募集《ぼしゅう》してるからな。そんだけ好条件でスタッフが大量に欲しいってことは、人間関係に問題がある可能性が高い」

「「な、成程……！」」

「人間関係が良いところを見つけるのは難しいかもしれないけど、悪かったり怪しそうなところは案外見つけやすいもんだぞ」

目から鱗《うろこ》といったように頷《うなず》く2人は身を乗り出す。

「この店！　この店はどうだ⁉」「こっちの店も見てくれ！　というか、良さげなところ選んでくれ！」

「おう」と言いつつ、美咲のほうを振《ふ》り向く。

「クリアだし、すごいよ？　けど、アドバイスが後ろめたいから素直に褒《ほ》めづらい……！」

　2限目終わりの休み時間。課題はクラスメイトの良いところを10コ以上褒める。

「いい姫宮君？　1人1コでも大丈夫だから、皆の良いと思ったところを素直に口に出していこうね。言葉で伝えるのって、案外勇気がいることだから頑張ってみて！」

「はあ」

　美咲に見送られつつ、教室内を見渡す。すると、ロッカー付近で談笑するリア充《じゅう》男子たちを発見。イケメン波川俊太郎と、取り巻き的ポジションの伊刈と夏越《なごし》たちだ。

「俊君、仮入部なのにテニス部の部長に勝ったとかヤバすぎっしょ！　もう期待のエースじゃん！　てか部長じゃん！」

「勝ったって言っても、ミニゲームだからな？　大袈裟《おおげさ》すぎ」

「でも、俊太郎って全中出てんし、5歳からテニスやってんだろ？　そりゃ部長でも勝てねーわ」

「波川はイケメンなのにテニスも上手《うま》いのか。すごいな」

「「「うおっ⁉」」」

　死角からの話しかけに波川たちが声を荒《あら》らげる。

どーも皆さん、おはこんばにちは。第三の取り巻き姫宮です。

ずっと俺のターン。

「波川は、イケメン・テニスが上手い・身長が高い・スタイルが良い・人気者、えっと、あと爽《さわ》やかだな」

「あ、ありがとう……」

あと4つ。

「夏越は、ヘアスタイルがオシャレ、制服の着こなしがオシャレ、靴《くつ》がオシャレだな」

「バリエーション……」

あと1つ。

「伊刈は、えっと……。…………うん、お前は声が大きいな」

「……。おお……」

コンプリート。

混乱するリア充グループに会釈《えしやく》しつつ、美咲のほうを振り向く。

「見切り発車で話しかけられる度胸が逆にスゴい……!」

3限目終わりの休み時間。課題は、クラスの女子グループの会話に混ざる。

「いい姫宮君？　今までは男の子にしか話しかけてこなかったけど、今回は女の子、しかもグループ限定だからね。すごくハードル高いし、緊張《きんちょう》しちゃうと思うけど頑張って！」

「はいはい」

美咲に見送られつつ、教室内で耳を澄《す》ませる。そして、とある女子3人組の会話をキャッチ。いわゆるガールズトーク中。

「ウチらのクラスで彼氏彼女がいる人って、どれくらいだと思う？」

「んー。さすがに高校生になったばかりだし、数人だけじゃないかなぁ」

「私もそう思う。華梨ちゃんと波川君は恋人《こいびと》いるだろうから、そのこと踏《ふ》まえると4、5人くらい？」

「美咲はいないっぽいから、3、4人じゃないか？」

「「えっ」」

盛り上がってるところに失敬します。

「美咲が、『今は恋人を作るより友達を沢山《たくさん》作りたいから、ごめんなさい』って告白を断ってるところを見たことがあるんだ」

「マジ!?」

「ちょっと詳《くわ》しく聞かせてよ！」

「座って座って！」

さすがはＪＫ。恋《こい》バナの前では、俺への不信感は簡単に消え去っている。勧《すす》められるがままに椅子《いす》へと座り、ガールズトークｗｉｔｈ Ｈ（姫宮）を結成。すかさず美咲のほうを振り向く。

「女子トークに簡単に溶《と》け込めてて凄《すご》い！　けどだよ？　何でそのこと知ってるの⁉」

校内をのんびり散歩している道中に、目撃《もくげき》してましたから。
※　※　※

昼休み。美咲の表情は、底なしに嬉《うれ》しげ。

「すごいよ姫宮君！　用意してた課題が、午前中で殆《ほとん》ど終わっちゃった！」

「ソーデスカ」

慣れないことをし続ければ、そりゃ心も失う。もとより感情は希薄《きはく》だが。

「殆どってことは、まだあるんだろ？　次に俺は何をすればいいか教えてくれ」

決してヤル気があるわけではない。さっさと終わらせて平穏《へいおん》な時間を取り戻《もど》したいだけである。俺は夏休みの宿題は7月で終わらせて、8月をエンジョイするタイプの人間だから。しかし、美咲としては、俺の言動がヤル気から来ていると勘違《かんちが》いしているっぽい。

もっとよく見ろ。お前のキラキラした瞳《ひとみ》に映る男の表情は死んでいるだろう。もとから死んでるから気付かないってかバカヤロウ。

我ながらくだらない1人ツッコミをしていると、「次の課題を発表するね」と美咲は空気を改める。

「クラスメイト40人と話してください」

「随分《ずいぶん》多いな。というか全員だな」

「本当はボツにしてた課題なんだ。範囲《はんい》が広すぎるし、単純だからこそ難しくなるのは分かってたから」

ボツにした理由も頷ける。クラスメイト全員ということは、今までのように話しかける人間を選定することができない。何より、歓迎《かんげい》されていない人物にも話しかけなければいけない。美咲くらい人気者なら容易《たやす》く達成できるだろう。けれど、中間層くらいの奴《やつ》なら難儀《なんぎ》するレベルだし、俺くらいのカースト層になれば、できない奴のほうが多いと思う。

美咲は真っ直ぐに俺を見据《みす》える。

「ボツにしたんだけどさ。簡単に課題をこなしていく姫宮君の姿を見てたら、できるんじゃないかなって思っちゃうんだ。だからね、すごく難しいとは思うけど、この課題を修《しゅう》了《りょう》テストとして頑張ってみてくれないかな？」

「やることないからやれ」とかだったら却下《きゃっか》していたが、美咲なりに思惑《おもわく》があるようだ。

「まぁ、課題が最後だって言うならやるよ」

「うんっ！　ありがとう！」

大した奴だよな。俺のために提案していることなのに、感謝するのだから。

「課題の期限は、今週末までを目指そっか」

「分かった」

間もなくして、「華梨ちゃーん。隣《となり》クラスの子が呼んでるよー」と出入り口前にいる女子が美咲に呼びかける。

「はーい。ごめんね姫宮君。呼ばれてるみたいだから行くね」

「おう」

「今までの集大成だから、きっと大変になるだろうけど頑張ろうね！」と、手を振ってくる美咲に別れを告げ終え、壁掛《かべか》け時計を見上げる。まだ半分くらい時間は余っている。

美咲がいなければ誰《だれ》に話しかけても意味はないものの、課題を進めることはできる。

独りの時間を満喫《まんきつ》したい気持ちをグッ、と抑《おさ》えつつ教室を去る。

※　※　※

帰りのショートHR。風呂桶《ふろおけ》に乗った天海先生がいつも通り、今日までに伝えておきたい諸連絡《れんらく》を話し終える。最後に、「何か皆《みな》さんから報告したいことはありますかー？」と周囲を見渡《みわた》すお決まりパターン。いつもなら、特に何もなく帰りの挨拶《あいさつ》で締《し》めるが今日は異なる。

美咲が、「えっ？」と声を出す。

俺が手を挙げていたから。

「はい、姫宮君。どーぞ」

天海先生から発言の許可を得て立ち上がり、そのままクラスメイトに話しかける。

「親睦《しんぼく》会の参加人数や希望日を把握《はあく》したいから、今から配るアンケート用紙を記入していってほしい」

昼休みのうちに天海先生に印刷してもらっていたお手製のアンケート用紙40枚分を、一列ずつ配布していく。

俺は夏休みの宿題を貰《もら》った当日からやっていくタイプ。天海先生から幹事を頼《たの》まれた日の夜からアンケート用紙は作っておいたのだ。

「もし、書き終わったら俺のところに持ってきてくれ。期限は今週末までで頼む」

プリントを全て配り終わり、美咲のほうを眺《なが》める。

美咲の表情は目が丸で、口が逆三角になっていた。

「え……。ど、どういうこと……?」

俺が掃除《そうじ》当番を終えるのを待っていたかのよう。美咲は教室に入って来ると、そのまま俺のもとに。

美咲は怒《おこ》っているのではなく、取り乱している。

「姫宮君！　どうして皆《みんな》に話しかけないで、アンケート用紙を配ったの⁉」

「40人全員分のアンケート用紙を配れば、あとは回収するだけで全員と話すことができるからだけど」

「！　……な、成程」

「勝手に親睦会の業務を進めて悪いとは思ってる。けど、結局はスケジュール調整する必要もあったわけだし、結果として一石二鳥だっただろ?」

「確かにそうなんだけどさ……」

美咲はイマイチ腑《ふ》に落ちないようだが、合点していることも多いようでブツブツと呟《つぶや》く。

「できてる、できてないかで言うと、でき過ぎてるくらいなんだよね……。たった数時間で皆と話す理由を作ったり、皆の前で普通《ふつう》に話せたり……。やっぱり何も問題ない……」

自問自答することしばらく。美咲は、ようやく納得のいく答えを出せたようで、「うん」と頷《うなず》く。そして、にこやかな笑顔で告げてくる。

「コミュニケーション講座は無事全て終了《しゅうりょう》です」

「いいのか？　まだアンケート用紙を配っただけだぞ」

「皆に話しかける理由をたった1日で作れただけで、合格あげられちゃうよ。それに、皆の前で姫宮君が話す姿を見たら、何も問題ないことくらい分かっちゃったしね」

「今日1日お疲《つか》れ様！」と、改めて美咲から賛辞と拍手《はくしゅ》を送られ、安堵《あんど》の息がダダ漏《も》れ。

「やっと終わったか……」

さすがに今日は疲れた。いくらプライベートルームのためとはいえ、休み時間は絶えず美咲の課題をこなしていたから。疲れはもちろん、圧倒《あっとう》的独りの時間が不足している。

早くプライベートルームでゆっくりしたい……。

カバンを背負い直し、「じゃあ、今日はこれで」と立ち去ろうとする。

「待ってよ姫宮君」

「？　まだ何かあるのか？」

「そうじゃなくてさ。せっかくだし皆で一緒《いっしょ》に帰ろうよ」

「え」

皆とは、教室の出入り口前にいる女子２人のことだろう。美咲と仲の良い２人は俺たちの会話が終わるのを待っている様子だ。

「一緒に帰ろ。ね？」

「あー悪い。俺、まだ学校残るから」

「……え？」

断られると思っていなかったからか。にこやかだった美咲の表情が一気に陰《かげ》りを見せる。

その反応は、一緒に帰ることを断られたにしては、あまりにもオーバーに思えた。

「一緒に帰れないの……？」

「？　おう」

「どうしても……？」

「まぁ、どうしてもだな」

仕方ないんです。俺、プライベートルームで独りゆっくりしたいんです。

未だに俺の返答に納得がいかないのか。美咲はしばらく俺を見続ける。

何だろう？　俺の様子を窺《うかが》っているような気がせんでもないような？

よく分からん。

「悪いけど、俺もう行くから」

再び別れを告げれば、「あ――、うん……。また明日ね」と、いつもとは違《ちが》ったテンションで美咲は別れを告げてきた。

教室を出てプライベートルーム目指す道中、考えてしまう。

美咲は何故、あそこまで残念そうな反応を示していたのだろうか。

皆仲良く一緒に帰りたかったから？

帰りに親睦会の予定を立てようと思っていたから？

人気者である自分が断られるなんて予想外だったから？

思い浮《う》かぶ回答はイマイチしっくりこないものばかり。

分からないものを考えるだけ時間の無駄《むだ》か。

切《か》り替えるべく、今から何をして独りを満喫しようか考えつつ廊下《ろうか》を歩いていく。

※　※　※

プライベートルームへと到着《とうちゃく》し、大きく背伸《せの》び。未だに少し埃《ほこり》っぽいが、独りだけの空間というだけで快適な環境《かんきょう》に変わりはない。ましてや、この部屋を守るために今日1日働いたのだから今まで以上に快適さを噛《か》み締めてしまう。

いつもなら椅子1つに腰掛《こしか》けて独りの時間を満喫していくが、今日ばかりは特別。贅沢《ぜいたく》に3つ並べた椅子をベッド代わりに横たわってしまう。

僅《わず》かに開いた窓から入って来る春の風が心地よく、柔《やわ》らかい日差しはじんわりと身体《からだ》を温め続ける。俺は縁側《えんがわ》に横たわっているのかと錯覚《さっかく》してしまう。

「うん……、俺はこのために生きている……。というか、もう死んでもいい……」

独り最強かよ……。

今日はそこそこ頑張ったし、これくらい安らいでもいいじゃないか。

うっすら開いていた目が徐々《じょじょ》に閉じていき、意識が途《と》切《ぎ》れ途切れになっていく。睡魔《すいま》がかなりのところまで来てしまっているようだ。

睡魔に逆らう必要もない。完全に瞳《ひとみ》を閉じてしまう。


どのくらい寝《ね》ていただろうか。

「起きて。ねえ。姫宮君ってば」

「……ん」

誰だろうか？　誰かが人の贅沢な時間を邪魔《じゃま》している？

「…………ちっ」

「舌打ち!?　寝言《ねごと》だよね！　故意じゃないよねっ!?」

声のトーンが大きくなり、身体まで強く揺《ゆ》すられれば起きざるを得ない。

目を開けば、

「み、さき……？　……。美咲ぃ⁉」

「あ。やっと起きた。おはよう」

「お、おう……」

西日より眩《まぶ》しい笑顔の美咲がお出迎《でむか》え。

新妻に朝起こされるシチュエーションは、男ならかなり上位のランキングに入ってくるのではなかろうか。しかし、今は夕方前だし、俺は生涯《しょうがい》独身を望んでいる身なので響《ひび》かない。それどころか勝手に起こされて殺意すら芽生えている。

横たわる俺を中腰《ちゅうごし》で見降ろす美咲は、スカートの中が見えないようにとモモに両手を添《そ》えているものの、胸を強調させるポーズが却《かえ》って悩《なや》ましい感じでエロい。

とかしょうもないことを考えている場合ではない！

「か、帰ったんじゃないのか？　というか！　何でこの場所にいるんだ？」

「えっとね。姫宮君にどうしても伝えたいことがあったから、私だけ戻《もど》って来たんだ。それでアマちゃん先生を見かけたから、「姫宮君どこにいるか知りませんか？」って聞いたら、多分ここにいるって」

あの幼女、チクりやがったな……。

コソコソする必要性は無くなったとはいえ、極力バラしたくはないのは言うまでもない。パリピにバレたら俺の憩《いこ》いの場が、遊び場になる可能性大だし。

仮に遊び場にされたとしても、俺はテコでも居座り続けてやる。グループでトランプしている机のド真ん中でブレイクダンスの練習してやる。

いつまでも美咲の悩ましいポーズを眺めているわけにはいかないと起き上がり、一脚《きゃく》の椅子《いす》に座り直す。美咲も中腰を止《や》めてボーナスタイム終了。

「なぁ美咲。親睦会の話なら明日でも良かったんじゃないか？　切羽詰《せっぱつ》まってるわけでもないし、わざわざ戻って来てまで話すようなこともないだろ」

「違うよ」

「？」

「言ったでしょ？　姫宮君にどうしても伝えたいことがあって戻ってきたって」

「俺に伝えたいこと？」

気付けば美咲の表情は真剣《しんけん》そのもの。デフォルトである笑顔からの真顔は、それだけでも真面目な話だと分かってしまう。別れ際の出来事に直結することなのだろうか。

美咲が一歩、二歩と、俺へと距離《きょり》を詰《つ》めてくる。ついには俺隣《となり》の椅子へと腰《こし》を下ろし、身体は俺へと向き直す。椅子をベッド代わりに敷《し》き詰めていただけに、椅子と椅子の隙間《すきま》はほぼゼロ。すなわち、美咲と俺の距離は相合傘《あいあいがさ》のとき以上に近い。

至近距離でジッ、と澄《す》んだ瞳に見つめられてしまえば、誰《だれ》だって学園アイドルの視線から逃《のが》れられないし、息を呑《の》んでしまう。

「姫宮君」

「な、なんだよ……」

「あと少しの勇気だけだから大丈夫《だいじょうぶ》だよ」

「…………。はい？」

ナニガ？

「あと少しの勇気を振《ふ》り絞《しぼ》るだけで、姫宮君はクラスの皆《みんな》と絶対仲良くなれるよ」

「……」

「昨日、姫宮君と話しながら帰るのは楽しかったし、今日だってクラスの皆と自然に話せてたもん。私が課題なんかを出す必要なかったくらい」

「……」

「ごめんね。英玲奈《えれな》や瑠璃と仲良くなってもらおうと思って一緒に帰ろうって誘《さそ》ったけど、女の子３人と帰るのは恥《は》ずかしいよね。明日は男の子も誘うから一緒に帰ってみようよ」

「あの──、「もし、まだ他の人たちと話すのが怖《こわ》いなら、馴《な》れるまでは2人で一緒に帰ろ？　少しずつ慣れていけば、きっと誰にでも話せるようになるから！」」

俺の言葉を遮《さえぎ》った今も尚《なお》、美咲は俺のためにと語り続ける。会話を聞けば聞くほど、コイツが盛大な勘違《かんちが》いをしていることに気付かされる。

そして、言うのだ。決定的な言葉を。

「せっかく友達を作るために幹事に立候補したんだから、あと一歩踏《ふ》み出そうよ！」

脳みそバルス。急な頭痛に襲《おそ》われ、長机へと突《つ》っ伏《ぷ》してしまう。

「ひ、姫宮君⁉」

あいたたたたたた……。あー、頭痛薬が欲しい……。半分優しさじゃなくて、ちゃんと純度100％の奴《やつ》が飲みたい……。

まさかだ。まさか、友達欲しさで幹事に立候補した可哀想《かわいそう》な奴だと美咲に思われていたとは……。今日の課題の数々は、友達作りの一環《いっかん》だったんかい……。親睦《しんぼく》会のためじゃなかったんかい……。

よくよく考えればそうだよな。いつも1人でいる奴が幹事に立候補したら、何かしら理由はあると思うよな。博愛主義者からしたら、友達欲しくて立候補したと思うわな。

俺が落ち込んでいる理由など、知る由もない美咲は混乱気味。それでも励《はげ》まそうと傷口に粗塩《あらじお》を塗《ぬ》ってくださる。

「だ、大丈夫だよ！　姫宮君が皆と仲良くなれるまで私も協力するから！」

超《ちょう》優しいし、超余計なお世話じゃん。クーリングオフしてー……。

ゆっくりと机から顔を上げる。目の前には博愛主義者。笑顔が眩しい。眩しすぎる。

「気分が悪い……」

「人の顔見ながら失礼だよっ⁉」

「すまん……お前の優しさが身に染みて……気持ち悪くなった……」

「身に染みたのに⁉」と、ツッコみまくりの美咲。その間も心配そうに俺の顔を覗《のぞ》くコイツは、本当にいい奴なんだと思う。

だからこそ、しっかり伝えなければいけない。完膚《かんぷ》なきまでに。

「あのさ、美咲」

「うん……？」

「俺さ。友達欲しさで幹事に立候補したわけじゃないから」

「……え？」

予想通り、美咲は驚《おどろ》きを隠《かく》せない様子。

「じゃ、じゃあ何で立候補したの？」

「この空き教室を自由に使っていいっていう約束を天海先生としてて、その交換《こうかん》条件の1つとして幹事を引き受けたんだよ」

「そ、そうなんだ……。てっきり、姫宮君がいつも1人でいるから友達が欲しいとばかり……。で、でも！　本当は友達欲しいんだよ──、「いいえ、全く」」

食い気味のノーサンキュー。「ご一緒《いっしょ》にポテトいかがですか？」を言わせないレベル。

美咲の笑顔は引きつり、水を奪《うば》われた魚の如《ごと》し。

「俺、独りがめちゃくちゃ好きだから。友達は特に必要とはしていない。むしろ独りの時間を拘束《こうそく》されるくらいなら要《い》らん」

厚意を無下《むげ》にして申し訳ない気持ちも僅かながらある。けどだ。自分の気持ちに嘘《うそ》をついてまで独りの生活を手放そうとは決して思わない。やはり独りの時間は、何物にも代えがたい代物だから。誰に気兼《きが》ねすることなく、自由に好きなことを俺はやっていきたい。

よって、美咲の勘違いによる、俺の友達作りサポートは今日を以て終了《しゅうりょう》。

結論としては、学園アイドル、博愛主義者、カリン様らの異名を持つ美咲であろうと、勘違いするということ。ドンマイ美咲。切り替えてこーぜ。

美咲の人間らしい勘違いも見れたし、貴重な観測ができたということで手を打とうではないか。

お出口はアチラですと、見送るべく立ち上がろうとする。

しかし、美咲は依然《いぜん》、椅子に座ったまま動こうとしない。

「美咲？」

不思議に思っているのも束の間、「……うん」と意味ありげに頷《うなず》いた美咲が顔を上げる。

「ねぇ姫宮君。騙《だま》されたと思って、このまま友達作り頑張《がんば》ってみないかな？」

「……。はい？」

「やっぱり、独りだけの生活なんて悲しいよ」

「……独りが悲しい？」

「うん。やっぱり、皆で笑い合うのが一番楽しいから。絶対姫宮君も友達ができたらそう思うようになるから友達作り頑張ろうよ」

美咲が俺へと手を差し伸《の》べる。

「私も全力で協力するから！　独りだけの寂《さび》しい生活とはサヨナラしよ。ね？」

自分の全ての気持ちを伝え終えたと、美咲はいつもの柔らかい笑みへと戻る。

美咲の瞳は慈愛《じあい》に満ち溢《あふ》れている。土砂降りの中に佇《たたず》む捨て犬に、傘《かさ》を差し出すかのように。真冬の公園で寒さに震《ふる》えるホームレスに、温かいスープを手渡《てわた》すかのように。

コイツの瞳に映っている俺は、か弱い存在なのは明白。

だからこそ、俺は唇《くちびる》が震えてしまう。

「く……」

ゆっくりでいいから貴方《あなた》の言葉を聞かせてと、美咲は尚も微笑《ほほえ》み続ける。

「く、……く、く」

「うん」

そんな美咲の笑顔に、震える怒《いか》りを堪《こら》えきれなかった。

「くたばれ博愛主義者ぁぁぁ————————！」

「…………。はぇっ⁉」

鳩《はと》がブローニングM２重機関銃《じゅうきかんじゅう》くらったかのように呆然《ぼうぜん》とする美咲。そんなのお構いなし。勢いよく立ち上がった俺は勢いそのままに中指を突き立てて口撃《こうげき》開始。

「もー限界だ！　黙《だま》って聞いてりゃ言いたいことボロカス言いやがって！　そんな生活絶対間《ま》違《ちが》ってる？　１人だけの寂しい生活？　お前の生活基準にはＪＩＳマークでも付いて

んのかよ！　一般論《いっぱんろん》は一般論だから！　俺の生活基準は俺が決めるから余計なお世話だバカヤロウ！」

たいていのことは我慢《がまん》できる。しかし、俺のポリシーである独りをここまで否定してくるなら話は別。仮に悪気が無かったとしてもだ。むしろ悪気がないからこそ質《たち》が悪いことだってある。

土砂降りの中に佇む捨て犬は、シャワーを浴びていただけかもしれない。真冬の公園で寒さに震えるホームレスは、スープの中に死ぬほど嫌《きら》いなものが入っていて飲めないかもしれない。

有り得ないことなどない。世の中、当事者にしか分からないことばかりなのだから。故に博愛主義者の考えが絶対なわけなどない。

「いくら、お前の顔面がめちゃくちゃ可愛《かわい》かろうが！　性格がめちゃくちゃ良かろうが！　高スペックだろうが！　誰にも愛される存在だろうが！　何でもかんでもお前が正しいと思うな！」

「ひ、姫宮君……！」

「何だよ？」

「そ、そういうことを面と向かれて言われるのは、その……恥ずかしい……です……」

「説教中に照れてんじゃねぇぞ!?」

「説教中でも恥ずかしいんだもん!」

頭ん中ハッピーセットかよ。というか聞き馴れてんだろお前は。

赤面して頰《ほお》を押《お》さえる美咲を尻目《しりめ》に、半分以上あったペットボトルの中身を一気に飲み干し、口の渇《かわ》きを潤《うるお》しつつクールダウン。久々にここまで声を荒《あら》げた気がする。しかし、女子だから可哀想だし、この辺で説教は終わりにしようという考えはない。男尊女卑《だんそんじょひ》の時代は終わったのだ。そもそもコイツ反省してるか分からない。

「いいか美咲。この際だから、お前のためを思ってハッキリ言ってやる。俺が人のためを思うとか貴重だからありがたく言葉を聞け」

「は、はい……」

「何でもかんでも人に手を差し伸べないで、ちゃんと1人1人の気持ちを考えながら手を差し伸べてくれ」

「!」

美咲の大きな瞳《ひとみ》は一層大きく開く。どうやら心に響《ひび》いてくれたらしい。

基本悪い奴ではない。というより全く悪くない。誰にでも優しすぎるが故に配慮《はいりょ》が足りなかっただけなのだから。

「全員が修学旅行やパジャマパーティを楽しみだと思うな。独りじゃないと寝《ね》れない奴もいる。ウサギが寂しいと死ぬと思うな。むしろ、うるさいほうがストレスで死ぬ。誰もがリア充《じゅう》みたいに「うぇ〜〜いｗｗｗ　海を背景に片手掲《かか》げて皆でドンッ！　うぇ〜〜いｗｗｗ」なパーリー思考だと思うな。ひっそり浜辺《はまべ》で日焼けしたい奴だっている。もう俺が何を言いたいか分かるな？」

「う、うん。多少の闇《やみ》を感じるけど……」

闇などない。真実だ。

一仕事終え、大きく溜息《ためいき》をつけば一気に身体《からだ》が重くなる。堪えきれず椅子《いす》へと深く腰掛《こしか》けてしまう。

「分かってくれたなら、それでいい。もう帰っていいぞ」

おつかれしたー。と手《て》の甲《こう》を出入り口へと振《ふ》る。

が、未だに美咲は立ち去ろうとはしない。

「何だ？　幹事の仕事なら気にしなくていいぞ。もとから1人でするもんだと思ってたし」

「ごめんなさい！」

「！」

頭を下げる美咲。本当に罪悪感を感じているのが伝わってくる謝罪だった。

「姫宮君の言う通りだと思いました！　これからは人の気持ちを理解しながら手を差し伸べていけるように努力していきます！」

「お、おう……」

ここまで素直に謝罪されると、罵声《ばせい》を浴びせすぎたと俺までも反省してしまう。

「その、なんだ……。誰《だれ》にでも間違《まちが》いはあるし、今後に活かしてもらえるなら俺は全く気にしないから。頭を上げてくれ」

「うん。ありがとう」

下げていた頭を美咲は上げる。許しを得られたことが嬉《うれ》しいのか、美咲の表情は元気いっぱいに戻《もど》っていた。

そんな誰もに愛し愛される笑顔を持つ美咲が言う。

「これからは、ちゃんと姫宮君の気持ちを考えつつ接していくね」

「……あ？」

「姫宮君が私のことを友達って言ってくれるくらい仲良くなれるように頑張るよ！　引き続き、親睦《しんぼく》会の幹事もよろしくね！」

「……」

開いた口が塞《ふさ》がらない。

二度と俺に近づきたくないくらい結構ボロカスに叩《たた》いたつもりだったんだが……。

なんだこのハードメンタリスト。心臓にA.T.フィールドでも搭載《とうさい》してんのか？

というか、俺が独り好きって言ったの無視すんじゃねーよ……。

博愛主義者を説得するには、どうしたものかと悩《なや》んでいると、出入り口前には俺らの様子を見に来た天海先生が。小さい故、いつからいたのか気付かず。

風呂桶《ふろおけ》を両手に感慨《かんがい》深げに頷く姿は、さも「青春だなぁ」と言いたげ。

俺が助けを求めようとするよりも先、美咲が天海先生へと話しかける。

「アマちゃん先生！　私もこの教室、これから使いたいです！」

「いいですよー」

天海先生は特に考える間もなく心地よい返事。俺にとっては心地よいわけがない。

「嫌《いや》ですよ！　もし美咲が使うなら、俺は何のために先生の手伝いをしているか分からなくなるじゃないですか！　1人部屋から相部屋にされたら、この教室の魅力《みりょく》が半減です！」

天海先生は唇に指を押し当てつつ意見を述べる。

「うーん……。確かにそうですけど、美咲さんだって親睦会の幹事さんを引き受けてくれているわけですし、姫宮君にだけ贔屓《ひいき》するのは先生好かないです」

く……。そう言われてしまえば、言い返せん……。

とりあえず八つ当たりしておこうと美咲を睨《にら》みつけてみるものの、べッ、と舌を出された後に満面の笑み。ムカつく感情に可愛いが追加されているのが余計腹立つ。

「ではでは、とりあえず美咲さんはお試し期間にする、というのはいかがでしょうか？」

天海先生の提案に、俺と美咲が「「お試し期間？」」とハウリング。

「親睦会の幹事の期間、美咲さんもこの教室を使えるようにするのです。それ以降は、また考えるということで」

「それって問題を先延ばしにするだけじゃないですか……？」

「姫宮君のためのお試し期間なんだから、これ以上の譲歩《じょうほ》を先生はしませんっ！　もし、姫宮君が部屋を1人で使いたいと主張し続けるのであれば、先生としては美咲さんに今後お手伝いしてもらっても構わないのです」

天海先生は風呂桶に入った出席簿《ぼ》など一式を長机に置くと、風呂桶をひっくり返してその上に乗る。椅子に座る俺を見降ろす形に。風呂桶蹴《け》とばしたい。

「先生は姫宮君の独り好きの考えを尊重はしますが、美咲さんの友達が沢山《たくさん》いるほうが楽しいという考えも尊重します。あくまで先生は中立の立場なのです。ということなので、自主的に美咲さんが姫宮君の気持ちを理解したり、姫宮君の友達になりたいのなら手を差し伸べたいのです」

自主的。教師の大好きな言葉。要は手のかからない&万が一何かやらかしても自分の責任が薄《うす》まる生徒が教師は大好きに違いない。

でもなぁ。理不尽《りふじん》やワガママ言っているのは俺のほうなんだよなぁ……。

「お願い姫宮君！　先生の言う通り、幹事の間だけでいいから！」

美咲は俺如《ごと》きに後生の頼《たの》みだと言いたげに手を合わせてくる。

何故、コイツはそこまでして他人と深く関わりたいのか。

前世が天使なのか、はたまた前世は歴史的大罪人で罪の意識から逃《のが》れるためか。

考えても無駄《むだ》。独り好きな俺が、博愛主義者の考えなど分かるわけがない。

「……分かったよ。幹事の間だけだからな」

仕方なしに容認してしまう。こいつの頑固《がんこ》さは昨日と今日だけで十二分に理解した。故にゴネたところで無意味。だったら、4月末の親睦会まで辛抱《しんぼう》したほうがマシだ。それまで辛抱すれば、俺の独り至上主義の考えがブレないことに気付き諦《あきら》めてくれるだろう。

何が嬉しいのか。笑顔を咲《さ》き誇《ほこ》らせる美咲はポケットからスマホを取り出し、俺へと急接近。超眩《ちょうまぶ》しい。

「姫宮君！　ＬＩＮＥ交換《こうかん》しよ！」

机の上のスマホを早急に胸ポケットに回収。

「嫌——、じゃなくて、ＬＩＮＥやってない」

「ウソつかないで、ふるふるしよっ！　振るのは首じゃなくてスマホね！」

その夜。無理矢理交換させられた俺のスマホには、「明日からもヨロシクね！」というメッセージとスタンプが届いていた。

もちろん既読《きどく》スルーした。

# 2章　羽鳥《はとり》英玲奈《えれな》のマシンガントーク

翌朝の通学中。本日も日課であるラジオを聴《き》きながら、学校へと続く道を歩いていく。

聴いているのは専ら、関西ローカルのFM802。各時間帯を担当するパーソナリティが最新曲から懐《なつ》かしい曲までを紹介《しょうかい》してくれたり、リスナーからの何気ないメッセージに受け答えたり。手軽にアプリで聴け、通学中であったり放課後の読書や宿題をしながらなど、作業のお供には打ってつけな放送局である。

「お」と思わず声が漏《も》れてしまう。俺イチ押しバンドの新曲が流れ始めたから。YouTubeで先行配信されたPVを何度も聴いているものの、明快かつアップテンポな曲は何度聴いても飽《あ》きが来ない。

心地よい音楽の世界に浸《ひた》っていると、ふと周囲の異変に気付く。同じく登校中の生徒たちが足を止めて振り向いていた。

「――くーん！」

イヤホン越《ご》しからでも僅《わず》かに聞こえてくる声は聞き覚えアリ。イヤホンを片耳だけ外して振り向く。

「あ。やっと気付いた。おーい、姫宮《ひめみや》くーん」

歩道前。私はここにいますよとピョンピョン飛び跳《は》ねつつ、両手を大きく振って挨拶《あいさつ》してくる美咲《みさき》の姿が。雨の日に呼び止められたときも思ったが、よくもまぁ、会って間もない奴《やつ》の後ろ姿だけで人を判別できるものだ。

周囲の人物は朝から美咲を見れて眼福といったふうに頬《ほお》を緩《ゆる》め、その視線に気付いた美咲も元気いっぱいの挨拶で応えていく。愛嬌《あいきょう》ある笑顔を添《そ》えて。

「皆《みんな》おはよう！」

「おはようございます！　カリン様！」「華梨《かりん》ちゃん、おはよー！」「おっす美咲さん！」

お前は下界へ降りてきた神か。

そんな美咲は、赤信号故に渡《わた》れないらしい。

申し訳なさげに向かい側の俺へと手を合わせてくる。

「ごめんね姫宮君、ちょっと待——」、「ども」

いつもより早め&遠めの挨拶を美咲と交わした後、イヤホンを付け直し、再び学校目指して歩き始める。ちっ……、サビの部分聴《き》き逃した。

気を取り直して音楽の世界に没頭《ぼっとう》しようとしてから数秒後。

「うお!?」

物凄《ものすご》い勢いで追いかけてきた美咲が、俺の行先を立ち塞ぐ。

勢いそのままに俺のイヤホンを引っこ抜《ぬ》いてくる。

「何で先行っちゃうの⁉」

「いや……、別に一緒《いっしょ》に行く約束してなかったし。というか、ラジオ聴いていい――、」

「ダ・メ・で・す！」

この場合、俺とコイツ、どっちがワガママなのだろうか。

そもそもだ。独りで過ごしたい俺の友達になろうとする奴と、一緒に歩くメリットが見当たらないんですけど。ラジオ聴きたいんですけど。

美咲は未だに不満があるのか。「そ・れ・と！」と言いながら自分のスマホを取り出して俺へと突《つ》き出してくる。

ディスプレイにはLINEのチャット欄《らん》が表示されており、メッセージを黙読《もくどく》すれば、

【カリン】登録したよー

【カリン】明日からもヨロシクね！

【カリン】もしかして、姫宮君にメッセージ届いてない……？

の3通と、ウサギのスタンプが数個。

「昨日も見たけど？」

「じゃあ既読スルーしないでよっ！　ずっと返事待ってたのに！」

未読スルーなら怒《おこ》られなかったのだろうか。友達いないから分かんない。

ここまで自分を空気扱《あつか》いされた経験がないからか、美咲は涙目《なみだめ》。感情は、怒《いか》り1：悲しさ6：恥《は》ずかしさ3といったところか。

周囲の生徒たちが、

「あいつ、カリン様を無視して歩いてたぞ……。途中《とちゆう》、舌打ちも聞こえたような……」

「カリン様のメッセージを既読スルー!?　未読スルーされたの間違《まち》いだろ！」

「俺だったら10秒以内に送り返すし、メッセージ欄スクショして待ち受けにするのに……！　クソ！　何であんな不愛想な顔面の奴が！」

などと騒《さわ》いでいる。うるせー。

いい迷惑《めいわく》だ。言葉は短いが挨拶したし、返事はしていないが既読だって付けた。不愛想な顔面だろうと最低限のマナーは果たしたではないか。

目の前の天使様の前では、俺は異端者《いたん》とでも言いたげである。しかし、俺が異端者だと言うのなら、異端者で大いに結構。むしろ独りだけの存在は誇らしいとすら感じる。

むぅぅぅ……！　と、未だ不機嫌《ふきげん》そうに口を結ぶ美咲。

「姫宮君と話したかっただけなのに……！」

いくら可愛《かわい》い発言や表情だからと騙《だま》されてはダメ。

学校で毎日会っているというのに、夜な夜な何を語り合うことがあるというのだ。友達（笑）の素晴らしさとかか？　んなもん聞かされるくらいなら、妹のなかよし4月号読むわ。

「ちなみに美咲。ネットニュースで見たことがあるんだが、既読スルーを経験したことのある10代女子は4割を超《こ》えるらしいぞ」

不機嫌から一変。美咲の表情が驚《おどろ》きへ。

「そ、そうなんだ。意外と多いね」

「ということはだ。お前が既読スルーされることなんて、別に珍《めずら》しいケースではないんじゃないか？」

「！　確かに……」

ド真ん中に的を射た発言だったようで、俺の話に引き込まれる美咲。こういう素直なところが誰《だれ》にも愛される秘訣《ひけつ》なのだろう。

「既読したのにメッセージ返さないくらいでヤイヤイ言うなって。大体お前らリア充《じゆう》はLINEに執着《しゆうちやく》しすぎ。そんなんだから既読付いたのに返事しない奴をグループでブロックしようとかホザくピーキーな奴が爆誕《ばくたん》するんだろ」

「う……」と言葉を詰《つ》まらせる美咲は伏《ふ》し目《め》がちになる。

「それは……、おっしゃる通りです……」

「だろ？　ホーム画面だけでメッセージ確認して未読のフリする奴らも、何かしらの負担を感じて未読スルーしてるわけだし。グループから抜けたほうが気が楽だって。24時間メッセージ待機して即《そく》レスとかジャパネットかよ」

「……ぐうの音も出ません」

既読スルーを気にしすぎるのは、昨今の若者を取巻く悪《あ》しき習慣であり、お友達ごっこを助長させる魔《ま》のルールだと俺は思う。

「以上の観点から、既読スルーされて苦情を言うのは止《や》めていただきたい」

「以後、気を付けます……」

「うん、分かればいい」

しゅん、と肩《かた》を落とした美咲は、しっかり反省の色が見えている。

「それじゃあ」と別れを告げつつイヤホンを付け直そうとする。

が、追いかけてきた美咲に両腕《りょううで》を下げられる。ちくしょう。

「で、でもさ！　姫宮君」

「おう」

「意味のあるメッセージや確認を込めたメッセージを、既読だけで済ませるのってどうなの？」

「そこそこ失礼な行為《こうい》だと思う」

「即答《そくとう》で罪を認めたっ⁉」

「勘違《かんちが》いするな美咲」

「？」

「俺は他の奴らみたいに負い目を感じつつ既読スルーしているわけじゃない」

「じゃあどんな気持ちなのさ」

「純粋《じゅんすい》に面倒《めんどう》だなと」

「余計タチ悪いよっ！　あ！　待ちなさ――――い！」

歩きながらイヤホンを付け直そうとするが、やはり追いかけてくる美咲に邪魔《じゃま》をされてしまう。

※　※　※

昼休み。孤独《こどく》のグルメを決め込むべく食堂へ。

トレーにラーメンセットとお冷を載《の》せつつ、辺りを眺《なが》める。当たり前だが人・人・人。

カウンター席が好ましいものの、４限目が体育だっただけにスタートダッシュが切れず満席。残念ではあるが、それだけ1人で利用する者も増えていると思うと諦《あきら》めもつく。

仕方なしにテーブル席へ腰《こし》を下ろすと、集団グループが「んだよ、1人で利用すんなよ」的な冷めた視線を浴びせてくるが知ったこっちゃない。俺がテーブル席を独占《どくせん》しているわけではないのだ。そんなに別々で食うのが嫌《いや》ならレジャーシートでも敷《し》いて中庭で食えばいい。

食堂が全てカウンター席ならいいのにな。そうすれば、集団で駄弁《だべ》りながらダラダラ食べる生徒は激減して、利用生徒の回転率も増えるから。最悪、立ち食いでも可。

うん。我ながら良いアイデアだな。生徒会の相談箱に投函《とうかん》しても良いレベルである。

「アレー？　ワー、姫宮君ダー」

「……」

箸《はし》が止まり、目の前にいる女子を見上げてしまう。

そこには弁当箱と水筒《すいとう》ボトルを持った美咲が。

「スゴイ偶然《ぐうぜん》ダナー」

白々しくも棒読み感MAX。コイツの浅はかな狙《ねら》いが丸分かり。

とてつもなく嫌な顔をすれば、化けの皮が簡単に剝《は》がれる。

「べ、別に付いてきたわけじゃないよ？　私も今日は食堂だったから、姫宮君いないかな？　あ！　いた！　って感じだから！」

「思惑《おもわく》をダダ漏《も》らすなよ……」

「ゴホン……。隣《となり》いいよね？」

切り替《か》え下手《へた》くそかよ。

麺《めん》をすすり終えてから念のために周囲を見渡《みわた》すが、やはりどこの席も混んでおり俺１人移動することもできない。

仕方がない。

「……。どうぞ」

「今のワンクッション、絶対要《い》らないよね……？」

「気にするな。俺には必要なことだったんだ」

美咲のジト目もなんのその。お構いなしに食事を再開していると、美咲が「英玲奈ー、瑠璃《るり》ー。こっちこっちー」と２人の女子を手招きする。

「お。姫宮じゃん。わたし初絡《から》みかも！」

「私も初めて」

やって来た２人が美咲に勧《すす》められるままに前方２席へと腰を下ろす。

ただでさえ華《はな》やいでいた空間が一層華やかになる。

「姫宮君。紹介《しょうかい》しなくても知ってるよね？」

「そりゃクラスメイトだからな」

俺の言葉をきっかけに、目の前の席に座るテンション高めの女子と目が合う。

３人の中で一回り小さい彼女は、２つ縛《しば》りした毛先に緩《ゆる》くパーマをあて、素顔を彩《いろど》るナチュラルメイク。ワンサイズ大きめなクリーム色のカーディガンと真っ赤なスニーカーはポップな印象を与《あた》える。

そんな彼女が、「わたしの名前、言ってみ言ってみ？」と楽しげに自分の顔を指差すので、

「倉敷瑠璃《くらしき》」

「おー！　フルネームで覚えてくれてるとか嬉《うれ》しいじゃん。いやー、わたしってそんなに目立っちゃうのかなー？　参っちゃうなあ」

「親睦《しんぼく》会の名簿《めいぼ》作ったときに大体覚えただけだぞ」

「冗談《じょうだん》なんだから、マジ顔で言うなよー」

ぶー、と唇《くちびる》を尖《とが》らせていた倉敷だったが、直ぐに竜田《たった》揚《あ》げにソースをかけるかマヨネーズをかけるかで悩《なや》み始める。

「華梨なら何かける？」

「うーんとね。シンプルにソースかな」

「つまんない。七味マヨにしよ」

「何故、聞いたっ⁉」

「その反応が見たいからに決まってんじゃーん」

怒る美咲を見て、イタズラげに八重歯を覗《のぞ》かせる倉敷は満足げ。

「マヨと七味取ってー」と倉敷に頼《たの》まれたので手渡《てわた》していると、斜め前の席に座る女子から視線を感じてしまう。

長く真っ直ぐ伸《の》びた黒髪《くろかみ》は大和撫子《やまとなでしこ》を彷彿《ほうふつ》とさせ、制服を校則に引《ひ》っ掛《か》からない程度に着崩《くず》す装いは、倉敷のようなポップさはないものの、清楚《せいそ》感があり彼女には合っている。長身かつスタイルも良さげで、同年代の女子より総じて大人びた印象。特にブレザー越《ご》しからでも十二分に押し上げる胸は、モデルよりグラビアのほうが映えるだろうと思わず確信してしまう程である。

「羽鳥英玲奈、だよな？」

「うん。よろしく」

静かで上品な笑みを一瞬《いっしゅん》浮かべた羽鳥は、俺から視線を外すと「いただきます」と一礼してから食事していく。隣がテンションの高い倉敷なだけに、クールっぽさや大人びた雰《ふん》囲《い》気《き》がより滲《にじ》み出ている。

美咲・倉敷・羽鳥の3人組は、クラスでも人気グループだと俺は認知している。休み時間や帰りなど、基本は3人で行動しているが閉鎖《へいさ》的なコミュニティというわけではないので、男女関係なく色々なグループと接しているのを度々見かけるから。いくつかあるリア充グループの中では、『穏健派《おんけんは》』や『エンジョイ勢』などの言葉がピッタリではなかろうか。

まぁ、だからといってお近づきになりたいとかは皆目《かいもく》ないのだけれど。俺、ソロ勢だし。

可愛い系と美人系を連れてきたところで、俺のおひとり様アイデンティティが揺《ゆ》らぐと思ったら大間違《おおまちが》い。「私、そんなに軽い男じゃありませんから」という意味を込め、美咲をひと睨《にら》みするが、美咲は呑気《のんき》にダシ巻き卵を咥《くわ》えてモグモグと口を動かし中。俺の視線に気付けば、弁当箱から残りのダシ巻き卵を箸で摑《つか》んで「はいどーぞ」と俺の皿へと置いてくる。欲しいから見てたんじゃねーよ。

一応は感謝しつつ口へと放り込む。冷めていてもふっくら仕上がっており、嚙《か》むたびに出汁《だし》の香《かお》りが口いっぱいに拡がる。反抗心《はんこうしん》緩和《かんわ》。

「美味《うま》いな」

「えへへー」と上機嫌《じょうきげん》にはにかむ美咲。

「私、料理するの好きなんだ。麵つゆで溶《と》いてみました」

どうやら弁当はお手製らしい。

新しく知った美咲の才能に舌鼓《したつづみ》していると、倉敷が「バカップルかよー」とニヤつきつつ、美咲の弁当へと箸を伸ばす。美咲は弁当箱を持ち上げて阻止《そし》。

「バカ呼ばわりする人にあげるオカズはありませーん」

「じゃあバカップルじゃなくて、カップルかよー。良かったね姫宮。華梨公認じゃん」

「倉敷。俺だって傷つくことはあるぞ」

「今の発言に私は傷ついたよ！」

「ニャハハハハ！　今度は夫婦漫才《まんざい》かよ！」

笑いつつ倉敷は、一瞬《いっしゅん》の隙《すき》をついて美咲の弁当から生春巻を回収。そのまま口の中へ。してやったりのドヤ顔を見せる倉敷に、悔《くや》しそうに口を結ぶ美咲。羽鳥は２人のやり取りを微笑《ほほえ》ましく眺めつつ、コップのお茶をゆっくりと飲んでいる。

倉敷が閑話休題《かんわきゅうだい》といったように、

「ところで、お二人さん。親睦会の進捗《しんちょく》具合は順調かね？」

「うん。姫宮君が頑張《がんば》ってくれてるから順調だよ。あと大きく決めなきゃいけないのは、お店選びくらいかな」

「店ってどういうところ？」と羽鳥が首を傾《かし》げる。

「えっとね。皆《みんな》が集まりやすい学校近くか、三宮にあるお店にしようとは思ってるけど、具体的にはまだ考え中なんだ。何か要望とかあれば聞くよ？」

「はいはいはい！　美味しいケーキが食べれるとこ！」

「英玲奈は何かある？」

「雰囲気がいいところ、かな……？」

倉敷は羽鳥へと「んー？」と顔を近づけつつ、

「さすが英玲奈、おっとなー。ケーキって答えたわたしが幼く見えちゃうなー」

羽鳥は顔を逸《そ》らす。

「……。可愛く見られていいと思う」

「か――っ！　受け流すあたりが大人かよっ。わたしも大人になりたーい」

ぺしぺし、と羽鳥の立派な胸を叩《たた》く倉敷。さすがの羽鳥も「！　ちょっと……」と過剰《かじょう》なボディタッチに、過剰なほど肩《かた》を跳《は》ね上がらせる。

セクハラするあたり、倉敷も立派な大人だろ。オッサンだけど。

「いいなー。スプーンとか載《の》るでしょ、この立派なもんは」

「載せようとしないで……」

「こら瑠璃！　男の子がいる前で変な挑戦《ちょうせん》しないの！」

「じゃあ姫宮、目瞑《つぶ》っててー」

「減らず口めっ！」

冗談じゃーん。と倉敷は笑いつつ、載せようとしてたスプーンを卵スープの器に突《つ》っ込《こ》んでかき混ぜる。

「まったく瑠璃は……。英玲奈も嫌ならハッキリ言わなきゃダメだよ？」

「うん。ありがとう」と苦笑いを浮《う》かべる羽鳥は、倉敷へ特に怒《おこ》る様子もなく食事を再開。

バランスの取れた3人だと思う。自由奔放《ほんぽう》な倉敷を大人な羽鳥が受け止め、面倒見《めんどうみ》の良い美咲が上手《うま》く捌《さば》いている。2週間足らずで仲良し3人組を印象付けるだけはある。

気を取り直すように美咲が胸ポケットから生徒手帳とペンを取り出すと、「えっと……、

雰囲気よくて、美味しいケーキがあるところ……」と、2人からの要望をメモしていく。

書き終えた美咲は良さげな店があるか考えるが、現状すぐには思いつかない様子。

「姫宮君はどこか良い店知ってる？」

学校か駅近くのオシャレで美味いケーキが食べれる場所か……。

「サイゼかロイホ？」

「話聞いてた⁉」「ブッ……！」「……」

驚《おどろ》く美咲、吹《ふ》き出す倉敷、引き気味の羽鳥。

「姫宮君！　せっかく幹事に立候補したんだから、クラスの皆に一目置かれるようなお店

にしようよ！　おもてなしだよ！　お・も・て・な・し！」

「ニャハハハハ！　確かにパッと見オシャレだしケーキもあるけども！　姫宮天才じゃん！　でも放課後にでも行けるから却下《きやつか》！　てか昨日も行った！」

「……もう少し考えたほうが良いと思う」

何だコイツら。ファミレスに親でも殺されたのだろうか。口数少ない羽鳥の言葉が一番辛辣《しんらつ》なんですけど。

しかしだ。クラス代表のような奴《やつ》らが猛反対《もうはんたい》するということは、大多数の人間にも反対されるのは目に見えている。俺の感性が死んでいるのを認めるしかない。

「はー……、笑い死ぬかと思った……。わたし、姫宮がこんな面白い奴だとは知んなかったわ。無口系だと思ったら、天然系とかインパクト最強かよ」

倉敷に不満を述べようとしたのも束の間、美咲が唐突《とうとつ》に目を輝《かがや》かせてテンションＭＡＸ。

「だよね！　姫宮君って多少というか、だいぶ個性的で面白いんだよ！　もっと皆と仲良くすればいいのにって思うよね！　英玲奈もそう思うよね？」

「なのかな？」と羽鳥のどっちとも取れる返事を聞きつつ、この流れは面倒《めんどう》くさくなりそうだな、と思ってしまう。

面倒事とは重なるもの。

「お。華梨たちじゃん」

声がするほうへ振《ふ》り向く。すると、「よっす」と爽《さわ》やかに挨拶《あいさつ》する波川《なみかわ》を筆頭に、見覚えのある男女グループが近づいてきていた。ロッカー付近でよく見かけるリア充《じゅう》たちだ。

座る席を探している最中に俺ら、というか美咲たちを見つけたらしい。

取り巻きの伊刈《いかり》が、淡々《たんたん》と麺《めん》をすする俺の存在を発見して「???」とクエスチョンマークを浮かべまくる。喋《しゃべ》らずとも、「何でお前が華梨たちと?」と伝えられるのだから大したものだ。悪意というより疑問が強そうな表情で、妹のゆずが算数ドリルに苦戦するときの表情と酷似《こくじ》している。ストレートに言うとアホっぽい。

そんなにジロジロ見るな。一体俺が何をしたというのだ。もっと、夢の国のネズミ見つけたくらいのテンションで俺を見ろ。……いや、それはそれで気持ち悪いか……。

百歩譲《ゆず》ってジロジロ見るのは許してもいいが、制汗剤《せいかんざい》は無臭《むしゅう》タイプにしていただきたい。塩味のスープと清涼感《せいりょうかん》たっぷりシトラスミントの香りはミスマッチすぎるので。

「波川君たち、ずいぶん遅《おそ》いお昼だね」

「比奈《ひな》が体育から教室に戻《もど》って来るの遅かったからな」

波川が「困った奴だよ」と苦笑いを浮かべて振り向けば、

「髪《かみ》全然キマらなかったんだし、しょうがないじゃん？　これでも急いだほうだかんね！」

比奈こと、遠藤《えんどう》比奈は不満げな発言ながら、猫《ねこ》なで声《ごえ》で波川へとちょっかいを出す。

ふわふわにパーマがかった、かなり明るめなショートヘアは、波川たちを遅くまで待たせるのも納得するほど立体的な仕上がりになっている。ヘアスタイルだけでなく化粧《けしょう》もしっかりと整え、自分を最大限に可愛く魅せる表現を知っているのだろう。

後ろで喋っている女子2人、洞《うろが》ヶ瀬《せ》や渡住《わたずみ》らも遠藤と同じように目立つ装いで、総じて「今ワタシたち、女子高生楽しんでます！」といった雰囲気を漂《ただよ》わせる。けれど、気合いが入りすぎてて、カースト上位であったりギャル好きでなければ近寄りがたい感じは否めない。俺のようなカースト下位の人間と接しているところを見たことがないし、視線やら態度やらで、どう思われているのかは簡単に分かる。

大いに女子高生を謳歌《おうか》してもらって構わないものの、食事処では香水《こうすい》を控《ひか》えていただきたい。塩味のスープと甘ったるいお花畑の香りはデスマッチすぎるので。

ふと、俺ら隣《となり》にいるグループが食べ終わったようで立ち上がる。

そのタイミングで波川が尋《たず》ねる。

「隣いいか？」

実にスマートかつスムーズな物言い。「俺んとこ来ないか？」ってコイツが言えば、ワンナイトカーニバルな曲が流れそうな勢いすらある。

「あれ？」

どうしたことか。イケメンが困っている。美咲たちが波川の尋ねに誰《だれ》も答えないから。

こいつら3人はブス専なのだろうか。時々いるよな。美女と野獣《やじゅう》みたいなカップル。

「俺の声、聞こえてる？　おーい姫宮」

「ん？　あ。俺？」

俺に聞いていたらしい。

仲の良い美咲たちじゃなく俺に聞くあたり、性格もイケメンの模様。

そんな残念そうな眼差《まなざ》しで俺を見るな美咲。倉敷は笑うな。

にしても、どれだけ俺にイケメンアピールしてくれれば波川は気が済むのだろうか。俺だったら、自分のことをいきなり褒《ほ》めてくるような輩《やから》には絶対近づかないけどな。

念のために周囲を見渡《みわた》そうと首を伸《の》ばすと、美咲に「あ！　またそういうことする！」と叱責《しっせき》される。独り依存症《いぞんしょう》の癖《くせ》だから見逃《みのが》して欲しい。

「どうぞ」と相席許可を出せば、波川は「サンキュな」と空いた席へと腰《こし》を下ろし、他の奴らも連動するかのように座っていく。あっという間に計9名、俺も含《ふく》めれば計10名の大所帯グループへと変化を遂《と》げる。

大所帯ともなれば、食卓《しょくたく》は騒が――、賑《にぎ》わしい。

お祭りムードの中、「何故、俺はここにいるのだろう？　記録係か何かですか？」と思ってしまう。否。記録係にもなれておらず。空気ですから。

それくらい俺はこの場に馴染《なじ》んでおらず、メンバーの中で浮いてしまっている。

今現在、メインのトーク内容は、春から放送開始されている学園ドラマについて。少女漫画《まんが》発、ティーン層向けというだけあり、リア充グループにとってＨＯＴな話題のようだ。

遠藤一派の渡住と洞ヶ瀬が、

「翼《つばさ》役の大和《やまと》君ヤバすぎ！　付き合うなら絶っ対、塩顔系男子！」

「ソース顔のがカッコよくない？　私は斗夢《とむ》一択《いったく》」

チャーハンを掻《か》き込みながら思う。顔を調味料で喩《たと》える風潮は如何《いかが》なものだろうかと。

調味料で付き合う男を決めるなら、そこらへんにいる男子の顔面に調味料振りかけて、冷蔵庫で一晩寝《ね》かしたら好みの顔になるんじゃないですかね。

どうでもいいけど、甘ったるい香水の香《かお》りを漂わせるのは、どうにかならんのか。俺のチャーハンがリアル味の宝石箱になってるんだが。

波川一派の伊刈と夏越《なごし》が、

「ニーナ相変わらず可愛《かわい》かったわー！　スタイル良すぎじゃね⁉」

「今のニーナの髪型《かみがた》苦手だわ。お前ハーフのモデル好きよな。前はアメリ可愛いって言ってたし」

餃子《ぎょうざ》を口に放り込みながら思う。どんだけハーフ系モデルやタレントは増殖《ぞうしょく》してるのだろうかと。ニーナだのアメリだのハイジだの、もう覚えられん。

どうでもいいけど、制汗剤の香りを漂わせるのは、どうにかならんのか。俺の餃子がスーパーサイヤ人になろうとしてるんだが。

つくづく思い知らされる。こんなしょうもないことを考えている時点で、俺はリア充グループとは馴染めないと。そもそもの話、ストーリーを語らずにキャストの外見しか話さない奴らと馴染める気がしない。馴染もうとも思わんが。

「姫宮君はドラマ観てる？」

「観てないな。ドキュメンタリー観てた」

すいません。そもそも、そのドラマ観てませんでした。裏でやってたドキュメンタリー観てました。昨日の『下町ネジ工場の逆襲《ぎゃくしゅう》』最高でした。

美咲は俺がグループであぶれないようにと気遣《きづか》っているのだろう。独りで食事する俺に度々話を振って来たり、同意を求めてくる。俺のことなど気にせず、リア充グループのトークに専念してくれて一向に構わないのに。

早くこの空間から抜《ぬ》け出して、独りでのんびりしたい。

「英玲奈は何顔系の男子が好きー？」

斜め前席の羽鳥が、渡住に話しかけられている光景が目に入る。

不意に話しかけられたからか。羽鳥は、ピクッと長い睫毛《まつげ》を一度揺《ゆ》らす。

「特にはない、かな……？」

周りの奴がキャイキャイどの顔面が良いか騒《さわ》ぎ立てる中、見た目やイメージ通り、大人な回答を述べる。

対して、はいはいはい！　と挙手する倉敷は欲望《よくぼう》丸出し。

「あたしはイケメンだったら何顔でもいい！　あわよくば大学生の彼氏が欲しい！」

「瑠璃、夢見すぎな」

「何おうっ！　人よりイケメンだからって調子乗んなよ俊太郎《しゅんたろう》！」

「乗ってねーから！」

倉敷と波川のやり取りに一同は大爆笑《だいばくしょう》。

しかし、羽鳥だけは違《ちが》った。明らかに周りに比べてリアクションが薄《うす》い。一応は笑っているものの、無理している感は否めない。

色恋《いろこい》トークが苦手なのだろうか？　はたまた、３人でいたときも自己主張は控えめだったし、集団行動となれば一層その傾向《けいこう》があるのか。

グループが倉敷と波川のやり取りを笑いながら見守り続けている中、羽鳥は一足先に笑うのを止《や》めると、誰にも分からない程度の小さな溜息《ためいき》を漏《も》らす。その溜息は、安堵《あんど》の息という表現が適切だろうか。

リフレッシュを終え、顔を上げた羽鳥と視線が合ってしまう。

見られていたことに少々の驚きを隠せない様子の羽鳥は、またしてもピクッ、と長い睫毛を一度揺らす。けれど、すぐにおっとりとした表情に戻ると、静かに口角を上げて寂《さみ》しげに微笑《ほほえ》みかけてくる。

「この雰囲気《ふんいき》に馴染めていない同士だね」、と言われているような気がした。

ふと、もう一つ視線を感じ、目を合わせてしまう。合わせるべきではなかった。

「っていうかさ、何で姫宮っていんの？」

今の一言は完全に気のせいではなく、『言われた』。

言葉の主は伊刈で、地声がデカいだけによく響《ひび》く。いつかは聞いてきそうな雰囲気は出していたものの、いざ言葉にされるとやはり面倒だな。

酷《ひど》い話だ。独りで食べていた俺からすれば、「何でお前らいんの？」ってレベルなのに。

伊刈が俺への悪意があっての発言か、純粋《じゅんすい》な質問なのかは分からない。分かることと言えば、俺へ好意がある発言ではないこと、俺がこの場所にそぐわないと思っていること。

会話のネタ、笑いのタネになれば、それでいいのだろう。

「姫宮が華梨と同じ親睦《しんぼく》会の幹事だからじゃねーの？　そんで偶然《ぐうぜん》居合わせた3人と一緒《いっしょ》に食べてただけだろ」

夏越の推理がピンときたのか、「あー！　だからか！」と伊刈はオーバーでワザとらしく額を叩《たた》く。

「華梨、誰にでも優しすぎ！　ナイチンゲールかよ！」

伊刈がケラケラと笑えば、遠藤一派の女子たちにも笑いが伝染。クスクスと笑い始める。

いつもは空気扱《あつか》いするくせに、こういうときだけ俺はハッキリと見えるようだ。

人の不幸は蜜《みつ》の味。メシウマ。さぞ、俺をおかずに食べる昼食は美味《おい》しいんでしょうね。

俺は漬物《つけもの》かよ。

俺がメシマズなのは言うまでもない。タダでさえ低下していた食欲《しょくよく》がますます下がっていく。こういうリア充《じゅう》のノリって大嫌《だいきら》いだ。

「残念！　外れだよ──」

　太陽のように明るくハツラツとした声が、不快な雰囲気を一瞬《いっしゅん》で晴らす。

　美咲だ。

「幹事は関係ないよ。私が姫宮君と一緒に食べたくて、ここに座っただけだから。皆《みんな》で仲良く食べたほうが楽しいからね！」

　美咲の言葉は、実に博愛主義者らしい。場の空気を換気《かんき》しようと笑みを絶やさないところも。言葉通り、今も本気で全員と仲良く食べようとしている。

　倉敷も、美咲の行動に続くかのように伊刈へと笑いかける。

　笑顔というより、イタズラげにニヤリと。

「伊刈さー。姫宮に華梨取られたからって嫉妬《しっと》してんだろー？」

「はぁ!?」

　倉敷が「嫉妬おっつー♪」と大袈裟《おおげさ》に口を動かす。あっという間に笑いのターゲットが俺から伊刈へと変わる。美咲と倉敷の見事な連携《れんけい》プレーを垣間《かいま》見る。

笑わせるのも笑われるのもどちらでも構わないのか。伊刈は「一本取られた！」とでも言いたげに、またしてもオーバーなリアクション。

「実は……、姫宮に嫉妬してましたっ！」

リア充たちが大爆笑。ツボが分からん。

置き去りにされている感じは否めないが、否めないからこそ、俺は空気に戻《もど》ることができたと実感できる。

「改めてさ。華梨の言う通り、皆仲良く食べていこうぜ？」

ストーリーテラーさながら。波川の事態を収束に向かわせる発言に賛同した一同は、またしてもドラマの話へと戻っていく。

カーストの隔《へだ》てなく、皆仲良く楽しく、美味しい美味しい昼食をいただきましたとさ。めでたし、めでたし。

とかなると思ってんのかよ。

俺はもう限界だから。むしろよく耐《た》えたとさえ思う。

コップに入った水を一気に飲み干して、膝《ひざ》に力を入れる。

俺が立ち上がったことに気付いた美咲は見上げてくる。

「ひめ、みや……くん？」

「盛り上がってるとこ悪いけど、俺、気分悪いからもう行くわ」

思いも寄らぬ発言といったように、美咲の表情が大きく変化する。俺を見つめる羽鳥の瞳《ひとみ》が、大きく開いたのも目の端《はし》が捉《とら》える。おまけにリア充集団たちの唖然《あぜん》とした視線も。

この際、どれだけ視線を向けられようが関係ない。俺は絶対に屈《くっ》しない。

「それじゃ」

トレー両手に食器返却《へんきゃく》口へ向かえば向かうほど、リア充たちから遠ざかれば遠ざかるほど、俺の気分は軽くなっていく。

※　※　※

教室に真っ直ぐ帰る気分になれず。本棟《とう》へと取り付けられた非常階段を上がっていき、お気に入りスポットの1つである最上階、踊《おど》り場《ば》へと到着《とうちゃく》。

全く人が来ない静かな空間は、自分の心がゆったりと落ち着いていくのがよく分かる。

最上段の階段へと腰掛《こしか》け、大きく深呼吸を何度も何度も繰《く》り返す。

「姫宮君！」

「美咲？」

俺を追いかけてきたのだろうか？　肩《かた》を上下させ、息を乱す美咲が目の前に現れた。

その姿は、朝の通学時とは比べ物にならないほどに、鬼気迫《ききせま》るものを感じてしまう。

いつもの笑顔はなく、とても傷ついているような悲しさを帯びた表情だった。

「ごめんなさい……っ」

「何でお前が謝るんだよ」

「私が姫宮君の隣《となり》に座らなかったら、その……、姫宮君が気分を害するようなことは無かったから……！」

そんなことのために、こいつは全速力で追いかけてきたのか。

相変わらずの博愛主義者というか、お人好しというか。

「きっかけは美咲かもしれないけど、美咲のせいじゃないだろ。むしろ、お前は俺に気を遣《つか》ってさえいたし怒《おこ》ってなんて――、「気なんか遣ってない！」」

「！」

美咲は胸に手を当て、呼吸が乱れたままに精一杯《せいいっぱい》の言葉をぶつけてくる。

「私がそうしたいって思っただけだから！　純粋に姫宮君と一緒に食べたり、お話したいだけだよ！」

ああ。忘れていた。コイツが、そんじょそこらの博愛主義者じゃないことを。

美咲は、他人の幸せが自分の幸せだとか平気で言うような奴《やつ》なのだ。

だからこそ、ハッキリ言わないと心の広い美咲には伝わらない。

鬼《おに》にならないと天使様には伝わらない。

「ハッキリ言う。俺はアイツらと昼食を食べることはもうしない。飯が不味《まず》くなる」

「！　で、でもっ……！」

「だって有り得ないだろ！」

「っ！」

感極まって声を荒《あら》げてしまえば、さすがの美咲も押《お》し黙《だま》ることしかできない。

ここまで来れば、躊躇《ためら》うことなど何も無い。もとよりそんな感情は持ち合わせていない。

美咲の瞳を真っ直ぐに見て、食堂で感じた思いの丈《たけ》全てを言葉で放つ。

「食事中なのにアイツら、香水《こうすい》とか制汗剤《せいかんざい》の匂《にお》いキツすぎんだろ！」

「………。え？」

凍《こお》り付く美咲。感情をぶつけるのはお角違いかもしれない。けれどもう止まらない。

「美咲は風上だったから、そこまで気にならなかっただろうけど、俺、空調の真下だったからな？　モロにアイツらの香水やら制汗剤の混ざった異臭嗅《いしゅうか》ぎながら、飯食ってたんだよ！　そりゃ気分も悪くなるだろ！　……というか、ウッ……、思い出しただけで気分悪くなる……」

「……」

「主婦とかＯＬでも凄《すご》いキツイ匂いの奴いるだろ？　香水やらヘアムースやらボディクリームだけじゃなくて、衣類にまでアロマビーズ配合とかの柔軟剤《じゅうなんざい》使ってる奴。アイツらはゾンビか何かなのか？　腐敗臭《ふはいしゅう》をイイ匂いで隠《かく》そうとでも思ってんのか？」

「……」

「何でイイ匂いとイイ匂いで相乗効果生まれると思ってるのかが理解できん。そんなんでイイ匂いになるのってカレーのスパイスくらいなのにな」

「あのさ……、姫宮君」

「？　おう、どうした」

心なしか美咲の感情に『呆《あき》れ』がブレンドされている気がした。

何故？

「気分が悪いのって、伊刈君たちが問題じゃないの……？」

「ん？　アイツらが問題だぞ。何回も言うけど、アイツらが体育後だろうが多量に香水やら制汗剤やらを振《ふ》りまくから気分悪くなったって言ってんじゃねーか。……あれ？　美咲？」

何だろう。目の前の美咲が、ぐぬぬぬぬ……！　と口を強く結んで俺を睨《にら》んでる？

そのまま階段を一段、また一段と、美咲が俺へと急接近。目の前まで来ると、俺隣へと急降下で腰掛け、手に持っていた弁当箱の包みを膝上《ひざうえ》で乱雑に開いていく。

「私！　姫宮君追いかけてきたせいで、お弁当まだ食べてない！　ココで食べさせていただきます！」

「お、おう……。それじゃあ、ごゆっくり――、「姫宮君もここにいなさい！」」

「……」

こいつは何で怒ってるのだろうか。

リア充とか女子高生って、本当分かんない。

※　※　※

「あれ？　今日はもう帰るのですか？」

放課後。本棟と文化棟と繋《つな》ぐ渡《わた》り廊下《ろうか》にて、天海《あまみ》先生とバッタリ遭遇《そうぐう》。やはり風呂桶《ふろおけ》両手で、銭湯に行く小学生にしか見えず。

天海先生が言いたいことは、今日はプライベートルームを使用しないのか、ということに違《ちが》いない。

「本当は使いたかったんですけどね……」

「？」

遡《さかのぼ》ること、ほんの少し前。

「立ち入り禁止です！　今日は帰ってください！」

「……」

プライベートルーム前。既《すで》に中にいた美咲が両手で大きなバツ印を作りつつ、俺の目の前に立ちはだかる。何故か服装は体操着姿。

「何でだよ」

「この部屋を大掃除《おおそうじ》します！」

「はあ」

美咲は早く掃除《そうじ》をしたくて堪《たま》らないといった様子でウズウズし始める。

「光に反射して見えるでしょ？　この部屋すっごい埃《ほこり》だらけ！　それに見て！　本棚《ほんだな》の壁《かべ》

の隙間《すきま》にカビまで！　このままじゃ姫宮君の身体《からだ》に悪影響《あくえいきょう》出ちゃうよ。お願い！　今日は姫宮君の秘密基地を徹底的《てってい》に掃除させて！」

「秘密基地て……。というより、俺が頼《たの》むならまだしも、何でお前が頭を下げんだよ」

「掃除が大好きなのっ！」

そしてこの笑顔である。

以上、回想終わり。

料理好きで掃除も大好き。高スペックで家事もできる美少女とか。

クローン技術で人間作れるようになったら、俺はアイツを推薦《すいせん》する。

とまぁ、部屋を使えないのは残念だが、掃除をしてくれるというなら致《いた》し方《かた》ない。そんな経緯《けいい》もあり、別の落ち着ける場所へ向かうべく学校を後にしようとしていたわけだ。

事情を説明すれば、「そういうことでしたか」と、天海先生は納得してくれる。

そのまま、ここで会ったのも何かの縁《えん》といったように尋《たず》ねられる。

「どうですか？　親睦《しんぼく》会の幹事は上手《うま》くやれていますか？」

「何事もなく進んでますよ。順調なほうだと思います」

「それじゃあ、クラスの子たちとはコミュニケーションを取れてるんですね♪」

「さようなら」

「逃《に》がさないですっ！」

立ち去ることは許さんと、小さな手で腕《うで》を摑《つか》まれる。幼女の拘束《こうそく》など容易に引き剝《は》がせるが、両目を瞑《つぶ》り、プルプルと必死に力を入れられてしまえば、握力《あくりょく》とは別の力で強く縛《しば》られてしまう。

その必死で呼び止める姿勢は、何かやらかしたときに助けを求めてくるゆずのリアクションと酷似《こくじ》している。昼休みの食堂でもゆずを見かけた気がするが、気のせいだろうか。

「リア充《じゅう》はやっぱり苦手だと再認識しました。何なら吐《は》きそうでした」

食堂の一件を思い出しつつ、正直に自白。

呆れられると思ったが、手を離《はな》してくれた天海先生は、ふむふむ頷《うなず》き始める。

そして、ニッコリ。

「そうですか、そうですか」

「怒らないんですか？」

「だって、『やっぱり苦手』ってことは、ちゃんとコミュニケーションを取った結果、知ったことじゃないですか。怒ることなんて何一つありませんよ」

「そんなもんですかね」

「いいんですよ。先生は姫宮君にクラスの子たちと仲良くなれと言っているわけではありません。しっかり色々な子たちと意思疎通《いしそつう》できるようになってほしいだけです」

「だけって言うけど、それはそれで難しいと思うのは俺だけでしょうか」

「もちろん簡単なことではありませんよ？　ですから、美咲さんと一緒《いっしょ》に頑張《がんば》ってください」

「美咲とね……」と呟《つぶや》いてしまう。俺と美咲との関係は4月末まで。やはり、独り好きな俺にとっては、ビジネスライクな関係である。

「先生は、姫宮君と美咲さんの目標は似てると思うんですよ」

「俺と美咲が？」

「だってそうじゃないですか。コミュニケーションをどちらも学ぶために頑張っているのですから。美咲さんは自発的で、姫宮君は強制ではありますが」

俺はモノに釣《つ》られて、美咲は無償《むしょう》の愛のため。この時点で人間の出来が違うっぽいが。

俺の生き方のが人間らしくて良いと思うのは、負《ま》け惜《お》しみだろうか。

とはいえ、そう言われれば似てるかもしれない。

やってるゲームは同じだけど楽しみ方が違《ちが》う的な。イメージとしては、俺がのんびりとイージーモードでストーリーを進める中、美咲は完全攻略《こうりゃく》を目指してハーデストデストロイヤーモードでモンスターをガンガン倒《たお》したり、仲間を全員集めたり、アイテムや装備をフルコンプしようとしている感じ。その過程で俺というモブキャラも収集しようとする。

全校生徒と仲良くなりたいと言っていたのだから、概《おおむ》ね正しい例だと思う。

美咲にとって達成感のある目標だろうが、俺にとっては徒労感しか生まれそうにない。

逆もまた然りなのだろうが。

※　※　※

時刻は17時半手前。プライベートルームを使えないことから、学校近くにあるお気に入りの喫茶店《きっさてん》で独りを満喫《まんきつ》した帰り道。

駅のホームに到着《とうちゃく》し、電光掲示板《けいじばん》を見上げれば、次の電車まで10分弱といったところ。

横に5つ並べられたベンチに腰掛《こしか》け、ＹｏｕＴｕｂｅでも観ようとしていると人影《ひとかげ》が足元で止まる。

「あ……、姫宮」

「え」

声を掛けられ、思わず顔を上げてしまう。

目の前には羽鳥が立っていた。どうやら俺と同じ方面で、今から帰るところらしい。

「ども」

「うん」

挨拶《あいさつ》終了《しゅうりょう》。互《たが》いに、友達の友達は友達とかいうパリピ思考なタイプではないだろうし、こんなもんだろう。そもそも、羽鳥は美咲の友達だが、俺は美咲の友達じゃない。

「?」

俺と1つ距離《きょり》を空けているものの、羽鳥はベンチへと腰を下ろす。そのまま立ち去るだろうと思っていただけに意外な行動だった。

しかし、

「……」「……」

「姫宮って今まで何してたの?」

「喫茶店で本読んでた」

「そうなんだ。私、図書委員」

「おう」

「……」「……」

「あ。次の電車、少し遅延《ちえん》するみたいだな」

「ほんとだね」

「……」「……」

「姫宮ってどこ住んでるの？」

「六アイ」

「そうなんだ。私、芦屋《あしや》」

「おう」

「……」「……」

俺ら会話のキャッチボール下手《へた》すぎぃっ。

熟年離婚《りこん》前の夫婦と良い勝負すぎんだろ。

そりゃそうだ。俺と羽鳥が直接交わした会話は、食堂での「羽鳥英玲奈、だよな？」「うん。よろしく」くらいだし。

決定的なのは、羽鳥が話し手ではなく聞く手側の人間に違いないこと。そんな受け身スタンスの羽鳥が、独り好き系男子の俺と2人で帰れば、お通夜ムードになるのは目に見えている。

致命的《ちめいてき》なのは、俺が会話する気ゼロということだが。

突如《とつじょ》、ポケットのスマホが振動《しんどう》し始める。

同時に聞き覚えのない通知音も聞こえ、「ん？」と首を傾《かし》げてしまう。

いつこんな可愛《かわい》い通知音に変更《へんこう》したのかと不思議に思っていると、通知音の正体は羽鳥。

ただ単にタイミング良く2人ともメッセージが来ただけのようだ。

「奇遇《きぐう》だね」と羽鳥が微笑《ほほえ》みかけてくるので、「奇遇だな」と愛想笑い。

先にスマホを覗《のぞ》いた羽鳥の表情が少しだけ明るくなった。微妙《びみょう》に口角が上がったのだが、横に俺がいるので素直に喜べないといった様子。俺なんか存在しないと思ってくれればいいのに。

メッセージが来て喜ぶ＝彼氏？

おいおい俺。発想が脳内ハッピーターンなＪＫすぎて、自分でも悲しくなるわ。

他人のことを詮索《せんさく》するのも無粋《ぶすい》だし、自分のスマホからのメッセージを予想してみる。

母さんから『帰りに牛乳買ってきて』に１００万ペリカ。俺のスマホのメッセージ８割これ。

画面を確認し、「お」と思わず口が開いてしまう。１００万ペリカ失ったものの、嬉《うれ》しい知らせだった。メッセージではなくＹｏｕＴｕｂｅから通知が届いており、お気に入りゲーム実況者《じつきょう》『２ＳＩＳ』の動画更新《こうしん》を知らせる内容だったから。

というわけで俺、ゲーム実況楽しみます。

こんな俺と会話するくらいなら、チャットでも楽しく会話していたほうが羽鳥も有意義だろう。現にチラチラとこっちの様子を気にしていることから、連絡《れんらく》を取りたいに違《ちが》いない。間違いない。

自分勝手な希望的観測も加味しつつ、スマホからＹｏｕＴｕｂｅアプリを起動。そのままゲーム実況の動画画面を開き、カバンからイヤホンを取り出そうと隣《となり》のベンチにスマホを一旦《いったん》置く。

膝《ひざ》にカバンを置き、中を漁っていると、

「嘘《うそ》……」

横から驚愕《きょうがく》、ドン引きといったような声音が聞こえてくる。

「お前、隣にクラスメイトいるのに動画観るか普通《ふつう》……？」って感じだろうか。

すいませんが、観ちゃうんですよコレが。

そちらはそちらでお楽しみくださいと思いつつ、ようやくカバンからイヤホンをゲット。

そのまま横に置いたスマホを摑もうとする。

が、摑もうとする手を思わず止めてしまう。

ベンチに置いたスマホを羽鳥がガン見していたから。

「えっと……、羽鳥？」

「ゲーム実況とかオタク丸出しキモス」とでも思っているのだろうか？

というわけではないらしい。羽鳥の表情を観察しても嫌悪感《けんおかん》であったり、怒《いか》りの類《たぐい》の感情は見られない。

「この動画って、もしかしてDbDのゲーム実況……？」

「？　お、おう」

驚《おどろ》いた。大人系女子な羽鳥の口から、サバイバルホラー、デッドバイデイライト、略してDbDのゲームタイトルが出てきたから。

「誰《だれ》のゲーム実況観ようとしてるの……？」

「えっと……、２ＳＩＳっていうゲーム実況者のだけど……」

「……。……わ」

「わ？　!?　うお!?」

俺のスマホを握《にぎ》り締《し》めた羽鳥が、空いたベンチ、さらには俺のベンチへと座る勢いで急接近!?

「～～～～っ！　私も！　私も2ＳＩＳ大好きっ！」

キャラ崩壊《ほうかい》。凜《りん》とした姿勢で大人びた雰囲気《ふんいき》を醸《かも》し出していた羽鳥は何処へ。俺へと前《ぜん》傾《けい》姿勢でピュアッピュアに目を輝《かがや》かせて頰《ほお》を綻《ほころ》ばせる。感情を爆発《ばくはつ》させ、ぎゅううう っ！　と、両手に抱《かか》える俺のスマホが、羽鳥の豊満な胸へと押し込まれていく。

マシンガントークが止まらない。

「2SISの動画更新の通知来たから、すぐ動画見たいな、でも姫宮いるし見れないな……。あれ？　でも姫宮も同じタイミングで通知来てたし、もしかして……。あ！　DbDの動画観ようとしてる！　って！　凄《すご》い偶然《ぐうぜん》だったから思わず話しかけちゃった！」

「お、おう……」

「私、ゲームするのは苦手なんだけど、ゲーム実況観るの大好きっ！　2SISの妹者ってどのゲームセンスもピカイチだし、姉者はチームプレイで的確な司令塔《しれいとう》って感じだよね！　おつよんさんはスリルのあるゲームもいるだけでホッコリしちゃう！」

「そ、そうだな……。俺、今から実況観るから――、「2SISのDbD実況って、この前シーズン3終わっちゃったじゃない？　だから新シリーズのPS4版が始まるの知ったとき私すっごい嬉しかった！　おつよんさんと妹者の協力プレイも大好きだし、妹者が単独でキラー側のプレイをするのも大好きっ！」

「わ、分かったから、とりあえずスマホを返せ――、「昨日のライブ配信も――……」

こいつ超《ちょう》うるせー……。

電車に乗った頃《ころ》には、羽鳥のテンションもホームのときよりかは落ち着いてくる。というか、落ち着くよう命じた。

もはや当たり前に電車の座席は隣同士《となりどうし》。寡黙《かもく》で聞き手に徹《てっ》する羽鳥は目の前におらず。

「姫宮もFM802聴《き》いてるんだ。私も聴いてる。最近ユニゾンにハマってて、新シングルの発売凄い楽しみ」

「マジか。俺もユニゾンがバンドで一番好きだぞ」

「ホントにっ⁉」と声を上げる羽鳥は、自分でもテンションが上がっているのに気付き、照れつつ口を押える。

俺と羽鳥はゲーム実況だけでなく、趣味嗜好《しゅみしこう》が多く被《かぶ》っていた。

羽鳥はサブカル女子のようだ。

サブカル女子。映画、アーティストやバンド、お笑い、本、写真、ゲーム実況などなど、一部のコアな人間に熱く支持されているサブカルチャーが大好きな女子たちのことを広義では言うんだとか。自分の好きなものに対してストイックかつ熱く語る姿は、オタクと通じるものがある、と俺は思う。

「姫宮は他に好きなゲーム実況者はいる？」

「２ＳＩＳ以外でチャンネル登録してるのは四人称《にんしょう》かな」

「あ、知ってる！　時々、２ＳＩＳとコラボしてる人たちだよね？」

「そうそう。俺も２ＳＩＳとコラボしてるのを観たのがキッカケだな。今は四人称が一番ゲーム実況で観てる」

「あの人たちって凄い楽しそうにゲームするよね！」

「あの緩《ゆる》い感じがスゲー好きなんだよ。水曜どうでしょうのメンバーがゲーム実況してる感じで」

「うそ⁉　姫宮も水どう好きなの？　私も好きでＤＶＤ全巻持ってる！　姫宮は何の企画《きかく》が好き？　私はサイコロの旅っ！」

「そうだな……、原付西日本制覇《せいは》かな。俺はＤＶＤは持ってないけど、ＣＳの一挙放送を録画したのを見直してる」

「ＣＳに入ってるの？　も、もしかして、ゲームセンターＣＸとかも観てる……？」

「毎回観てるぞ。ドンキーコング２とゼルダの伝説64に関しては、自分でも引くくらい見直してる」

「〜〜〜っ！　どうしよう！　姫宮と趣味が合いすぎて時間が全然足りない！」

「羽鳥、車内では静かにな」

「！　う、うん……。……♪」

　この後も羽鳥はノンストップで、童心に返るかのように自分の好きなモノに対して熱く語り続ける。時には俺に意見を求めたり、新たな好きなモノや面白いモノを発見しようと尋《たず》ねてきたり。俺も趣味が合うだけにいつもより口数は増えていたと思う。

　アナウンスが俺の降りる魚崎《うおざき》駅を知らせ、羽鳥よりも一足先に立ち上がる。

「俺ここで乗り換《か》えだから」

　羽鳥はあれだけ話しても話し足りないようで、「あ……」と寂《さみ》し気な声を出してくる。

　そして、電車がゆっくりと速度を落としていくのに合わせるかのように、先ほどまで楽し気に話していた羽鳥は嘘のように萎《しぼ》んでいった。

「あ、あの……姫宮」

「ん？」

「このことは、華梨や瑠璃たちには内緒《ないしょ》にしてくれる……？」

　このことの意味が、自分がサブカル女子のことを指しているのは容易に分かる。

「別にいいけど、２人とも知らないのか？」

「……うん」

未だに誰かに他言されるのが心配なのか、ジッ、と見つめてくる羽鳥。

「安心しろ。誰にも言わない。というか俺、教える友達いないから」

満足いく回答だったのか。羽鳥が1つ頷《うなず》くと、安堵《あんど》するかのように「ありがとう」と微笑みかけてくる。俺の友達いない発言にどれだけの信頼《しんらい》があるのだろうか。

駅へと到着《とうちゃく》して車内の扉《とびら》が開いたので、「それじゃあ」と席を離《はな》れる。

「うん。今日は楽しかったし、嬉しかった。また明日」

小さく手を振《ふ》って来る羽鳥は、既《すで》にテンションはいつも通りに戻《もど》っていた。

羽鳥のいつも通りが、『さっきまで』と『学校生活』のどちらかは知らないが。

※　※　※

翌朝。日直は俺。普段《ふだん》より20分早く家を出て、職員室で天海先生から日誌や教室の鍵《かぎ》やらを受け取る。

その足で扉を開けるべく、教室前へと辿《たど》り着く。

「……」

壁《かべ》を背にしゃがみ込み、寝息《ねいき》を立てる羽鳥がいた。

ベストスポットらしい。朝の陽光を浴びられる廊下《ろうか》側の窓前、気持ち良さげにスヤスヤと眠《ねむ》り、さながら日向ぼっこする姿は黒猫《くろねこ》のよう。

日直待ちだったとしたら起こすのが筋だとは思う。けれど、日直でも無いのにこれだけ早く登校する羽鳥に、嫌《いや》な予感がしてならない。

気持ちよく寝ているし、このまま寝かしといてやろうと思った。

が、

「花柄《はながら》……」

羽鳥のパンツが丸見え。本人の代わりにパンツが、「オハヨウゴザイマス！」と俺へと挨拶《あいさつ》してきているではないか。壁にもたれ体育座りしているのだが、熟睡《じゅくすい》の過程で少し姿勢が崩《くず》れたらしい。スカートがペロン、と重力に負けた結果の事故。しかも、姿勢が姿勢なだけに、パンツだけでなく際どいモモとかデリケートな部分とか。

ご愁傷様《しゅうしょうさま》というか、ご馳走様《ちそうさま》というか……。

このまま放置してしまえば、これから通り過ぎるであろう多くの生徒たちにも、羽鳥のパンツは挨拶し続けてしまう。男子高校生が美少女のラッキースケベを見逃《みのが》すわけがない。恐《おそ》ろしく可愛《かわい》いパンツ、男なら見逃さないね状態である。

恐ろしく可愛いパンツってなんだよ。可愛いパンツだけれども。

そんなくだらないことを言っている場合ではない。事態は一刻を争う。

しゃがみつつ、「羽鳥、起きろ」と肩《かた》を叩《たた》く。

「……ん……。ひめ、……みや？　！　姫宮！」

「お、おう……！」

さっきまで寝ていたのが嘘《うそ》のよう。羽鳥の瞳《ひとみ》が一瞬《いっしゅん》で輝きを帯び、表情を華《はな》やがせる。

昨日の放課後に見た笑顔が目の前にはあった。朝から元気いっぱい。

「姫宮に教えてもらった四人称のゲーム実況《じっきょう》動画、すっっっごく面白かった！　面白すぎて、夜更《よふ》かししちゃった！」

成程。夜更かしが祟《たた》って、こんなところで寝てたのか。よくよく見れば目の下にはうっすらとクマもできている。

「早く中で話そ？」

「いや、俺独りで本読――、「早く」」

聞いちゃいねー。

羽鳥は俺とゲーム実況談議をするために、わざわざ寝る間を惜《お》しんでまで早く学校に来たのだろうか？

よく俺が日直だと覚えていたなと思うが、昨日は羽鳥が日直だったことを思い出す。出席番号が連番同士なだけにお見通しのようだ。

自分の机にカバンを置いた羽鳥は、ノンストップで俺前の席へと腰《こし》を下ろす。以前も違《ちが》う奴《やつ》で同じようなシチュエーションがあった記憶《きおく》がある。

けれど、今回の奴はスゲー喋《しゃべ》る。とにかく喋り続ける。

「他の実況者だと怖《こわ》くて見れなかったサイコブレイクも、四人称なら笑いながら見ることができたの！　サイコブレイク2も気になるけど、今日はマイクラ！　マイクラって多くの実況者が同じようなことやってるのに、不思議と全然飽《あ》きないよね！」

「お、おう……」

「だよね！　それでサイコブレイクの話に戻るけど——、」

間髪容《かんはつい》れずのマシンガントーク。もし羽鳥がボクサーだとしたら、1R《ラウンド》全てフルスイングのデンプシーロール。拳《こぶし》の雨は止まらず、マットに沈《しず》んでいる俺にまたがって殴《なぐ》り続ける勢い。もはや総合格闘技《かくとうぎ》じゃねーか。レフェリー止めて。

昨日も思ったが、羽鳥の興奮しているときの癖《くせ》らしい。握《にぎ》った両拳や腕《うで》を、ぎゅうううううっ！　と自分の胸がへしゃげるくらいに押し付け続けている。ブレザーを窮屈《きゅうくつ》そうに圧《あっ》迫《ぱく》させる胸は見ていて飽きないが、目のやり場には果てしなく困る。

「それでね！　姫み——、「やっとメッセージくれたと思ったら、それは無いんじゃないかな姫宮君！」」

教室へ入る早々、俺へと涙目《なみだめ》でクレームを入れる美咲が登場。
昨日のLINEの内容を思い返す。
【カリン】秘密基地ピカピカになったよー
【姫宮春一】掃除《そうじ》してくれてありがとう
【カリン】どういたしまして！　明日から一緒《いっしょ》に使っていこうね
【カリン】というか、姫宮君から初メッセージだ！
【カリン】今は何してるの？　私は海外ドラマ観てるよー。最近のマイブーム！
1時間後。
【カリン】めんどくさいと思ってるから無視してるよね……？
【姫宮春一】おう
最後に、暴れ狂《くる》うウサギの顔文字スタンプが5コ連続で送られてきた。
というのが、昨夜の出来事である。
余程、物申したかったんだろうな。朝イチで学校来てるし。
何でお前らは日直情報に詳《くわ》しいんだよ。
「あれ……？　英玲奈だ」
美咲の俺に対する怒《いか》りや不満はあっという間に消失。

俺しかいないと思っていた教室に羽鳥の存在、さらには俺と羽鳥が2人話し合っている光景に美咲は目を丸くする。

羽鳥といえば、まさに飛ぶ鳥を落とす勢い。

「う、うん。おはよう……」

先程までのマシンガントークは見《み》る影《かげ》もなく、両手は膝《ひざ》の上。借りてきた猫《ねこ》状態だ。

その様子だけで昨日の発言通り、美咲たちには自分がサブカル女子ないし、自分の趣味《しゅみ》を告白していないことが分かってしまう。

独り愛好家の俺が、友である羽鳥と話しているのが余程嬉《うれ》しいのか。美咲は「いつの間にか2人とも仲良くなってる！　私も混ぜて！」と大喜び。

椅子《いす》を持ってきた美咲が羽鳥の横に座り、尋ねてくる。

「何の話してたの？」

余計なことを言って羽鳥のことを詮索《せんさく》されるわけにもいかない。何より面倒《めんどう》っちい。

「別に」

「姫宮君がイジワルしても、英玲奈が教えてくれるからいいもーん。ねー、英玲奈ー？」

「ひ、秘密……」

「え……？」

友から予想だにしない黙秘権《もくひけん》を行使され、美咲の表情が笑顔のまま凍《こお》る。

羽鳥よ。お前はもう少し上手《うま》く誤魔化《ごまか》せんのか。

どうやら、直ぐに切り替《か》えられるほど器用ではないようだ。

羽鳥のマシンガントークが禁止され、美咲が固まってしまえば、教室内はサイレントな空間のできあがり。良い空間である。

というわけで、俺、読書楽しみます。あとはJK2人でごゆっくり。

小説をカバンから取り出し、いざ読んでいこうとする。しかし、フリーズが解除された美咲が、ふてくされるように俺の机へと突《つ》っ伏《ぷ》す。さらには、「ふーん……」と唇《くちびる》を尖《とが》らせ、ジト目で睨《にら》んでくる。

「何だよ」

「英玲奈とは喋るのに、私とは話相手になってくれないんだー。へこむなー」

LINEの件は忘れてくれず。

「違うぞ。美咲」

「？」

「お前には気兼《きが》ねする必要がないから、無視してるだけだぞ」

「全然嬉しくないよっ！」

※　※　※

2限目の授業は移動教室。各々が授業に必要なテキストなどを準備すると、仲の良い友やグループで固まりつつ教室を後にしていく。いつもの俺なら独り早めに教室を出て、移動教室先で時間を潰《つぶ》すものの今日は日直。全員が出ていくのを気長に待つ。

しばらくすれば、俺独りだけの空間の出来上がり。姫宮キングダムの完成である。

ほうら独り。

ギリギリまで独りの時間を楽しもうと引き出しから本を取り出し、ページを開く。

「姫宮」

「ん？」

声のするほうへと顔を上げれば、

廊下側の出入り口からひょっこり顔を出す羽鳥が俺を見つめていた。

「……。またお前か……」

「もう誰《だれ》もいない？」

「お前以外は全員出て行ったけど」

「♪」

俺が全ての言葉を言い終えた瞬間《しゅんかん》。上機嫌《じょうきげん》で教室に入ってきた羽鳥はそのまま扉を閉め、次いで後ろ側の扉も閉める。日直の手伝いではないのは明白。

姫宮キングダム、秒で崩壊《ほうかい》。全ての扉《とびら》や窓が封鎖《ふうさ》された、半密室空間の出来上がり。

犯人もとい羽鳥が俺目掛《めが》けて小走り。今から俺は殺されるんですか？　と言いたくなるが、羽鳥の表情は怒りや憎悪《ぞうお》感情とは程遠い、喜色満面の笑顔。クールっぽさや知的さは何処へやら。

「美咲や倉敷と一緒に行かなくていいのか？」

「2人には先に行ってもらったから大丈夫《だいじょうぶ》。ずっと廊下《ろうか》で待ってた」

羽鳥は俺隣《となり》の椅子を拝借。くっつける勢いで俺の横へと設置してそのまま座る。

ポケットからスマホとイヤホンを取り出し、片側のイヤホンを俺へと向けてくる。

「ユニゾンの新しいカップリング曲、一緒に聴こ？」

「いや……、お互《たが》いのスマホで聞けばいいんじゃ――」「早く」

言うが早しと、俺の右耳にイヤホンを、そっと差し込んでくる。他人に耳をいじられるのは妙《みょう》にくすぐったい。

羽鳥も自身の長髪《ちょうはつ》をかき分けてイヤホンをはめ込む。サイドの髪《かみ》が一瞬無くなり、とても楽し気な表情を浮《う》かべているのが見えてしまえば、不覚にも鼓動《こどう》が速くなる。

思わず背筋を伸《の》ばしてしまい、連動するかのようにコードがピン、と伸びきってしまう。

これ以上伸びれば落ちてしまうと、羽鳥は俺へと更《さら》に距離《きょり》を詰《つ》めてくる。

「！　お、お前、近……」

もはや寄り添《そ》ってきている。身体《からだ》と身体が触《ふ》れ合うのはもちろんのこと、顔同士もかなり近い。右腕《みぎうで》に関しては羽鳥の胸が当たっている。もちろん本人は夢中過ぎて自覚がない。

「流すね？」

「お、おう……」

当たってますよ、などと言えるわけもなく、煩悩《ぼんのう》を断ち切るべく聴《き》く力に一点集中。

気付けば1曲が終わっていた。

「どうだった？」

「……凄《すご》かった」

「だよね！　どういうところが良かった？」

「柔《やわ》らかいところ……」

「柔らかい？」

「！　違《ちが》う違う！　せ、繊細《せんさい》って意味だから！　柔らかいってそういう意味だから！」

一般《いっぱん》の男子高校生が胸と音楽で音楽に集中できるわけがなかった。

いかん。このままでは、ただの変態評論家に成り下がってしまう……！

幸いにも、昨日のうちに同じ曲を視聴《しちょう》済み。

「ごほん……。いつもと曲調が違うバラードだから最初は戸惑《とまど》いそうになるんだけど、やっぱり独特の歌詞はユニゾンだなって。サビに入る頃《ころ》にはとっくに違和感《いわかん》無くなってるどころか、「あ、新境地きたな」って思うくらいだし」

罪悪感を感じているときって、いつもより饒舌《じょうぜつ》になると身をもって思い知らされる。

「ユニゾンの歌詞って、1句1句独特な表現とか言い回しが多いから歌詞単体では理解するのは難しいんだけど、リズムとボーカルの声が加わると、不思議とすんなり理解できるようになっちゃうんだよなぁ」

自分の発言に自分で納得するように頷《うなず》きつつ、時間も時間なのでイヤホンを外して羽鳥へと差し出す。

？　何やら羽鳥が小さく唇を動かしていた。

「羽鳥、どうした？」

「……す」

「す？」

「すぅぅぅぅ〜〜〜……ごっい！　分かる！！！」

余程意見が合ったことが嬉しかったらしく、イヤホンだけでなく俺の右手まで両手で握《にぎ》り締《し》めてくる。

だけでは終わらなかった。

「!?　お、おま……！」

羽鳥の癖《くせ》が発動。無意識に握ったであろう俺の右手を、自分の胸へこれでもかと、ぎゅうぅぅぅぅ！　と押しこんでくる、包み込んでくる。ズッポリと……！

羽鳥の豊満でたわわな果実の柔らかな感触《かんしょく》や体温が、右手から全身、脳を支配。不愛想な俺でさえ顔が爆発《ばくはつ》しそうだ。

俺の手が尋常《じんじょう》じゃない熱を発していたからか。

「………。ふぇ……？」

自分の胸に沈《しず》み込んだ、俺の右手の存在に羽鳥はようやく気付く。

真っ赤な表情、潤《うる》んだ瞳《ひとみ》で見上げてくる。しかも超《ちょう》至近距離。

「お、おう……」

「ひ、姫宮……！　〜〜〜っ！」

動揺《どうよう》MAX。羽鳥の手の力がようやく弱まり、俺の右手がようやく天国から解放される。

「〜〜ううっ！　わ、私！　もう次の教室行くから！」

走ってなきゃやってられないくらいの勢い。羽鳥は俺から逃《に》げるように教室を飛び出していった。

静まり返った教室に俺1人。残ったのは右手に未だに記憶《きおく》される胸の感触。

「……。俺も行こ……」


次の授業の席は出席番号順なので、隣同士《となりどうし》で超気まずかった。

※　※　※

その後の羽鳥も、人目を盗《ぬす》んでは俺へとサブカル談議を繰《く》り広げ続ける。

お前はアサシンかよと言いたくなるくらい、俺が独りになれば必ず出現。独り好きな人間にマンツーマンディフェンスはもはやイジメだと思う。

隣同士の授業中には、乳を押し付けたことを忘れたかのように筆談で話しかけてくる。

2限目終わりの休み時間には、トイレから出てくると羽鳥が出待ち。そのまま誰もいない場所にまで誘導《ゆうどう》され、当たり前に雑談を余儀《よぎ》なくされる。

自分の恥部《ちぶ》を他人に触《さわ》らせる・メッセージを送り続ける・トイレで出待ち・人気のない

場所に連れて行く。やってること変態と殆《ほとん》ど変わんねーじゃねーか。俺と羽鳥の立ち位置が逆だとすれば、今頃《いまごろ》俺は留置所でヨロシクやっているレベル。美人って本当にズルい。

好きな話題の共有は楽しいと言えば楽しい。それでも頻繁《ひんぱん》にしたいかと言えばNO。俺としては好きなモノについて話し合いをするよりも、好きなモノを独り黙々《もくもく》と楽しむほうがやはり好きなのだ。俺はアウトプット派ではなく、インプット派だから。

というわけで、学校にいる間、度々話しかけられるこの状況《じょうきょう》は至って好ましくない。この調子だと放課後も羽鳥の話に付き合うことになってしまう可能性大であり、そうなればプライベートルームの存在もバレてしまう。うるさい奴《やつ》が2人も増えるのはゴメンだ。

どうにかして問題を解決しなければ……。

昼休み。昼食を食べ終え、自分の机で独りの時間をエンジョイ中。午前のうちに読み終える予定だった小説をマイペースに読んでいく。

羽鳥も俺の席近くにいるが、話しかけて来ることはない。美咲と倉敷、いつもの仲良し3人組で集まっているのだ。

ありがとう美咲。今までで一番、お前にそう言ってやりたい。言わねーけど。

3人が何をしているかといえば、倉敷の持参したファッション誌を眺《なが》めつつガールズトーク中である。雑誌の表紙には、『鉄板から流行まで！　男子ウケコーデで意中を撃《う》ち落とせ！』と、暗殺指示書かよと言いたくなるくらい物騒《ぶっそう》この上ない言葉が、デカデカと印字されていた。

初夏にオススメのスナイパーライフルでも紹介《しょうかい》されているのだろうか。

「このワンピ可愛《かわい》い！　値段は――、……。うひゃ～……」

お求めにくい価格だったようで倉敷は肩《かた》をガックシ落とす。

覗《のぞ》き込んだ美咲と羽鳥も苦笑い。

「雑誌に載《の》ってる服とかアイテムって高いモノが多いから、似たようなモノ買うしかないもんね」

「そうなんだよなぁー。……ん？」

突如《とつじょ》、倉敷が訝《いぶか》し気な声を出しつつ、羽鳥の足元と雑誌を行ったり来たり。

「このモデルが履《は》いてるローファー……、英玲奈の履いてるのと同じっぽくない？」

どれどれ？　と、美咲も双方《そうほう》を見比べれば、「ほんとだー！」と表情を輝《かがや》かせる。

値段の話をしていた故、羽鳥としては気まずいのか。両かかとをサッ、と上げ、椅子《いす》を死角に靴《くつ》を隠《かく》す。

「似てるだけだと思う……」

白を切ろうとする羽鳥に倉敷が詰め寄る。

「本当か～？」

「う、うん……」

そうは問屋が卸《おろ》さない。

「ダウト！　華梨っ、英玲奈を引《ひ》っ捕《と》らえいっ！」

「了解《りょうかい》です！」

「きゃ……！」

美咲は「ごめんね」と言いつつ、羽鳥を押《お》さえ込むように横から抱《だ》き締める。いつもなら止める役の美咲だが、オシャレのこととなれば話は別らしく、倉敷と結託《けったく》。

倉敷が「でかしたっ！」と、その隙《すき》に羽鳥の足元へとしゃがみ込み、片足をガッシリ摑《つか》む。そのまま靴のチェックを開始。

隅《すみ》から隅まで調査し、予想通りの結果が出たようだ。

「やっぱり同じじゃん！　しかも有名ブランド！　このブルジョアめ！」

「い、いや……毎日使うモノだから、普段《ふだん》より少し良いのを買ってくれただけで……」

「少し!?」

「あ、あう……、そういうわけじゃ……」

言葉の綾《あや》なのは分かるが、墓穴掘《ほ》りすぎ。

倉敷ご乱心。座っている羽鳥の正面から、飛びつくかのように抱きつく。というか襲《おそ》い掛《か》かる。逃がすものかと羽鳥の腰《こし》へと手を回し、羽鳥の大きな胸へと顔を埋《うず》める姿は、もはや駄々《だだ》っ子《こ》。

「このこのっ！　どうせキュートな脚《あし》のわたしには、庶民《しょみん》派スニーカーがお似合いだい！　美脚《びきゃく》な英玲奈様には大人っぽいローファーが大変お似合いでございますよーだ！」

「恥《は》ずかしいから……！」

「知らんっ！　傷ついたわたしのために巨乳《きょにゅう》を貸せいっ！」

倉敷は離《はな》れる気ゼロで、そのまま抱きつきを続行。自分の顔を羽鳥の胸に沈ませれば沈ませるほど、倉敷の表情はフニャア……、蕩《とろ》けていく。胸のヒーリング効果は絶大らしい。

「温かいし柔らいし、フカフカで堪《た》まらん～……」

倉敷の気持ちは分からんでもないと、経験者は思う。

羽鳥は、とりあえず美咲から離れてもらおうと、未だに真横から抱きつく美咲をジッ……、と見つめる。視線に気づいた美咲は、「んー……」と少し考えるが、すぐにニッコリとした表情に。

「腹いせに抱き着かせろー♪」

美咲、さらに羽鳥へと高密着。頬《ほお》と頬など完全に触れ合っている。

「華梨まで……⁉　ん……！　２人とも、く、くすぐったい……！」

美咲と倉敷が怒《おこ》っているわけもなく、ただ羽鳥とスキンシップを取りたいだけなのは言うまでもない。２人がキャッキャッと嬉《うれ》し気に笑い合えば、羽鳥も恥ずかしいと言いつつも、表情には笑顔が浮《う》かび上がっている。

美少女３人の仲睦《なかむつ》まじい&百合百合しい光景に、男子たちの視線は釘付《くぎづ》け。俺も含《ふく》めて。

「マジじゃ〜ん！　英玲奈のローファー、雑誌のと同じ〜！」

すご〜い♪　と手を合わせて大はしゃぎするのは、取り巻き2人を引き連れてやって来たクイーンの遠藤比奈。相変わらず甘ったるい香水《こうすい》を漂《ただよ》わせ、甘ったるい声を響《ひび》かせる奴である。遠藤グループに話しかけられたことにより、百合百合タイムが終了《しゅうりょう》。男子たちが現実世界へと帰還《きかん》していく。

食堂のときも思ったが、グループは違えど両グループともカースト上位。見た目や性格的に互《たが》いの系統は違えど、やはり話し合う仲のようだ。

そのまま、ファッションの話題にでも花を咲《さ》かせると思いきや、「あ！　これ名案かも〜！」と唐突《とうとつ》に遠藤が両手を合わせる。

「ねー、英玲奈が親睦《しんぼく》会の店選びしてよ〜！」

「……私？」「英玲奈が？」

羽鳥だけでなく、幹事の美咲まで驚《おどろ》きを隠せない様子。

誰《だれ》でも驚くわ。話に脈絡《みゃくらく》無さすぎんだろ。

「英玲奈って大人っぽいから色々オシャレなカフェとか知ってそうじゃん？　ヒナ、最近カフェ巡《めぐ》りにハマってるじゃん？　だから、英玲奈オススメの店に連れてって～♪」

大人っぽい＝オシャレな店を知っている。短絡《たんらく》的な発想と言えば発想だが、俺もそう思う。高校生の思考回路なんてそんなもんだ。

「私、人並みくらいしか知らないと思うけど……」

「全然おっけ～。普通《ふつう》は人並みも知らないから～♪」

羽鳥の謙遜《けんそん》も、遠藤はまるで気に留める様子を見せず。それどころか、同調するように洞ヶ瀬と渡住も「ウチもヒナに賛成」「さんせ～い！」などと、ゴリ押しのパワープレイ。

ここまで図太いと天晴と言わざるを得ない。俺はともかく、幹事である美咲の許可も取らず、羽鳥に店選びを頼《たの》もうとしているのだから。ましてや羽鳥など無関係である。

「華梨たちがそれでいいなら」

羽鳥がしばし逡巡《しゅんじゅん》した後にそう答えれば、先ほどまでのじゃれ合いモードを止《や》め、真面目な表情になった美咲が問い直す。

「私も英玲奈が手伝ってくれるなら百人力だけど、……本当にいいの？」

「うん」と頷《うなず》く羽鳥が、今度は俺のほうを見る。

「姫宮も大丈夫《だいじょうぶ》？」

「おう。頼めるなら」

俺とすれば、頼めるなら願ったり叶《かな》ったりなだけに断る理由も無い。

「やった！　超《ちょう》楽しみ〜！」

遠藤は合わせていた両手を開くと、羽鳥の両手を握《にぎ》り締《し》めてキャイキャイ喜ぶ。

その光景も百合百合しいものの、素直に微笑《ほほえ》ましい光景とは思えなかった。

他人の犠牲《ぎせい》の上に成り立つ百合は、眼福にはなれないようだ。

そもそも、羽鳥の表情がさっきまでの表情とは違《ちが》いすぎるし。

さて。そろそろ読書に集中したい。さすがにカースト上位のＪＫ集まりすぎで、本を読める環境《かんきょう》ではない。

静かな場所にでも行こうと本片手に立ち上がる。

※　※　※

俺のお気に入りスポット、非常階段の最上階にある踊《おど》り場《ば》へと到着《とうちゃく》。

大きく背伸《せの》びをし終え、本格的に本を読んでいこうと腰を下ろして直ぐ。

「姫宮っ」

「……」

あの空間から抜《ぬ》け出すことはないと思っていただけに、迂闊《うかつ》だった。

俺の後を追いかけてきていたらしい。羽鳥が階段下から俺を見上げていた。

自分の名を呼びつつ可愛い少女が嬉《うれ》しそうに近づいてくるのは、胸熱なシチュエーションかもしれない。けれど、迫《せま》りくる人物は俺にとって危険因子。最上階という環境もあり、もはや追い詰《つ》められたとしか思えず。

思い切って本棟《とう》へと逃《に》げ込もうとも考えたが、時すでに遅《おそ》し。隣《となり》に座られ、袖《そで》まで握られてしまう。

羽鳥は大それた行動の自覚があるのか。恥《は》ずかし気に口元に手をあててモジモジ。

「2人きりなれたから、……一緒《いっしょ》に話そ？」

「……おう」

逃走《とうそう》失敗。

この時間も羽鳥は絶好調。朝や休み時間の熱弁だけでは物足りなかったかのように、ゲーム実況《じっきょう》やバンドの話を止めどなくマシンガントーク。相も変わらず目を輝かせ、はち切れんばかりの胸が両腕《りょううで》に押《お》し潰《つぶ》され続けている。もはや恒例《こうれい》行事。祭りだワッショイ。

ひと通り話し終えた羽鳥は一息つく。

「ごめんね姫宮」

「ん？　何が？」

「休み時間の度に、私の話聞いてもらって」

迷惑《めいわく》を掛けている自覚はあったようだ。

「休み時間だけじゃなくて、授業中も聞いてたけどな」

俺の皮肉に「！」と睫毛《まつげ》を揺《ゆ》らす羽鳥は、少し頬を膨《ふく》れさせる。

「いじわる言わないで」

大人系女子なだけに子供っぽさを出すのは反則級。

さらに反則コンボ。

「だって……」

「だって？」

「……私の話に付いてこれる人、姫宮が初めてだから……」

大抵《たいてい》の男なら、お前の愛くるしい上目遣《うわめづか》いな発言にコロッと勘違《かんちが》いしてしまうだろうよ。

けれど、相手が悪かったな羽鳥。相手はソロ充《じゅう》の俺。そんな初めて要《い》りません。

「別に俺なんかが話し相手にならなくても、羽鳥の周りにも同じような趣味《しゅみ》の奴《やつ》は沢山《たくさん》いそうだけどな」

というより絶対いるだろ。

「うん。絶対いるから、これからは俺じゃなくてその友達と仲良――、「だめ！」

逃走失敗。階段を降りようとするも、またしても袖を摑まれてしまう。

その姿は小さくて、声はしおらしい。

「姫宮がいい……」

「何でだよ」

「周りには私の好きなもの知られたくない……」

「俺は都合の良い男かよ」

「ち、違う！　そういうわけじゃ――、「冗談《じょうだん》だって」」

前言撤回《てっかい》させるのも面倒《めんどう》であると、言葉を止めてしまう。

「知られたくない理由は、恥ずかしいからか？」

「うん。私のキャラには似合わない……」

「羽鳥のキャラ？」

「大人っぽいとか、クールだとか……」

両膝《りょうひざ》を抱《かか》えた羽鳥は俯《うつむ》きつつ呟《つぶや》く。自分で自分のキャラを説明するのが恥ずかしいのか。

「お前なぁ。大人っぽいキャラが他人の視線気にしてどうすんだよ。気にするほうが子供っぽいと思うぞ？」

「だって私、子供だもん」

何だコイツ。途端《とたん》にガキんちょ宣言し出したぞ。

「私、大人っぽいって周りに言われるけど全然そんなことない。ただ大人しいだけ」

大人っぽいと大人しいは、同じ漢字を使っているだけに紙一重ではなかろうか。紙一重だからこそ、一緒くたにしてもいいと思う。けれど、羽鳥としては違うカテゴリーらしい。

「比奈たちは、私が色々とカフェ知ってそうって言うけど全然知らない。私だって皆《みんな》と同じで高校生になったばかりだもん。1人でカフェに入ったこともないし」

「意外だな。俺も羽鳥はスタバ女子だとてっきり思ってたから。……ん？　ということは親睦会の店決めって……」

不安的中。普段《ふだん》の上品な微笑というより、哀愁《あいしゅう》漂《ただよ》う笑みを羽鳥は浮かべていた。

「騙《だま》してるみたいになってごめん。私、オシャレな店なんて全然知らない」

「そう、なのか……？　だったら、別に無理に引き受けなくてもいいぞ？」

「大丈夫。ちゃんとネットとか雑誌とかで探すから」

「だってお前……、カフェには全然行ったことないって、今さっき言ってたじゃねーか」

作り笑顔を保ち続ける羽鳥は、周りの期待に応えるべく大人っぽく思われようと努力している。と言えば聞こえはいいが、嘘《うそ》で固めているとも言える。自分で自分の首を絞《し》めているとも言える。

羽鳥にとって、大人っぽく見られたりクールだと思われることが、学校生活をスマートに生きるための処世術なのだろう。だからこそ、サブカル好きなことを周りには公表せずに隠《かく》し続けているに違いない。仲の良い美咲と倉敷にさえも。

いや……、仲が良いからこそ、余計言えないのか。

先ほど教室で見た、羽鳥たち3人が仲良く抱《だ》き合っている光景を見てしまえば、そう思えてならない。あの関係性が崩《くず》れるのが羽鳥は怖《こわ》いのだろう。

「羽鳥が大人っぽいか大人っぽくないかはさておき。サブカル好きでも大人っぽい性格の奴は沢山いると思うけどな」

「私もいると思う。けど、サブカル好きとかオタクっていうだけで、毛嫌《けぎら》いする子も少なからずいるから」

「まぁ、否定はできないな」

「でしょ？　女子って1人に嫌《きら》われたら皆に嫌われるみたいなことが普通にあるし、言いづらい……」

男女問わず交友関係を全く持たない俺でも、女子の交友関係が何かと複雑だということくらい知っている。だから羽鳥の言っていることも何となしに分かる。発言力の強い女子が、黒って言ったら黒になるし、白って言ったら白になるようなイメージだ。男子にもあるだろうが、女子は特に顕著《けんちょ》に見える。

羽鳥の話を聞けば聞くほど、改めて人間関係って面倒だと思う。そこまでして集団に溶《と》け込む必要性が分からないし、そこまでして個を殺す理由が分からない。

分かるわけがない。だって俺、独り好きだし。

悩《なや》みを打ち明けられようが、カースト上位を生きる羽鳥に的確なアドバイスなどできるはずがない。そもそもな話、俺は独り好きでもあるが、ド底辺の存在。

できることと言えば、自分の感想をボヤくくらいだ。

「自分の趣味を打ち明けた結果、友達止《や》めるって奴らが現れたら、そいつらと別れて正解だと俺は思うけどな」

「え？」

羽鳥は俺が何を言っているのか全く理解できていないようだった。

「どうして？」

「どうしてってお前……。だって、友達の趣味にドン引きして縁《えん》を切ってきたり、周りの意見に流されて距離《きょり》を置いてくる奴なんて、その程度の人間ってことだろ？　そんなもん、こっちから願い下げだろ」

羽鳥は長い睫毛を揺らして目をパチクリ。

「す、凄《すご》い考え方……！」

「いやいや、全然凄くねーから。お前、自分の好きなゲーム実況者とかバンドとか、バラエティ番組を否定されるんだぞ？　ムカつくだろ」

「それは、……ムカつくかも。……ううん、ムカつく」

不確定から確定の言葉に変えるくらいだ。羽鳥は中途半端《ちゅうとはんぱ》な気持ちでサブカルチャーの数々を好きなわけではないことが分かる。

「だろ？　ゲームしてるオタクキモー、とか言ってる奴らに限って、スマホでツムツムしてたり、ゲーセンでマリカしてんだよ。アニメ観てるオタクキモー、とか言ってる奴に限って、漫画《まんが》原作のドラマ観てたり、君の名ガッツリ観てんだよ。人の趣味否定したり他人の意見に流される奴なんて、自分ルールゆるゆるで頭のネジもゆるゆるな奴らばっかりだろ。そんな友達こっちから願い下げだから」

羽鳥は俺の言葉に「うん……うん……」と頷《うなず》き続けている。瞳《ひとみ》の奥には、何かしらの感情が芽生えているように見えた。周りのことを気にしすぎて、自らと全く向き合えていなかったことに気付いたように見えた。

あとは羽鳥自身の気持ち次第。俺としては羽鳥が現状維持《いじ》しようと正解だと思うし、殻《から》を破りたいなら破ればいいと思う。自分の人生だから好きにすればいい。

もはや何も言うことなどない。というか元からないはずなんだが。

今度こそ教室に戻《もど》ろうと階段を降りようと立ち上がると、見慣れた奴が階段下から顔を出す。美咲である。

「姫宮君、また独りで黄昏《たそがれ》てたんでしょ？　あれ⁉　英玲奈も！」

俺の行動パターンってそんなに読みやすいのだろうか……。

「ねぇ。ほんと、いつ仲良しになったの？」と尋《たず》ねてくる美咲の質問はスルー。

「美咲」

「何？」

「お前とは放課後にどうせ喋《しゃべ》るんだから、昼休みくらい俺をそっとしておいてほしい」

「それじゃあ、今日から放課後はたっぷり話し相手になってもらおうかな。夜も放課後だから毎日電話でお喋りしようね？」

「すまんかった」

「どれだけ嫌《いや》なのさ⁉」

はぁ――――――……、と意気消沈《いきしようちん》しつつ、あっけらかんと立ち尽《つ》くす羽鳥へと伝える。

「世の中上手《うま》くいかないことだらけだ……。それでも声を出さないと誰《だれ》にも思いは伝わらん……。そのことだけはお前に伝えられたと思う……」

「……！　もしかして、私のために身をもって教えてくれたの……？」

違《ちが》います。自分のために身を使って大怪我《おおけが》しただけです。

とはいうものの、羽鳥には弱者の言葉が響《ひび》いたようだ。

大きく深呼吸を1つした羽鳥が、美咲の前に立つ。

そのまま大きく頭を下げる。

「ごめんなさい……！」

羽鳥の予想だにしない謝罪に、「ど、どうしたの⁉」と美咲は驚《おどろ》きを隠せない。

「私、オシャレなカフェなんて本当は知らないの……。皆の期待を裏切らないようにって、見栄を張っちゃっただけなの……！」

羽鳥は震《ふる》える声で必死に言葉を紡《つむ》ぎ続ける。

「それに私、皆が思ってるみたいに大人っぽくなんかなくて、ＹｏｕＴｕｂｅのゲーム実《じつ》況《きょう》とか、売れ始めのバンドとか、深夜バラエティなんかが大好きなサブカル女子だから……！　大人に見られようと、色々隠してたり、嘘ついててごめんなさい……！」

「もしかして、朝の教室で英玲奈が秘密にしてたことって、このこと？」

「う、うん……」

「なーんだ……。良かったぁ……！」

「え？」

美咲は心から安堵《あんど》するかのように胸を撫《な》でおろす。

そして、顔を上げた羽鳥に微笑《ほほえ》みかける。

「もしかして、何か英玲奈に嫌なことしちゃったのかな？　って考えてたんだよ？」

「そ、そんなことない！」

「うん。だから分かって安心したよ」

美咲の今までと全く変わらない笑顔や反応に、羽鳥は恐《おそ》る恐る尋ねてしまう。

「引いたり、怒《おこ》らないの？」

「どうして？　むしろ、英玲奈ってあまり自分のこと話してくれないから、すっごく嬉《うれ》しいよ？　ありがとね、話してくれて！」

「……！　うん……」

俺としては、美咲の反応はおおよそ予想通りである。

だって、博愛主義者のカリン様なのだから。

「でも。姫宮君には嫉妬《しっと》しちゃうな。英玲奈とは私のほうが仲良いと思ってたのに、先に英玲奈の趣味《しゅみ》を知ってるんだから」

羽鳥が「ごめんね」と美咲に告げるが、美咲が怒っているわけもない。

「ねぇ英玲奈。親睦《しんぼく》会で使うオシャレなカフェ、一緒《いっしょ》に探してもらってもいいかな？」

「……協力してもいいの？」

「うん♪　一緒にいいお店見つけようね！」

2人は互《たが》いに笑い合い、さらに仲を深めたことが簡単に分かってしまう。

うんうん。素晴らしき友情。これで、俺の静かな生活も戻ってきそうである。

2人の美しい友情を邪魔《じゃま》しないように、紳士《しんし》的な行動として場を後にしようとするが、
今度は美咲に呼び止められる。

「姫宮君も親睦会のお店探し、一緒に行こうね！」

「え……」

※　※　※

6限目はHR《ホームルーム》。本日のメインイベントである席替《せきが》え中。

何の変哲《へんてつ》もないオーソドックスな席の決め方で、番号入りの紙クジを1人1人が引いていき、黒板に書かれた番号と同じ席に移動するというもの。

人数分の紙クジを風呂桶《ふろおけ》に入れ、よくかき混ぜていく天海先生。風呂桶の汎用《はんよう》性高すぎ。

生徒の当たり席と言えば最後方一列に違いないだろう。教師の目に届きづらい故に、喋っていたり居眠《いねむ》りしていてもバレにくいスポットだから。

しかし、俺が求める席はそこらではない。

天海先生がクジを混ぜ終える。

今だ。

「先生。俺、目が悪いんで前の席がいいです」

「はーい。姫宮君、どこの席を希望しますか？」

「一番左で」

よしっ。窓際最前列の席ゲット。

この席こそ、俺が中学時代から気に入っている特等席。人との関わりが最小限かつ、日差しが良好な好物件だ。何より、目が悪いの一言で労せず確保できる点が素晴らしい。

視力2・0ですけど何か？　マサイ族に比べたら目は悪い。

今後の席替えイベントも、この殺し文句で特等席を確保していこうじゃないか。

「先生。私も目が悪いので前の席がいいです……！」

「あ？」

声がするほうを向く。そこには羽鳥が。

おい……、まさかお前……。

「はーい。羽鳥さんは、どこの席がいいですか？」

「姫宮の後ろで」

マジか、あの野郎《やろう》……。

席替えが完了《かんりょう》。振《ふ》り向けば当たり前に羽鳥が。

「ワザと後ろ選んだだろ」というクレームたっぷりの視線を送れば、サッ、と視線を外される。一応は視力悪いですよアピールのためか、黒のセルフレームメガネを着用しているが無駄《むだ》な抵抗《ていこう》である。知的さが増して美人ですね。

泣きっ面に蜂《はち》とはよく言ったもの。

右を向けば、

「よろしくね姫宮君！」

「……おう」

美咲いるんですけど。

何でコイツは俺の隣《となり》をしれっと引いてんだよ。お前の席、普通《ふつう》の奴《やつ》なら結構な外れだからもっとへこめよ。

右に美咲、後ろに羽鳥。絶対うるさくなるパターンの席じゃねーか。

うるさいリア充《じゅう》たちが来るよりマシと考えるしかないか……。

「ん？」

ふと、後ろから背中をツンツン。振り向けば、羽鳥が何やら小さな紙を手渡《てわた》して来た？

「紙クジのゴミを捨てておけゴミ」と言っているわけではないようで、受け取った紙片は丁寧《ていねい》かつ可愛《かわい》く折り畳《たた》まれている。

前を向きつつ開いてみる。

そこには、『今日はありがとう。これからも話聞いてね』というメッセージが意外にも丸っこい文字で書かれており、その下にはＬＩＮＥのＩＤも書かれていた。

これからもですか……。

再度、後ろを振り向けば、視線に気付いた羽鳥が笑いかけてくる。
微笑みではなく、零《こぼ》れるような笑顔で。
その笑顔に免《めん》じて、たまにくらいなら話を聞いてやってもいいとは思う。
たまにだが。

# 3章　飴屋《あめや》紋二《もんじ》と武智《たけち》王助《おうすけ》は気配を消しがち

プライベートルームにてラジオを垂れ流して呆《ほう》け中。

自販機《じはんき》で買ってきた缶《かん》コーヒーを口に含《ふく》みつつ、おもむろに視線を前へと向ける。

「英玲奈《えれな》は、今週の土曜日と日曜日ならどっちがいい？」

「えっと……、1日空いてるし土曜日、かな」

「じゃあ、土曜日に親睦会のお店探しに行こっか。せっかくだし雑貨屋さんも寄ろうね。この部屋、殺風景だから色々揃《そろ》えたいんだ」

「私も服見に行きたい。華梨《かりん》がよく行くお店、紹介《しょうかい》してもらってもいい？」

「もちろんいいよー。一緒に選びっこしようね！」

向かい側の席で、美咲《みさき》と羽鳥《はとり》が和気あいあいと雑談中。当たり前に。

1人増えとる……。

プライベートルームに羽鳥参入。

羽鳥は幹事ではないものの、店探しを手伝ってくれることからプライベートルームを使う条件を満たしている。故に何も言えず。

「姫宮《ひめみや》君も土曜日で大丈夫《だいじょうぶ》？」

「何で俺も行く前提で進んでんだよ……」

「幹事の姫宮君に拒否権《きょひ》はありません。用事が無い場合は絶対参加だよ」

「ある」

「「え」」と美咲と羽鳥がハウリング。

失礼な奴らだ。独り好きには用事がないとでも思っとんのか。

「どんな用事があるの？」

「まだ観てないバラエティ番組を消化したい」

「却下《きやっか》です！」

何だコイツ。

大人しかった羽鳥が、俺寄りに前屈《まえかが》みになっていた。豊満な胸がテーブルに、たゆんと載《の》るくらい。

「な、何観るの……？」

「先週の雨トークSP」

「！　私観たっ！　方向音痴《おんち》芸人すっごく面白かった！　あと真似したい1グランプ――、」

「い、今は落ち着いて英玲奈！」

ハッ、と我に返った羽鳥は、「〜〜っ……！　ご、ごめんなさい……」と赤面しつつ静かなテンションに。相変わらず暴走モードに入ると一苦労な奴である。

「私も観たから後で一緒に話そうね」と美咲が羽鳥をなだめれば、羽鳥は恥《は》ずかしがりつつも嬉《うれ》し気に1つ頷《うなず》く。隠《かく》し事が無くなった分、より一層2人の関係は親密になったのではなかろうか。

仲の良い倉敷《くらしき》にも、自分がサブカル女子なことを羽鳥はカミングアウトしたようだ。案の定、倉敷が引くわけもなく、「ギャップ萌《も》えでモテ要素追加かよっ」と斜《なな》め上の回答を返してきたんだとか。

めでたい話はさておき。

「酷《ひど》い話だよな」

「何が酷いのさ？」

「1人で過ごす時間は暇《ひま》とみなされ、集団で過ごす時間は充実《じゅうじつ》してるみたいな風潮」

「こんな感じ、前にもあったような……」と美咲はデジャブを感じつつ身構える。

「だ、だってさ！　録画してるならいつでも観れるでしょ？」

「『友達と一緒に観る』って言ったら？」

「！　そ、それは……」

「1人が喫茶店《きっさてん》で本を読むのは暇で、グループ同士がファミレスで恋《こい》バナするのは忙《いそが》しいのか？　1人で映画を観に行くのは寂《さび》しくて、カップルで映画を観に行くのは充実してることなのか？　人数で決まるとか数の暴力かよ」

美咲が「ぐぬっ……」と言葉を詰《つ》まらせ、羽鳥はフムフムと興味深げに耳を傾《かたむ》ける。

「お前らリア充にとって『遊ぶ相手がいない＝暇』かもしれないが、ソロ充の俺にとってはイコールじゃない。だってソロ充の考え方は『独りの時間＝充実してる』だから。価値観が違《ちが》うんだよ」

共感性を持たせるとしたら、そうだな。

「お前らだって、集団行動より単独行動を優先したいときがあるんじゃないか？　遊びに誘《さそ》われてはいるものの、本当は家に真っ直ぐ帰ってマイブームの海外ドラマを観たいだとか、お気に入りのゲーム実況者《じっきょうしゃ》の配信を観たいだとか」

「返事はくれないのに、ちゃんと文章は読んでくれてるのが憎《にく》い……！」と怒《おこ》っているようで、実際は頰《ほお》の緩《ゆる》みを抑《おさ》えている様子の美咲。お前はチョロインか。

羽鳥は完全にこちら側。

「姫宮の言ってること、すごい分かる……！　私の場合、付き合い悪いって思われたくないから遊びに行っちゃうけど」

「だろ？　羽鳥みたいな悩《なや》みを持つ奴って案外多いと思うんだ。多いからこそ、もっと独りの時間を大事にするべきだし、主張もすべきだと思う。新卒の社会人なんて特に頑張《がんば》っていただきたい。アフターを独りゆっくり過ごしたいなら、先輩《せんぱい》上司からの飲みニケーションという名のアルハラは、勇気を振り絞《しぼ》って断るべきだ。無駄な残業を発生させたくないなら」

「これだから今の世代は」と言われたら言ってやれ。「懐古厨乙《かいこちゅうおつ》」と。

余裕《よゆう》があるなら、「そんな昔が良ければ、バックトゥザフューチャーして現代に二度と戻《もど》ってくんな」とも言ってやれ。

「というわけでだ。以上のことを踏《ふ》まえて、独りだから暇だとか、独りだから充実してないみたいな発言は止《や》めていただきたい」

「はい……。私の発言が浅はかでした……」

「うん、分かればいい」

美咲が失言を認めたので試合終了《しゅうりょう》。

以上、俺の独り至上主義運動でした。

缶コーヒーを1口。やはり、運動を終えてからの一杯《ぱい》は格別だな。

「で、でもさ。姫宮君」

「おう」

「姫宮君みたいなソロ充の人って、どうすれば暇になるの？　ソロ充の人は延々と予定が詰まってるから、誘うにも誘えないよね？」

「確かにそうだな。でも、今回に限っては、そこまで心配することじゃないぞ」

「え……？　どうして？」

「ウダウダ言ったけど、店探しも幹事の仕事だからな。参加しないわけにはいかないだろ」

「……」

「そもそも、バラエティは録画してるから何時でも観れるし」

美咲は唖然《あぜん》から一変。

「〜〜っ！　この人ホント面倒《めんどう》くさいっ！」

それほどでも。

※　※　※

本日の家庭科は調理実習。レクリエーション的な役割も持つ授業とあって、調理実習室内は多くのクラスメイトたちが授業前からワイワイと賑《にぎ》わっている。

「〜♪」

同じ班である美咲も普段《ふだん》以上に上機嫌《じょうきげん》。聞き覚えのあるＣＭソングなぞ鼻歌まじりに歌いつつ、手際よく食材の準備を進めていた。

料理好きと知っているだけに、エプロン姿の美咲は家庭的に見えてしまう。厚手の麻《あさ》生地に英字がプリントされたエプロンは、一見するとシンプルなデザインなのだが、短めにカットされた丈《たけ》や大きめなポケットがアクセントとなっており、使いやすさの中にも可愛《かわい》らしさが備わっている。普段から愛用しているからこそのデザインなのだろう。

美咲のエプロン姿を見る俺の顔は、退屈《たいくつ》そうだったらしい。

「姫宮君、調理実習だよ？　もっと楽しんでいこうよ」

「俺はハンバーグでテンション上がる小学生かよ」

「今日作るのはハンバーグじゃなくて、パウンドケーキだけどね。……今、絶対めんどくさい奴《やつ》だと思ったでしょ？」

「思ったんじゃない。思ってるんだ」

「進行形は止めて欲しいよっ！」

過去形だったら良かったんかい。

とはいうものの、美咲の判断通り、俺のテンションは普段より若干低い。

「パウンドケーキ作るんだったらハンバーグのが作りたかったな」

「？　甘いもの苦手だったら、今日のケーキは甘《あま》さ控《ひか》えめにしよっか？」

「甘いものは人並に好きだから大丈夫。いや、そういうことじゃなくてだな。生涯《しょうがい》独身の身としては、もっとガッツリした料理を学びたかったなと」

「そこまでの心構えで調理実習に臨んでいるのは姫宮君くらいだよ……」

「授業に本気で取り組んで何が悪い」

「カッコいい発言なのに、背景が残念すぎる……！」

だって仕方ないだろ。パウンドケーキなんて小洒落《こじゃれ》たもの、今後生きていく上で焼かない自信が無駄《むだ》にあるんだから。独身で40過ぎのオッサンと化した俺が、高校時代に作ったパウンドケーキを思い出しつつ焼くシーンが全く思い浮《う》かばん。誰《だれ》のため、何のために焼いてんだよ。

自分の誕生日？　悲しすぎんだろ。

「パウンドケーキを焼く焼かないは一旦《いったん》置いといてさ。高校生になったばっかりなのに生涯独身宣言は早すぎるよ。姫宮君だって、好きな人ができたら将来結婚《けっこん》するんじゃないかな？」

「人を愛し、人に愛される自信が無い」

ジト目になった美咲が半歩詰め寄ってくる。

「姫宮君は自信が無いんじゃなくて、気が無いだけだからね？」

あながち間違《まちが》ってないだけに目を背けずにはいられない。

目を背ける視線の先。同じ班である男子2人組が視界に入る。

「俺もあの2人くらい、テンション上げて料理していけばいいのか？」

「？」と小首を傾《かし》げる美咲が、俺の指差す先を見る。

そこには、テンションMAXの飴屋と武智の姿が。

「ジャキンッ！　はいジャストガード余裕～！　俺の防具、ガード性能のスキル付いてるから余裕～！　ちょ！　脇腹攻撃《わきばらこうげき》止めろし！」

「無駄《むだ》無駄無駄ぁ！　こっちの防具、破壊《はかい》王付けてますから！　部位破壊とか余裕ですから！　破壊ボーナス、飴屋の鱗《うろこ》とか要《い》らね！　ゴミ乙《おつ》でぇ～す！」

「俺の素材が下級なわけないやろし！　G級やし！　飴屋の天鱗やし！　というかモンスターやないし！」

「ふふふふ！」「ぷすすす！」

ガード性能がエプロンに搭載《とうさい》されている飴屋と、破壊王がエプロンに搭載されている武智は、デュクシ、デュクシと謎《なぞ》の効果音付きの手刀で戯《たわむ》れ続ける。

2人を簡単に識別するとすれば、語尾《ごび》によく『し』を付ける寝《ね》ぐせかワックスか分からない太いほうが飴屋で、デスマス口調でモッサリ天パのヒョロいほうが武智である。特徴的《とくちょう》な2人の髪《かみ》はバンダナで見えないものの、その代わり、恐《おそ》ろしいほどにペイズリー柄《がら》のバンダナが似合っている。

今日も絶好調にオタトーク全開。今の一瞬《いっしゅん》で俺に負けないくらいカーストが低いのが分かってしまうのだから大したものだ。

「こらっ！　包丁あるんだから危ないでしょ！」

今は俺と議論を交わしている場合ではないと判断してか、美咲は2人の注意に入る。本気で怒られていないことを理解しているのか、2人はじゃれ合いを止めつつも表情筋は緩んだまま。普段から美咲のことをカリン様と崇拝《すうはい》しているのも頷ける表情であり、話しかけられて嬉《うれ》しそうにすら見える。反省をしろ。

「もう暴れちゃダメだよ？　分かった？」

「「御意《ぎょい》！」」

相変わらず濃《こ》い奴らである。

美咲と入れ替《か》わるように羽鳥が隣《となり》にやって来る。雪模様レースが控えめに浮かぶエプロンは前結びの紐《ひも》であったり、ゆったりと広がる丈がスカートのようで、ワンピーステイストなデザイン。長い髪を1つに束ねているヘアスタイルもいつもと違った印象を与《あた》え、別の切り口で大人っぽさが表現されていた。

そんな羽鳥が恐る恐るといったように俺を見つめてくる。

「……。ねぇ姫宮」

「ん？」

「私も好きな話してるときって、飴屋と武智みたいになってる……？」

あー……。

「周りが見えなくなるのは、ちょっと似てるかもな」

「！　～～～っ！　は、恥《は》ずかしいっ……！」

羞恥《しゅうち》に溺《おぼ》れるかのように、羽鳥は顔を押さえて大赤面。顔を押さえるついでに腕《うで》も胸を押さえつけてしまっており、エプロンから胸がはみ出している。胸が大きいって大変。

以上の４人に俺を加えたメンバーが本日の調理班。教室班がそのまま調理班なので、目新しくもないメンバー構成となっている。目新しさは求めていないから特に不満もないが、強いて挙げるとすれば、もう少し薄《うす》いメンバーが良かった。

いざ調理実習開始。

したのだが……、

「姫宮！　俺と一緒《いっしょ》にチョコレート味をレッツクッキングしようし！　ご機嫌《きげん》なパーリーにしようし！」

「姫宮が一緒に抹茶《まっちゃ》味を作ってくれないと緊張《きんちょう》で死んじゃいますから！　というか吐《は》いちゃうんですけど⁉　僕と契約《けいやく》して専属パティシエになってよ！」

「俺、独りで食器洗いしたいんだけど」

「「姫宮⁉」」

今現在、飴屋と武智、野郎《やろう》２人が俺を奪《うば》い合うという俺至上、最も嬉しくないイベントが発生中。

２人が何を騒《さわ》いでいるかと言うと、土台となる生地を混ぜ終えたタイミング、「２種類作るから二手に分かれよっか」という美咲の発言が事の発端《ほったん》。料理経験に乏《とぼ》しい男たちに１つの味を任せるのは心もと無いと、チョコレート味を美咲チーム、抹茶味を羽鳥チームで作っていく流れに。

そして事件は起こる。女子に免疫《めんえき》がない２人は、美咲や羽鳥と１対１で調理をすれば死ぬと言わんばかりに、俺を自分のチームへと誘《さそ》っているというわけだ。

ついには、互《たが》いのエプロンの裾《すそ》を握《にぎ》り合って、いがみ合う２人。せめて胸ぐらを掴《つか》み合え胸ぐらを。

「俺が姫宮と組むから、武智が男子ソロやれし」

「は？　僕が姫宮とデュオ組むんですけど。これ以上、意味不明なこと言ってたら、ヘッショすっぞ」

「「ああん⁉」」

「2人とも止《や》めなさ――――い！」

お前らすごいな……。

色んな意味で。

仲の良い2人だと思っていたが、自分の保身のためなら友など要らぬといった光景は実に人間らしい。もはや清々しさすら感じる。

しかし、いくら好感を持とうが、俺の身体は1つ。どちらかのチームに入ればどちらかを見捨てることになってしまい、あちらを立てればこちらが立たず状態。

別に共倒《だお》れしてくれて構わないけど。

「はぁ……。分かったから落ち着け。俺は男1人のチームでいいから、お前ら2人はもう片方のチームに入ればいい。それなら問題ないだろ？」

「「ある！」」

「は？」

　２人は俺を手引きすると、そのまま美咲と羽鳥に聞こえないようにと耳打ちしてくる。

　飴屋が、

「俺はカリン様と作りたい。丈の短いエプロン姿が裸《はだか》エプロンっぽいから間近で拝みたい」

　武智が、

「僕は羽鳥さんと作りたい。エプロン横から零《こぼ》れそうなオッパイを間近で拝みたい」

「ふふふふふ！」「ぷすすすす！」

「クソ野郎かよ」

　何をハニかんどんだ貴様らは。

　女子と一緒に作りたいけど、２人きりは恥ずかしいからＮＧってなんだよ。

　超《ちょう》めんどくせー……。

　邪《よこしま》な感情を抱《いだ》かれていることなど知る由もない美咲と羽鳥が近づいてくる。

「姫宮君、悪いんだけどさ。食器洗い係でいいから、２人の様子を見ててあげてくれないかな？」

「え……」

「このままじゃ、いつまで経っても次の工程に進めないでしょ？」

羽鳥も羽鳥で接点の無い男子と2人きりになるのは気まずいと言いたげ。

「私もそうしてくれたら嬉しい……」

しまいには一同の視線が俺へと突《つ》き刺《さ》さってしまう。

ここまで来れば深く考えるの馬鹿《ばか》らしい、というか最早どうでもいい。

「分かったよ……」と力無く一つ頷《うなず》くと、一同大喜び。

「うんっ」「ありがとう」「「さすがです姫宮様！」」

様付けはやめろよ。


紆《う》余曲折《よきょくせつ》ありつつも、パウンドケーキ作りが再開。

が、紆余曲折は続く。

右隣《みぎどなり》の飴屋が、

「姫宮、見て見て。AME'Sキッチン」

唐突《とうとつ》にも「アタタタタタタタ！」と叫《さけ》びながら雑な包丁捌《さば》きで板チョコを刻んでいく。

シロップ作りしている美咲は、笑顔なのに目が笑ってない。

「飴屋君？　包丁は危ないものって、さっきも言ったよね？　伝わってなかったのかな？」

「ひゃ、ひゃい……」

左隣の武智が、

「姫宮、ご覧あれ。世界一セクシーな料理人」

「抹茶はこう振《ふ》るんだべイビー」と、ひとつまみした抹茶パウダーを顔の近くからボウルへと振りかける。

黒豆の水気を切っている羽鳥は、クールではなく冷めきっている。

「武智。せっかく計量したのに、ボウルから零れてるから止めて」

「しゅ、しゅいませんっ！」

「お前らは何やってんだよ……」

美咲と羽鳥の目が死んでいるのも無理はない。この不毛なやり取り、10回以上繰《く》り返《かえ》されてるし。他の女子たちなら1人で作ったほうが速いと、愛想を尽《つ》かしてもおかしくないレベルである。

ふざけられても見捨てない女子2人が凄《すご》いのか、注意されても折れない男子2人が凄いのか。精神安定剤《ざい》として野郎2人に話しかけられ続ける俺が凄いのか。

というか、推しメンがいるから各々別れたくせに、緊張して俺ばっかりに話しかけてたら意味ねーじゃねーか。

作業終盤《しゅうばん》。ようやく2種類の生地が完成し、飴屋と武智がサラダ油を塗《ぬ》った型へと生地を流し込んでいく。

その2人を見守る美咲と羽鳥の目力が凄い。もはや見守るというより2人を監視《かんし》している状態。目を見ただけで「コイツら、放っておいたら何しでかすか分からない」というメッセージがひしひし伝わって来る。

生地を流す直前、飴屋と武智が俺のほうを見て、「これってフリ？」と小声で尋《たず》ねてきたのが恐ろしい。

何事もなく全ての生地が型へと流し込まれれば、美咲と羽鳥が安堵《あんど》の息を吐く。そのまま最後の気力を振《ふ》り絞《しぼ》るかのように、あらかじめ予熱しておいたオーブンへと生地を運んでいくと、飴屋と武智も2人に付いていく。

美咲を見守るフリして背後から生足を吟味《ぎんみ》する飴屋と、羽鳥を見守るフリして真横から横乳をガン見する武智。

なんなんコイツらマジで。

「終わったぁ……」「お疲《つか》れ様……」

あとは焼き上がるのを待つだけ。美咲と羽鳥はもう限界ですと、持ってきた椅子《いす》に座った途端《とたん》、力尽《つ》きたかのように調理台に突《つ》っ伏《ぷ》してしまう。こればかりは、お疲れ様ですと言わざるを得ない。

普段《ふだん》以上に活力に満ち溢《あふ》れていた美咲や、実は内に膨大《ぼうだい》な活力を秘めている羽鳥から全てのエネルギーを吸い尽くす飴屋と武智って一体何なのだろう。セル？

さて。2人の正体はさておき、メイン業務が食器洗いの俺はここからが本番である。

シンク前で袖《そで》をまくり、使い終わった調理器具を洗い始めようとする。

しかし、2度見せずにはいられない。

「「……」」

仕事が終わったにも拘《かかわ》らず、飴屋と武智は立ちっぱなし。調理台上に置かれたオーブンを瞬《まばた》き一つせずに見つめ続けていた。その瞳《ひとみ》には涙《なみだ》が滲《にじ》み、オーブン内の赤い光熱が轟々《ごうごう》と映し出されている。

親しい故人でもオーブンで焼いているのだろうか……。

そんなわけあるか。オーブンの中はパウンドケーキだろ。

「何やってんだお前ら」

「「最初で最後の美少女たちとの共同作業が終わったことに感動してました」」

「大袈裟《おおげさ》かよ」

俺の言葉に対し、飴屋と武智は首を大きく振る。

「甘いし姫宮。カリン様の班じゃなかったら、ここまで楽しく調理実習できなかったし。

他の女子たちとやってたら、分担作業という名の島流し決定だし」

「そうですとも。遠藤《えんどう》とか洞ヶ瀬《うろがせ》とかあそこら辺のギャルたちと一緒に調理実習してごらんなさいよ。『手伝わなくていいから、パウンドケーキに合うジュース買ってこい』ってパシられるのが関の山ですよ。自費で」

「さすがにそこまでは言われねーよ」

「『どうだか』」と大袈裟に肩《かた》をすくめる2人の顔がスゲー腹立つ。手に持った食器用洗剤《せんざい》で眼球を狙《ねら》いたいくらい。

けど、2人の言いたいことも分かる。飴屋、武智、俺を含《ふく》めた3人が遠藤らの班と一緒に作っていれば、間違《まちが》いなく『ハズレ』と思われていただろう。俺ら3人はいないものとして調理実習は進んでいくのは間違いない。

皆《みんな》と友達になりたい美咲と、その美咲の友人である羽鳥だからこそ、ここまで互いが協力的に調理実習ができたのは、飴屋と武智の言う通りだと思う。

気付いてしまう。飴屋と武智は調理実習中、ただ単に空気が読めなくてふざけていただけではなく、ちゃんと女子2人と共同作業ができるのが嬉《うれ》しくて空回りしていたのだと。

一見無意味に思えた俺という緩衝材《かんしょうざい》の役割も、実は意味があったようだ。

「自然学校の飯盒炊《はんごうすい》さんのときなんか、武智ウイルス、称《しょう》してT - ウイルスが蔓延《まんえん》するからって、女子たちに火起こし係しかさせてもらえなかったくらいですから」

「お！　武智もか！　俺も飴屋菌《きん》、略してAMEKINが蔓延するから食材に触《さわ》るなって言われたことあるし！　俺、チャンネル登録数600万突破《とっぱ》なんかしとらんし！　俺のチャンネル登録数6人やし！」

笑ってるのは声だけで、顔は笑っておらず。

「ふふふふふ……！」「ぷすすす……！」

「心から笑って流せないなら、自虐《じぎゃく》するなよ……」

それくらいエグイ過去があったなら、今回の調理実習の暴れっぷりは目を瞑《つぶ》ってやろうと思えてしまう。

※　※　※

調理実習後の授業は体育。2クラス合同で行われ、男子の1学期前半の種目はサッカーである。今はウォーミングアップの最中で、俺は普段通り体育倉庫の壁《かべ》を相棒に、独り黙々《もくもく》と蹴《け》り続けている。

いるのだが、

「くらえし！　タイガーシュウウウウウウウト！」

「甘いですぞ！　ファイアトルネードゥゥゥ――――――！」

「ふふふふ！」「ぷすすす！」

「……」

背後の奴《やつ》らがうるさい。というか、うざい……。

俺の背後。いつもはいないはずの飴屋と武智が、デタラメなシュートフォームで互《たが》いに技名を叫びながらキャッキャウフフとはしゃいでいる。明らかに俺を意識している距離《きより》。

俺が目を瞑ったのは、調理実習のときだけなんですけど。

「飴屋と武智。悪いけど、もう少し俺から離《はな》れたところで練習してくれよ」

「いやいやいや！　姫宮を1人にさせるわけにはいかないし！　俺たちはパウンドケーキを作り合った同志だし！」

「そうですとも！　もはや僕らは運命共同体！　姫宮がここに残ると言うなら、僕らもここに残ります！　死ぬときは3人一緒《いっしょ》ですとも！」

「じゃあ、別の壁探すから行くわ」

「酷《ひど》いっ！」

そんなこと言われてもだな。同じ人種と思われたくないんだから仕方ないだろ。

飴屋と武智が仲間になりたそうな目でこっちを見ているのではなく、仲間になった気で俺を見ているのが納得いかん。

不満をぶつけるかのように、体育倉庫の壁目掛《めが》けてサッカーボールを力いっぱい蹴る。壁へと叩《たた》きつけられたボールは、ペコンッ！ と情けない音を出しつつ俺の足元へと転がってくるが、途中《とちゅう》で失速して止まってしまう。それほどまでに俺のボールはボロい。

「ささ。そんなボロっちいボールは捨て置いて、こっちの比較的普通《ひかくてきふつう》のボールで一緒に練習しようし」

「比較的ってことは、そっちもボロいんじゃねーか」

飴屋が誇《ほこ》らしげに見せつけてくる自慢《じまん》げなボールも、そこそこに年季が入っている。それもそのはず。カースト下位ともなれば、暗黙《あんもく》のルールのようにボールを選ぶ順番は必然的に最後になるから。俺らのような者は味噌《みそ》っかすなボールしか残されていないのだ。

真新しいボールを使っているのは、今現在、ゴールポストを独占《どくせん》している波川《なみかわ》グループや、隣《となり》クラスの装い華《はな》やかな連中だけ。

カースト下位&団体競技にモチベーションを見い出せない俺がボールカゴを覗《のぞ》く頃《ころ》には、メルカリでも売れない悲惨《ひさん》なボールたちばかりになっているのは言うまでもない。

飴屋の言う通り、俺の使っているボールは一際オンボロなボールだと思う。糸がほつれ、破れた革からは内側のチューブが見えてしまっているし、真っ直ぐにも転がらない。けれど、俺はこのボールに愛着を持っている。誰《だれ》にも選ばれず独りポツンとしている感じが気に入っており、毎回の授業で好き好んで使っているくらいだ。最近ではやっと扱《あつか》えるようになってきて、一層の愛着も湧《わ》いている。

壁を使った練習も好きだ。壁は何も言わずに淡々《たんたん》と俺の相手をしてくれるから。どこぞの2人のように必殺技を叫《さけ》ばない辺りが高評価。

よって、ボロいボールだろうが、壁相手だろうが俺は現状の練習で満足している。

俺に構うなと自分のボールを取りに行こうとするが、ボールがない。

武智に回収されていた。

「おい」

聞く耳持たず。俺のボールを手に、武智と飴屋が広いスペース目指して駆《か》け始める。依《い》然《ぜん》キャッキャウフフとはしゃぐ姿は、「私たちを追いかけてごらんなさ〜い」と言っているようで吐《は》き気《け》を催《もよお》す。

「俺らの前では一匹狼《いっぴきおおかみ》キャラを演じなくても大丈夫《だいじょうぶ》だし！　3匹《びき》の子ブタでも楽しければいいじゃない！」

「いや別に演じてなんか――、」

「さぁ姫宮！　試合まで時間がないから3人合体技の特訓に早く入りましょう！　技は何

がお望みですか？」

「ジェットストリームにする？」

「ビッグバンにする？」

「「それともジ・アース？」」

「新妻かよ」

「「同志ですけど？」」

クソうぜー。

バカは死んでも治らないと言うし、こいつら、生まれ変わってもバカやってると思う。

誰か封印《ふういん》してくんねーかな。魔封波《まふうば》でも屍鬼封尽《しきふうじん》でもいいから。

ウォーミングアップも終わり、メインである各クラス対抗《たいこう》のゲーム中。

俺のポジションはキーパー。毎回必ず希望するポジションで、もはや固定ポジションと言ってもいい。キーパーは良い。青空を眺《なが》めて呆《ほう》けていても、一定の評価を得ることができるポジションだから。

そろそろジャージが要《い》らないくらい暖かくなってきたなー、と肌《はだ》で感じつつ、中央付近のせめぎ合いをぼんやり眺める。

ボールを奪《うば》い合うのは、ジャージをオシャレに着こなすカースト上位の連中ばかり。

「マイボ！　マイボ！」

「逆サイ空いてんぞ！　パスパス！」

「ぎゃははは！　下手《へた》くそかよ！」

などと、声を大にして大盛り上がり。正直、上手《うま》くない奴もいるが、それでも楽しそうにプレーをしている。

カースト上位以外の連中は、触らぬリア充《じゅう》に祟《たた》りなしといったところか。俺と同じくボールを目で追うくらいで、足を使ってまで追いかけようとはしない。むしろ、自分のところには来るなと言いたげに絶妙《ぜつみょう》な距離を保ち続け、時々転がって来るボールにのみ対処することに心血を注ぐ。一瞬《いっしゅん》にのみ命を懸《か》ける姿は居合の達人を彷彿《ほうふつ》とさせ、コート内にどれだけ多くの達人が潜《ひそ》んでいるのだろうか。

実際は、試合に参加している雰囲気《ふんいき》を醸《かも》し出すプロたちなのだが。

醸し出すことすら放棄《ほうき》する奴らもいる。

「俺、思うんだし。両指を切り落とした覚悟《かくご》で念弾《ねんだん》の威力《いりょく》が上がるんだったら、もっと凄《すご》い覚悟やリスクを負えば、とてつもない威力になるんじゃないかって」

「でしたら、こういうのはいかがですかな。両指ではなく、両乳首を切り落とすんです。

乳首から念弾を飛ばすのは相当の辱《はずかし》めだから、威力は飛躍《ひやく》的に上がるでしょう。毎回シャツをたくし上げる動作も制約に加えれば、もっと威力を上げることも可能ですぞ」

「ほうほう！　羞恥心《しゅうちしん》をリスクにする考えは無かったし！　昨今の性描写《せいびょうしゃ》に対するコンプライアンスが厳しい中、乳首描写を回避《かいひ》することでクレームへの配慮《はいりょ》できているところも気に入ったし！」

「そうでしょうそうでしょう！　後は名前を考えれば完璧《かんぺき》でしょう！」

「俺の両乳首機関銃《チクビマシンガン》ってのはどう？」

「それ採用」

「ふふふふふ！」「ぷすすすす！」

「除念《じょねん》で消えろ」

「「怨念扱《おんねんあつか》い!?」」

それ以外の何物でもないわ。

俺の背後から打って変わり、俺の前でDF《ディフエンス》のフリすらしない飴屋と武智は、試合も折り返しだというのに延々とアホなことを雑談し続けるのみ。

何故コイツらは敵にプレッシャーをかけず、俺のSAN《サン》値を削《けず》り続けることに専念するのだろうか。そんなポジションねーよ。

「お前ら何のために必殺技の練習してたんだよ。ここでしょうもない話してないで攻《せ》めてこい。点数獲《と》れとは言わないから」

飴屋が吠《ほ》える。

「しょうもないとは失礼だし！　いくら姫宮でもハンターを否定するなら許さないし！」

「お前を否定してんだよ」

「はうっ！」

武智がニヤつく。

「いやー、姫宮もハンターの会話に入りたくて拗《す》ねちゃってるだけでしょ？　男児たるもの、狩《か》りというワードは漫画《まんが》だろうがゲームだろうが滾《たぎ》りますからなぁ」

「男を語る奴が横乳コッソリ拝んでんじゃねーよ」

「だはっ……！」

オーバーにも心臓を押《お》さえて片膝《かたひざ》つく2人は、モンスターなら狩ることは成功しただろう。

けれど、2人は死なない。無限湧《わ》きらしい。

「はーっはっはっ。姫宮の歯に衣着せぬ物言いは良いですなぁ」

「だしだし。陰《かげ》でグチグチ言われるより、直接言ってくれるから却《かえ》って清々しいし」

「ぷすすす！」「ふふふふふ！」

コイツらに、どうやったら俺の想いは伝わるのだろうか……。

「カウンタ────！」

「「あい？」」

間の抜《ぬ》けた空気を切り替《か》えるかのよう。カースト上位らしき大声と共に、大きくクリアリングされたボールが俺たちのいる自陣《じじん》へと１バウンド、２バウンドと大きく跳《は》ねながら近づいてくる。徐々《じょじょ》に勢いを失っていくボールが、飴屋の足元で止まる。

「え、あ……やべし……」

飴屋は今が試合中ということを思い出した模様。「奪え！　奪え！」「出せ！　出せ！」と、両チームのリア充たちが、自身目掛けて雪崩《なだ》れ込《こ》んでくる光景に立ち尽《つ》くしてしまう。

窮地《きゅうち》に立たされると本性が現れるとはよく言ったもの。

「あ、ちょうちょ」

友のピンチも何のその。武智が自分は無関係ですよとでも言いたげに、安全地帯目指してフィールドを駆けていく。

助けてやれよ……。

「とりあえず外にボールを出せ」と助言すれば、既《すんで》のところで我に返った飴屋が、「たぁっ！」と大声を上げながらボール目掛けてキック。足先の9割以上を地面に強打しつつ、辛《かろ》うじてボールを掠《かす》めることに成功。しかし、そのボールは外目掛けて転がってはいかず。

「いっけ――――！」

飴屋の大声に釣《つ》り合わず、コロコロと転がっていくボールの行き先は武智。

忘れていた。飴屋もクズだった。

お前だけ逃《に》げるなという怨念《おんねん》の詰《つ》まったボールが武智を追いかけ、死角からのパスを予期していない武智の片足が、地面に着く前に入り込んできたボールを踏《ふ》んでしまう。

「おろんっ!? へぶっ……！」

武智が派手に転倒《てんとう》し、ぐねった足を押さえていた飴屋が、「っし！」と小さくガッツポーズ。

さっきまで意気投合していたのに、よくここまで仲間割れできるなコイツら……。

醜《みにく》い2人はさておき、前方へ転がっていくボールの動向を辿《たど》る。そこには波川が。

「ナイスクリア！」と、誰よりも早く戻《もど》って来た波川がボールを回収すると、誰よりも早くグラウンドを駆け抜ける。テニス部期待のエースはスポーツ万能らしい。敵のカースト上位たちが、「俊太郎《しゅんたろう》を止めろ！」「ファールでもいいから突《つ》っ込め！」などと騒《さわ》ぎ立てるが、誰も波川の動きを止めるどころか、背中に追いつくこともできない。ツンツンにワックスで髪《かみ》を立てた連中もイケメン波川の前では、モブキャラにまで成り下がってしまう。ウニA、ウニB、栗《くり》Aとか。

敵のDF陣《じん》が浮足《うきあし》立つ中、波川は冷静にも仲間へバックパス。そのままペナルティエリアへと単身で入り込み、再び仲間から貰《もら》ったパスを華麗《かれい》にもジャンピングボレー。キーパーが身動き取ることなく、ゴールネットをボールが揺《ゆ》らす。

あっという間の波川劇場だった。

「俊太郎ナイッシュー！」

「ははっ。センタリングが完璧だったからな。さすがサッカー部」

「「いえーい」」と拳《こぶし》同士を２人は近づけ、ワチャワチャと上や下に合わせたり、最後は互《たが》いの手をパァン！　と叩《たた》き合う。ザイルとかがやってそう。

さらには、大歓喜《かんき》する伊刈《いかり》やリア充たちが波川のもとへ集まってくる。肩《かた》を組んだり、背中に乗っかったりとウイイレで良く見る光景。実に青春らしい１ページである。

一方その頃《ころ》、飴屋と武智の茶番劇はまだ繰《く》り広げられていた。

「何逃げ出そうとしてんだし！　友のために身体《からだ》を張って死ねし！　率先して死ねっ！」

「はあああ⁉　僕らはギブアンドテイクの関係ですから！　僕にとって裏切りはコーヒーブレイクと何ら変わらないですから！」

運命共同体とか３匹《びき》の子ブタのくだりは何だったのだろうか。

※　※　※

試合は引き続き波川無双《むそう》。ゴールを量産するだけでは飽《あ》き足らず、アシストまでこなすのだから恐《おそ》ろしい。向こうのキーパーが半泣きなのは同情するし、俺が向こうチームのキーパーなら倍は取られる自信がある。波川怖《こわ》い。

一足先に授業が終わった女子グループが試合を観戦中で、波川がボールを持つだけで遠藤一派の女子たちが黄色い声援《せいえん》を上げる。

「俊太郎〜〜〜、がんば〜〜〜っ♪」

遠藤よ。次は昼休みだから、波川は応援《おうえん》されるより早く着替《きが》えて髪のセットを完了《かんりょう》させたほうが喜ぶと思うぞ。どうせ食堂行くんだろうし。

「コラ――――！　俊太郎１人に押されるな！　３人くらいでマークしとけ――――！」

倉敷よ。何故、お前は隣《となり》のクラスを応援する。近所の草野球見るオッサンかよ。

「姫宮く――ん！　空ばっかり見てないでボールをちゃんと見なさ――いっ」

美咲よ。うるせー。

女子たちの何色か分からない声援がグラウンド横から飛び交う中、波川がダメ押しの1点を決める。ついには相手クラスのヤル気スイッチがOFF。消化試合まっしぐら。

俺クラスのカースト上位陣《じょういじん》も、ひとしきり暴れ回って満足げな様子。攻撃《こうげき》は止《や》めだと、DFラインに下がって休憩《きゅうけい》モードに。

攻撃陣《じん》が手薄《てうす》になっても、飴屋と武智は攻めには行かず。自分たちの居場所をリア充に取られてしまったからか、コーナー角隅《すみ》で肩身《かたみ》を寄せて砂いじりしていた。オーラを消すな。絶使いかよ。

波川の取り巻き2人、伊刈と夏越《なごし》の話題は、先ほどの調理実習について。

ジャージを脱《ぬ》いで体操着をパタつかせる伊刈の声は相変わらずデカい。

「俺らんとこのケーキ、失敗してチョイ焦《こ》げてんだけど！　絶対苦いとこあるわ！」

「バカ。それは伊刈が適当な目分量で作ったからだろ」

「だってさー、作るん面倒《めんどう》だし仕方ねーじゃん？　食うだけに集中してーわ！」

しゃがみ込んで靴《くつ》に付いた土埃《つちぼこり》を落としていた夏越が、思い出したように顔を上げる。

「そーいや華梨の班、オリジナルでチョコレート味と抹茶《まっちゃ》味の2種類も作ってたらしいな」

「マ？　超羨《ちょううらや》ましいじゃん！」

「華梨が作ったから羨ましいだけじゃねーの？」

「それもある！　美少女のケーキ食いてー！」

伊刈のネタ走った叫《さけ》びに、周りの連中もドッと笑う。

その一連の会話は、飴屋と武智にも届いている。２人は何も悪いことなどしていないのに、みるみる居心地の悪そうに小さくなっていた。

俺と同じ、いや、それ以上に厄介《やっかい》ごとにならないことを願っているのだろう。

けれど、厄介ごとを伊刈が思いついてしまう。

「俺は決めた！　自分のケーキを賭《か》けて、華梨たちの班にＰＫ勝負を挑《いど》む！」

リア充《じゅう》の悪ノリという奴《やつ》だろうか。周りの連中も「何その面白企画《きかく》！」「俺も参加するわ！」「俺も俺も！」などと騒ぎ始める。

ギャラリーの女子たちにも聞こえており、遠藤一派の渡住《わたずみ》が「また男子が馬鹿《ばか》なこと考えてるー」と呑気《のんき》に笑い、美咲や羽鳥たちは不穏《ふおん》な空気を察知してか、心配げに俺たちへと視線を送ってきていた。

平穏《へいおん》だった空気が、あっという間に嫌《いや》な空気へと変わってしまう。

「華梨たちと一緒《いっしょ》に作ってた男子って誰《だれ》だっけ？」と誰かが疑問を抱《いだ》けば、人物特定に時間は掛《か》からない。

ついには、リア充たちの視線が俺らに向けられる。その表情はさらに明るく、近づいてくる伊刈の足取りは軽やか。メンツを見て、勝ちを確信したからだろう。

確信したのなら勘違《かんちが》いも甚《はなは》だしい。

「なー姫宮！　この後の自由練習でパウンドケーキ賭けてPK勝負しようぜ！」

「やだ」

「は？」

ボールではなく提案を鮮《あざ》やかに一蹴《いっしゅう》。そりゃそうだ。勝ち負け依然《いぜん》に、こっちにはヤル気がない。

断られるのが予想外だったように、しばらく口を開けたままの伊刈。お世辞にも賢《かしこ》そうな顔には見えない。

「何で？」

「メリットがない。お前のケーキ焦げてるらしいし」

「どうしても？」

「どうしても」

「……。ノリ悪っ」

悪くてスマンな。しかし、いくら挑発《ちょうはつ》されようが乗る気ゼロ。俺は嫌なことはNOとハッキリ言う系男子だから。

俺はお前らパリピ勢みたいに、ノリで生きてます系男子ではないのだ。

よって、「つまんねー奴」と伊刈に吐《は》き捨《す》てられようが俺には響《ひび》かない。

「なぁ。飴屋と武智ー。お前らはやるよなー!?」

「「……っ」」

まるで、蛇《へび》に睨《にら》まれた蛙《かえる》とはこのこと。遠くから話しかけられようが関係なしに、飴屋と武智の動きが不自然なくらいピタッ、と止まる。２人の視線は俯《うつむ》いたまま。

「別にいいじゃんな？　ケーキ賭けて勝負しようぜ！　な？」

「……べ、別にいいけど」

「右に同じく……」

「よっしゃ！　そうこなきゃな！」

「ふふふふふ……」「ぷすすすす……」

伊刈たちの笑い声と、飴屋と武智の渇《かわ》いた笑い声がシンクロ。

「アホ……」と、思わず苦言を呟《つぶや》いてしまう。

何故、飴屋と武智は「ＮＯ」のたった一言が言えないのか。

間もなくして、試合終了《しゆうりよう》を知らせるホイッスルが鳴り響く。

俺の足は飴屋と武智のいるコーナー角隅へと向かってしまう。

ウォーミングアップや試合中の2人を見てしまえば、サッカーどころか運動が壊滅的《かいめつ》に苦手なのは分かるし、当の本人たちが自覚していないわけもない。負けは100に限りになく近い。

「今なら、まだ間に合うだろ」

俺の声に反応した2人は、丸めていた背中を大袈裟《おおげさ》なほど反らせ、不自然な笑顔を作る。

「え、姫宮。何の話?」

「予約特典ですか？　僕ら、そこらへんには抜《ぬ》かりありませんよ?」

俺の言葉の意味を理解しているに違《ちが》いない。それでも、2人は理解できないフリをする。

あいにく俺は空気が読めない。

「いいのかよ。女子らとの最初で最後の共同作業って言ってたのに、このままじゃアイツらの胃の中で終わるぞ。お前らの最初で最後が、伊刈たちに奪《うば》われるぞ」

「気色悪いこと言うなし⁉」「気色悪いこと言わないでくれません⁉」

2人は参ったと言いたげに溜息《ためいき》。

「姫宮ー……。せっかく、俺らが難聴《なんちょう》系主人公やってるんだから、そこは気付かないフリして欲しいし」

「そうですよ。「何で私の気持ちを分かってくれないのかしら……？」って諦《あきら》めて去るところでしょうに。主人公がヒロインを好きになるまで、告白イベントはお預けが鉄板ですからね？」

「何で俺は、お前らのヒロインなんだよ……」

「ふふふふふ！」「ぷすすすす！」

笑っとる場合か。

道化のように笑い続けていた2人は、笑い疲《つか》れたように覇気《はき》が無くなっていく。

そんな2人の顔には、『諦め』という文字が浮《う》かび上がっている。

「まぁ、俺らは主人公じゃなくてモブキャラだから仕方ないいんだし」

「ですねー。モブキャラというかNPC？　魔王《まおう》に怯《おび》えて暮らす村人みたいな感じですよ」

まるで伊刈たちがモンスターで、自分たち村人は抗《あらが》うようなプログラミングされていない、だからイベントは強制で起こる、と言いたげ。実際、そう言っている。

「そうか」

難聴系主人公を止め、村人NPCだと自虐《じぎゃく》してまで、2人は勝負を挑むのだから俺からはもう何も言えない。

「行ってくるし！」「行ってくるであります！」

俺へと敬礼した2人は、カースト上位の待つゴールへと向かっていく。

敗北を覚悟《かくご》しつつサッカーゴールへと足を運ぶ姿は、死を覚悟しつつ敵陣《てきじん》へと突《つ》っ込《こ》む武士を彷彿《ほうふつ》とさせる。命じゃなくてパウンドケーキ奪われるだけだが。

カースト下位の奴らは大和魂《やまとだましい》を持つ奴がやたら多い。武士だけではなく、いかなる理《り》不尽《ふじん》なことにも耐《た》え忍《しの》ぶ忍者《にんじゃ》も含《ふく》め、愚直《ぐちょく》な奴ばかりだ。

その生きザマを俺はカッコイイとは思えないし、そこまで死に急ぐ必要などないんじゃないかと思う。『いのちだいじに』でいいじゃないか。

村人だろうと、百姓一揆《ひゃくしょういっき》して魔王を狩《か》っていいとすら思う。

とは言いつつ、コイツらにはコイツらの生き方や考え方があることも分かっている。静かに波風立てたくないからこその行動なのも。だからこそ、自分の考えを押し付けるのは良くない。俺だって、他人に独りが好きなことを否定されるのは大嫌《だいきら》いだから。

1人きりになったと思いきや、背後から1人の女子がやって来る。

「一応まだ授業中だぞ」

「隅っこでサボってる姫宮君に言われたくありませーん」

美咲がベッ、と短く舌を出す。

おどけた表情から、いつもの柔《やわ》らかい表情に戻《もど》った美咲に、さらりと言われる。

「飴屋君と武智君を助けてあげないの？」

「あのな……。助けるも何も、俺が参加しても結果なんか殆《ほとん》ど変わらないから」

「でも少しは変わるんでしょ？」

「……。誘導尋問《ゆうどうじんもん》かよ」

美咲は笑みを崩《くず》さない。

「姫宮君が私の出題した課題をこなしてたときさ。姫宮君の行動って予想の斜《なな》め上ばかりなんだけど、完璧《かんぺき》にクリアしてたじゃない？　だからね。今回も2人の力になってあげられると思うんだ」

「課題なんてあくまで課題だろ」

「課題のことだけを言ってるんじゃないよ。英玲奈も救ってくれたじゃない。英玲奈がずっと誰にも言えなかった悩《なや》みを、姫宮君はたった1日で解決したんだよ？　それって凄《すご》いことだよ。少なくとも私には到底《とうてい》できないことだもん」

「……」

「2人を助けてあげてよ。ね？」

手を合わせてくる美咲。俺が凄いと思ってる奴が評価してくれてるということは、相当凄いことなのだろう。

それでも、

「断る。厄介ごとに関わるメリットが俺にはない」

「相変わらず、ドライだなぁ……」

俺は博愛主義者ではない。そもそもの話、厄介ごとを未然に防ぐために俺は勝負を断ったのだから。

それに、俺だってプライドはある。どの面下げて、ＰＫ勝負に入れてくれと頼《たの》むのだ。

「うーん……。じゃあ、こういうのはどうかな？」

「？」

「もし姫宮君たちがＰＫ勝負に勝ったら、今週土曜日に行く親睦《しんぼく》会のお店探しは、私と英玲奈だけで行く、っていうのは」

ヤル気スイッチＯＮ。

「言葉に綾《あや》は無いな？　無いなら直ぐにＰＫ勝負しに行ってくるけど、冗談《じょうだん》とか言わないよな？」

「すごい食いついてきた⁉」

俺の高速手のひら返しに「即答《そくとう》すぎるよ姫宮君……」と美咲は動揺《どうよう》を隠《かく》せず。

プライドなどクソくらえ。そんな魅力《みりょく》的な案件チラつかされたら食いつきますよそりゃ。

「提案は嘘《うそ》じゃないから大丈夫《だいじょうぶ》。けど、凹《へこ》むなー……」

「何が？」

「女の子2人と一緒《いっしょ》に遊べるのって、普通《ふつう》の男の子なら結構嬉《うれ》しいことだと思うもん。そんなに魅力ないかなぁ……」

「魅力はあるぞ」

「じゃあ、どうしてさ？」

「独りの魅力には遥《はる》か劣《おと》る」

「せめて僅差《きんさ》って言ってほしいよ！」

「もう！」と、声を荒《あら》げる美咲だったが、今は怒《おこ》っている場合ではないと、深呼吸を1つして気分を一新。

「それじゃあ頑張《がんば》ってね。向こうで応援《おうえん》してるからさ」

エールを送り終えた美咲は、羽鳥や倉敷たちのいる元の位置へと戻っていく。

勝負は体裁で、美咲の意図が2人を救うことなのは重々承知。

嵌《は》められてはいない。嵌まりにいったのは俺のほうだし。

足早にサッカーゴール付近へ向かうと、既《すで》にB組男子は大盛り上がり。誰《だれ》がパウンドケーキを賭《か》けてＰＫ勝負するか話し合っていた。その渦中《かちゆう》にいるはずの飴屋と武智は、取り残されたかのように俯いている。かごめかごめ状態。

同じく渦《うず》の中心にいる伊刈のもとへ。

「伊刈」

「あ？」

「やっぱり俺も参加する」

「おおマジか！　姫宮もノリ分かってんじゃん！」

「皆《みんな》！　姫宮も参加するってよ！」と伊刈が騒《さわ》げば、美咲や羽鳥お手製の美少女ケーキが1つ増え、多くの奴《やつ》らが大喜び。俺らワースト3の手作りでもあることを忘れるなよ。

「ひ、姫宮……？」

「もしかして、僕らのために……？」

「勘違《かんちが》いするな。俺にも戦う理由ができただけだ」

飴屋と武智は数秒見つめ合っていたと思いきや、途端《とたん》にヒソヒソ。

「姫宮って、何だかんだ言って俺らのこと好きなんじゃねーの？」

「ですね。今のツンデレ発言的に間違いないかと。大好きなんですよきっと」

「おい……、俺は別に──」

言葉の最中、飴屋と武智が「「うん……！」」と大きく頷《うなず》く。

そして、忠誠を誓《ちか》うかのように俺へと立膝《たてひざ》つき、瞳《ひとみ》には力強い覇気を宿す。

なんでやねん。

「姫宮がそこまで心配してくれるなら、死ぬ気でPK勝負頑張るし！　主人公補正で何とかするし！」

「右に同じく！　姫宮の止めどない期待に沿うために、この身に代えてもパウンドケーキを守ってみせます！　今なら俺TUEEE！　な無双《むそう》状態になれる気がします！」

「ぷすすす！」「ふふふふ！」

いつからお前らは主人公に戻ったのだろうか。あと、俺を姫感覚で崇《あが》めるな。

「はぁ……。何でもいいから、勝ちにいくぞ……」

俺の力無い掛《か》け声にも、「「おおおおお！」」と2人は士気を高める。

何て単純な奴らなのだろう……。

2人に負けじとギャラリーが何やら騒がしい。

「俊太郎参戦だ！」「俊太郎の弾丸《だんがん》シュート来るぞ!?」「ゴラッソォォォォNAMIKAWAAAAA！」

どうやら波川も参加するようだ。

俺が参加要請《ようせい》したときを、遥かに上回る大歓声《だいかんせい》。スマブラの新キャラ発表会で喩《たと》えるなら、俺の歓声具合はＷｉｉＦｉｔお姉さんで、波川がスネーク。お姉さん強いけどな。

伊刈はヤル気満々。

「３対３だし団体戦でいいよな⁉」

お前らが団体戦がいいだけだろ。

と言いたいところだが、俺も提案したかっただけに好都合だ。

美咲は、「姫宮君『たち』がＰＫ勝負に勝ったら」と言っていたから。俺だけが勝利できたとしても、それでは意味がない。

あくまで、団体戦は初耳でしたの雰囲気《ふんいき》を漂《ただよ》わせつつ、「おう」と容認。

「なら、こっちからも１つ条件出していいか？」

「いいぜ！」

快諾《かいだく》する伊刈に、心からの「ありがとう」が零《こぼ》れる。

負けられない戦いが今始まる。

※　※　※

PK勝負のルールは至ってシンプル。3対3の団体戦で、交互《こうご》に1本ずつシュートを蹴《け》っていくだけ。最終的により多くのゴールを決めたチームが、相手チームのパウンドケーキを総取りできる、というものだ。

俺らクラスの男子や女子だけでなく、隣《となり》クラスの男子も、面白そうなことをやっているとギャラリーに加わりお祭りムード。闘牛《とうぎゅう》の競技を見るくらいの感覚だろうか。もちろん、相手側が闘牛士で、俺らが闘牛。乳牛のほうがしっくりくるかもしれない。

しかし、俺たちが乳牛だろうと、闘牛士に一矢報いることは十分に可能である。

俺チームの1人目は飴屋。キーパーは波川。

「ボールを相手のゴールにシュウウウッ――――！」という掛け声と同時に放たれるシュートは、鼻垂れるシュートというほうが相応《ふさわ》しいくらい死に球。

「届けぇぇぇぇぇ！」

飴屋が願うのも無理はない。ド真ん中目掛けて蹴られたボールが、残念なくらい失速。ゴールから程遠い前方で静止する。論外。

「くっ……！　さっき軸足《じくあし》を捻《ひね》らなければ決まってたのに……！」

お前がグネってたの利き足な。

相手チームの1人目は伊刈。キーパーは俺。

「おらぁぁぁ！」という掛け声と同時に放たれるシュートは、中々に力強い。

しかし、

「はぁ!?」

伊刈が間抜《まぬ》けな声を出すのも無理はない。俺の頭上目掛けて蹴られたボールの軌道《きどう》が、売れっ子アイドルに熱愛が発覚したときのトレンドキーワードばりに急上昇《きゅうじょうしょう》。ゴールとは程遠い後方へと飛んでいく。

俺チームの2人目は武智。

「3、2、1、ゴ～シュウウウッ――――ト！」という掛け声と同時に放たれるシュートは、コロコロとゴール目指して地面を這《は》い寄《よ》る。速度はルンバ。

「よろしくお願いしま――――――す！」

武智が神頼《かみだの》みするのも無理はない。マイペースに転がるボールは同情するくらい横に脱線《だっせん》。波川が苦笑いしつつ、転がっていくボールを回収する。アウトオブ眼中。

「グッ……！　さっき転んだときに失笑さえされていなければ……！」

心の傷な。

相手チームの2人目はサッカー部の津上《つがみ》。

「パウンドケーキもらい！」という掛け声と同時に放たれるシュートは、無駄《むだ》な力の抜《ぬ》けた綺麗《きれい》なフォーム。

しかし、

「あ？」

津上が訝《いぶか》し気な声を出すのも無理はない。カーブがかったボールの軌道が、清純派女優に浮気《うわき》が発覚したときの好感度ばりに急降下。俺へと吸い寄せられるかのように軌道を変え、簡単にキャッチできてしまう。

案の定の結果しか出さなかった餡屋と武智はさておき。

まともな奴らが2人も蹴れば、蹴った本人やギャラリーは異変に気付く。

「有り得ねーって！　こんなボール、無理ゲーに決まってんじゃん！」

ギャースカ騒ぐ伊刈が試合で使われているボールを持ち上げる。そのボールは、糸がほつれ、破れた革からは内側のチューブが見えてしまっているほどボロボロなもの。

そう。俺がウォーミングアップの時間に愛用しているオンボロボールだ。

このボロ球を試合球として使用することこそが、俺が試合前に出した条件である。

「ボロすぎだろ！」と、伊刈がボールを地面に叩《たた》きつける。ペコンッ！　と情けない音を出すボールは真っ直ぐ上には跳《は》ねず、伊刈から逃《に》げるように不規則な軌道を描《えが》きつつ俺の足元で止まる。おかえりマイボール。

ご覧のように、蹴る・転がす・叩きつけるなどのアクションに対し、普通のボールとは全く違《ちが》った動きを見せるこのボールこそが俺のマイボール。

「俺は俺の道を進む」と言っている感じが個性的で素晴らしいボールだ。

飴屋と武智は大はしゃぎ。

「わざと使い物にならないボールで戦って時間切れ狙《ねら》い！　さすが姫宮だし！　考え方が卑劣《ひれつ》！」

「無効試合で勝負を無かったことにするなんて思いつきもしなかったです！　さすがです姫宮！　考え方がコスい！」

「「だがそこがいい！」」

やかましいわ。同類みたいに思われるから止《や》めろ。

そもそも、見当違《けんとうちが》いもいいところだ。

「あのなぁ……、引き分けようなんて思ってないから」

「「え？」」

「さっきも言っただろ。やるからには勝ちにいくって」

「でも、そんなボールじゃ……」

「そ、そうですよ。サッカー部の津上だって扱《あつか》えてなかったじゃないですか」

「いいから黙《だま》って見とけ」

2人は「「ぎょ、御意《ぎょい》！」」と敬礼してくる。一応俺のことを信用しているのか。

さて、ここが一番の鬼門《きもん》。3人目の俺が蹴る番だ。ここに全て掛かっていると言ってもいい。マイボール片手にペナルティエリアへと出向く。ギャラリーを見渡《みわた》せば、俺の発言などハッタリだし、シュートも入るわけないと言いたげ。違う感情を持っていそうなのは、美咲や羽鳥くらい。タオルを握《にぎ》り締《し》め、祈《いの》るように俺を見つめ続けている。スタンド席で応援するチアリーダーかお前らは。

「姫宮の作戦が時間切れ狙いじゃなくて良かった」

ボールを地面にセッティングしていると、ゴール下で待機する波川が話しかけてくる。

「何でだ？」

「だって時間切れだとウヤムヤのまま終わるだろ？　ここで解決したほうが後腐《あとくさ》れなくスッキリできると思うからさ」

確かに波川の言う通りだ。ＰＫ勝負が無効試合になったとしても、結局は別の形でパウンドケーキ争奪《そうだつ》戦が繰《く》り広げられるだけだろうし。
しかし、根本的に波川は勘違いしている。
俺は他班のパウンドケーキが欲しかったり、ノリが良いとか悪いとかでPK勝負に参加
しているわけではない。
今週土曜日の休みを手に入れるため、自分のためにPK勝負を引き受けているだけなの
だから。その過程で飴屋と武智であったり、ケーキが関わっているだけだ。
「さあ姫宮。来い！」
俺がボールから助走範囲《はんい》を取り終えると、波川も臨戦態勢。手加減する気はないように
腰《こし》を屈《かが》め、両手を広げる。
いざ勝負。
ボール目掛けてステップイン。
コーナーギリギリを狙ったり、球威《きゅうい》を強めようなどと色気は要らない。ボールに回転を
掛けたりフェイント入れたりする技術も要らないし、もとよりそんな技術は持ち合わせて
いない。
だからこそ、ゴールのド真ん中目掛けてシュート。それだけでいい。
波川へと真っ直ぐ蹴り出されたボールは、何の変哲《へんてつ》もない平凡《へいぼん》なシュート。

……ではない。

「！」

対峙《たいじ》する波川がいち早く異変に気付く。

ボールとゴールの距離《きょり》が縮まれば縮まるほど、ボールは小さく震《ふる》えつつ、瞬《またた》く間《ま》にグラグラと大きな揺《ゆ》れを生み出し始める。

それはまさに、

「『無回転シュート⁉』」

飴屋と武智のリアクションと同時、ボールの揺れが『暴れ』に変わる。

空気の抵抗《ていこう》をモロに受けるボールが、波川を避《よ》けるように大きく左へとカクカクした動きで逸《そ》れていく。

波川がボールに飛びつこうと足に力を入れる。

その刹那《せつな》、ボールの軌道が急降下。

「くっ……！」

咄嗟《とっさ》の判断を見せ、波川は流れる身体《からだ》に逆らいつつ精一杯片腕《せいいっぱいかたうで》を伸《の》ばす。

中指がボールを掠《かす》めるものの、完全に勢いは殺すことができずボールはゴールの中へ。

ギャンブル性の高いシュートなだけに、決まって一安心してしまう。

静寂《せいじゃく》に包まれる中、美咲や羽鳥が大きく拍手《はくしゅ》したり、互《たが》いの手を合わせたりと、喜びを分かち合っている。

「やった！　姫宮君がゴール決めたよ！　英玲奈見た？　ボールすっごく曲がったよね⁉」

「うん！　無回転シュートって初めて生で見た……！　姫宮すごい！」

ワンテンポ遅《おく》れて、流し見で観覧していたギャラリーも大騒《おおさわ》ぎ。

「なんだ今のボール⁉」「あいつマジで決めやがった！」「無回転打てるとかやべー！」

「姫宮って何者⁉」

飴屋と武智も大騒ぎ。全国大会への切符《きっぷ》が懸《か》かってたのかよ、というくらいの騒《さわ》ぎっぷりで、「姫宮半端ないって！」「そんなんできひんやん普通！」とうるせー。

それにしても、ぶっつけ本番で決まって本当に良かった。

簡易的に無回転シュートが打てる。この機能こそ、俺の愛用するボロ球に秘められた真の機能である。

実はあのボール、外側に飛び出した歪《いびつ》なチューブ部分が、異常なまでに反発性に富んでいる。そこをピンポイントに狙ってやれば高確率で無回転シュートを打つことが可能というわけだ。もちろん、ある程度の練習は必要だし、コツも存在する。蹴《け》る角度がシビアに影響《えいきょう》する故、ボールのセッティングは重要だし、チューブ部分を内側へと押《お》し戻《もど》す感覚がキモだったり。

別に血の滲《にじ》むような努力、一日一万回感謝のシュートをして編み出した必殺技でもない。

他の奴《やつ》らが楽しくサッカーしてる中、独り好きの俺が黙々《もくもく》と蹴り続けて、発見及《およ》び開発した娯《ご》楽《らく》程度の小技。まさかお披露目《ひろめ》する日が来るとは思っていなかった。

波川が決められたにも拘《かかわ》らず、軽やかな笑みを浮《う》かべつつやって来る。

「すごいな。姫宮が壁《かべ》で1人で練習してたのは知ってたけど、まさか無回転の練習してたなんて思わなかったわ」

普通《ふつう》、俺のようなカーストの低い奴に負けたら、ムカつくって感情がカースト上位には湧《わ》く奴が多い。しかし、波川は「くっそぉ～……。あと少しで止めれたんだけどなぁ……！」と、勝負を心底楽しんでいたかのように悔《くや》し気にも白い歯見せて笑う。

いい奴なのかスポ根脳なのか。

「よし！　もう1回挑戦《ちょうせん》したいから、延長戦まで何とか持ち込むわ！」

「え？　ああ。そっか……」

うっかりしていた。まだ波川が蹴っていなかった。

入れ替《か》わるように波川とポジションを入れ替える。

ゴール下に立ち、もはや俺の心は浮足立《うきあし》っていた。

パウンドケーキが手に入ったからではない。土曜日が自由になったから。

さて、次の土曜日は何をしようか。朝はラジオ聴《き》きながら散歩したり、ベンチで日光浴でもしよう。昼からはそうだな、未消化の録画番組を観終わったら、最近お気に入りの喫《きっ》茶店《さてん》に行って読書タイムを満喫《まんきつ》しよう。夕方からは何をしようか。

ああ。楽しみだな土曜——、

ザシュウッッッ！


「……。ん？」

俺の真横を何かが掠め、振《ふ》り向く。

サイドネットにシュルシュルとボールが突《つ》き刺《さ》さり、ボトッ、と地面にボールが落ちる。

紛《まご》うことなき、俺のオンボロボール。

「おー。入った入った」と波川が飄々《ひょうひょう》としつつ大きくガッツポーズ。

え？　こんなボロボールを正攻法《せいこうほう》で貴方《あなた》入れたんですか？

波川の人並み外れた脚力《きゃくりょく》の前では、ボールのボロさなど関係ないことが判明。

「「「「おおおおおおおおおお～～～～～！」」」」

ギャラリー大盛り上がり。

伊刈が「最高だぜ俊《しゅん》君！　イエエエエエ！」と雄叫《おたけ》びを上げ、遠藤が「キャ――――！

俊太郎ヤバ～～～～！」と出川状態。

美咲がジトー、と俺を見ている、「今、ヨソ見してたでしょ……？」と言いたげ。

正直に告白するとヨソ見してた。何なら浮かれさえしていた。けどだ、ヨソ見してなく

とも絶対取れなかったから。波川がTUEEEすぎる。

やって来る波川が、俺へとボールを手渡《てわた》してくる。

そして、相も変わらず爽《さわ》やかな笑顔で言うのだ。

「よし姫宮。もう1勝負しようぜ！」

空き地でキャッチボールしようぜ感覚で言うなよ。

延長戦待ったなし。

※　※　※

昼休み。中庭のベンチにて。

俺の両隣《りょうどなり》がグチグチうるさい。

「あーあ……。あそこで姫宮さんが決めてれば、パウンドケーキ食べれたかもしれんかったし……」

「ですよねー……。夢を見せるなら最後まで見せて欲しかったですよ……」

「悪かったな」

敗者である俺たちは、パウンドケーキの代わりとでも言わんばかりに、売店の売れ残りのコッペパンをさもしくも分け合っていた。

延長のPK戦。所詮《しょせん》は運頼《だの》みな俺のシュートが連続で入るわけもなく、風に煽《あお》られたボールはゴールポストに当たるものの入ることはなかった。所詮、俺は持っていない人間ということだ。

一方、波川の豪快《ごうかい》なシュートは運に左右されることはなく、2本目もなんなく決められた。アイツのシュート速すぎ。二度と俺目掛けて打たないで欲しい。

さようならパウンドケーキ。さようなら土曜日。

本来なら、しっとりしたパウンドケーキを堪能《たんのう》していたのだろうが、今ではモッサリしたコッペパンが口の中の水分を奪《うば》うだけ。

飴屋と武智が思い出したかのように笑う。

「でも、楽しかったし！」

「ですね！」

「は？」

「いつもはアイツらに馬鹿《ばか》にされても、ポケットの中で中指立てるくらいしかしなかったけど、今日は面と向かって戦えたし！」

「いつもはボールを大きく蹴り出すときに、「取って来いポチたち」って思いつつボールを蹴るくらいしかできなかったですしね！」

「相変わらずクソ野郎《やろう》だなお前ら」

「ふふふふふ！」「ぷすすすす！」

褒《ほ》めてねーから。

「まぁ、お前らが満足したならそれでいいけどさ」

俺としてはコイツらが何か変化したことあったか？　と思う程度だ。けれど、気持ちは本人たち次第。試合にも負けたし勝負にも負けた。それでも得たものがあるのなら、それでいいではないか。そうでも思わないと、俺の頑張《がんば》りが無意味になってしまうし。

昼休みの中庭で冴《さ》えない3人組でコッペパンを分け合って食べるのも、今日くらいはいいかもと思えてしまう。

「姫宮さん！　僕も姫宮さんみたいに無回転シュート打てるようになりたいです！　是非《ぜひ》

ご指導ご鞭撻《べんたつ》を！」

「まず普通の球を蹴れるようになってからな」

「姫宮さーん。そんなこと言って、実は1日で習得できる裏技があるってオチでしょ？

何のスキルに極振りすれば使えるようになるんだし？」

「ゲーム脳止めろ。というか、」

「『というか？』」

「さっきから何で、俺のことを『さん』付けで呼ぶんだよ」

体育終わりからだ。コイツらが俺のことを、さん付けで呼ぶようになったのは。

「いやいや！　姫宮さんは姫宮さんだし！」

「右に同じく！　今日の英雄譚《えいゆうたん》を振り返れば、呼び捨てなんて最早できませんから！」

「ふふふふふ！」「ぷすすすす！」

「……もう勝手にしろよ」

「お、いたいた」

「波川？」

俺らの口から水分を奪った決定主、波川がやって来た。

「伊刈が無理矢理、勝負申し込んで悪かったな」

「それをわざわざ言いに来たのか？」

「それだけじゃないぞ。ほら」

波川が手渡してきたもの。それはラップで包装されたパウンドケーキだった。

「俺、甘いの苦手だから返すわ。２つしかなくて悪いけどさ」

イケメンかよ。

「今日は敵同士だったけど、いつもは同じチームだろ？　姫宮、キーパーばっかりしてるからさ、今度は一緒《いっしょ》に攻《せ》めようぜ？」

「気が向いたらな」

「約束な？」と爽やかな笑顔の波川は、待ち合わせしているであろう食堂へと去っていく。

波川って平和主義者っぽいし、こうなることを見通して、勝負に参加していたのかもしれない。敗者である俺らのケアまでしてくれるのだから、完敗としか言いようがない。

結論。全てにおいて波川はイケメンである。

それに引き換《か》え……、

「チョコレート味は俺とカリン様が作ったから俺のだし！」

「はあああ!?　お前ＰＫでクソの役にも立たなかったんだから、コッペパンでも食ってなさいよ！　ヘッショすっぞ！」

そういうところがモテない原因なんだろうなぁ……。

「ん？」

ふと、スマホにＬＩＮＥが届いていることに気付く。

画面を見ると、美咲からだ。

【カリン】ＰＫ勝負惜《お》しかったね

【カリン】でも、飴屋君と武智君は助けてあげられたんじゃないかな？

【カリン】私は姫宮君のおかげで２人は元気でいられてると思うな

【カリン】でも、約束は約束です！　土曜日は一緒に親睦《しんぼく》会のお店選び頑張ろうね！

というメッセージと、いつものウサギの顔文字スタンプが。

メッセージは終わりかと思いきや、さらにもう1通。

【カリン】Ｐ．Ｓ．返事をくれたら、３人分のパウンドケーキ分けてあげる

隣《となり》の醜《みにく》い奴《やつ》らのためにもと、既読《きどく》スルーせずに文字を打ち込んでいく。

よろしくお願いします、と。

# 4章　姫宮春一《ひめみやはるいち》の独りじゃない休日

土曜日の9時過ぎ。高校から少し外れにある喫茶店《きっさてん》にて。

間接照明で照らされたウッド調の店内は、レトロ感漂《ただよ》う空間。木の微《かす》かな香《かお》りや挽《ひ》いたコーヒー豆の香りが安らぎを提供してくれる。

コーヒーハウスWELL《ウエル》。この店こそ、俺が入学間もなくして見つけた憩《いこ》いの喫茶店。

マガジンラックから拝借した1冊の雑誌をひとしきり読み終え、天井《てんじよう》でゆっくり回る木製プロペラのファンをぼんやりと眺《なが》める。

レトロな空間って不思議だ。その空間にいるだけで、今、自分の過ごしている時間がゆったり流れているように思えてしまうから。

「春一君。コーヒーのお替《か》わりは大丈夫《だいじようぶ》？」

「あ、今日は大丈夫です。あと少しで出ないといけないんで」

「そうなの？　じゃあ、お出かけ前に今日は寄ってくれたんだ。いつもありがとねー」

「いえいえ」

年下の俺にも柔《やわ》らかい物腰《ものごし》で対応してくれる店員の名を恋野《こいの》君歌《きみか》さん。地元の大学に通う二回生だと言っていたから、歳は20くらいだろう。穏《おだ》やかな口調同様、おっとりした空気を纏《まと》っていて、この店の看板娘《むすめ》と断言してもいいくらい綺麗《きれい》な人だ。

俺は恋野さんが好きだ。

恋愛《れんあい》感情ではなくて、人として。

恋野さんは人との距離《きょり》の取り方が抜群《ばつぐん》に上手《うま》い。年下だったり常連になりつつある俺にも、絶妙《ぜつみょう》な距離で接してくれる。

遠すぎず、近すぎずという表現とは少し異なる。

近いときは凄《すご》く近い。けれど、ずっと話しかけては来ないのだ。今のようにグラスが空《から》になったときや暇《ひま》しているときだけ話しかけてくれ、本を読んでいるときなど、何かしら作業に没頭《ぼっとう》しているときは話しかけるのを控《ひか》えてくれる。まるで俺が独りでここに来る理由を理解してくれているかのようで、非常にありがたい存在である。

新しいコーヒーの代わりにお冷を替えてくれる恋野さんは、「ああ、そっかそっか」と思い出したように表情をさらに明るくする。

「今日が女の子2人とデートする日なんだー」

「デートじゃないです。親睦会の店選びなだけですから」

「えー」と、おっとり口調で残念がられましても。

そう。本日土曜日は、美咲《みさき》や羽鳥《はとり》と共に親睦会の店選びをする日。

休日出勤という言葉は、社会人は勿論《もちろん》、高校生の俺からしてもいい響《ひび》きではない。けれど、プライベートルームのためとあらば致《いた》し方《かた》ない。

そしてそのプライベートルーム、すなわち、文化棟《とう》の空き教室の存在を教えてくれた人物こそ恋野さんである。恋野さんは俺の通う乙塚《おとづか》高校の卒業生、いわばOG。

喫茶店に毎日通いつめるのは、高校生の金銭面的に困難。そのことを打ち明けた結果、恋野さんが高校生時代から非公式の同好会が使っていても黙認《もくにん》されていたという、空き教室の存在を教えてくれたのだ。

恋野さん同様、プライベートルームの件で「ああ、そうだ」と思い出してしまう。

生徒証代わりの生徒手帳をポケットから取り出し、挟《はさ》んでおいた写真、1人の少女が写ったブロマイドを恋野さんへと見せる。

「空き教室で見つけたんですけど、これって恋野さんですよね？」

「どれどれ？」と前屈《まえかが》みで寄って来る恋野さんの瞳《ひとみ》が輝《かがや》く。

「わー！　懐《なつ》かしい！」

反応から察するに、どうやら俺の読みは正しかったようだ。

写真に写る制服姿の女子は、今のようなブラウン色の髪でなければナチュラルメイクもしていない、あどけなさが僅《わず》かに残る当時の恋野さん。改めて現在の恋野さんと写真を見比べれば、当時の面影《おもかげ》が残っていることを再認識できてしまう。

「非公式の同好会って、恋野さんのファンクラブだったんですね」

恋野さんの背後に写った扉《とびら》には、『君歌ファンクラブ～SONG　FOR　YOU～』とプリントされたクソダサいポスターが貼《は》られており、その場所は間違《まちが》いなくプライベートルームの教室前。

「せいかーい」と、恋野さんは依然《いぜん》ほんわかオーラを漂わせてマイペース。

「当時はちょっと恥《は》ずかしかったんだけどね。若い頃《ころ》は、私、結構人気あったんだよ?」

「今も若いというか、今が絶頂期でしょ」

「あれー? 春一君、私のこと口説こうとしてくれてるの?」

「からかわないでくださいよ……」

「ふふっ♪　からかい返しー♪」

からかったつもりは無いんだけどな。

恋野さんが俺の頭を撫《な》でてくる。

「相変わらず、春一君は反応がドライだよねー。でもそこが可愛《かわい》いんだー」

「趣味《しゅみ》悪いです」

「そういうところが、もっと可愛いって思えるから困っちゃうなぁ、もー」

さらに頭を撫でようともう片方の手を伸《の》ばしてくるので、首を傾《かたむ》けてサッ、と回避《かいひ》。

拒《こば》まれたにも拘《かかわ》らず、恋野さんの表情は緩《ゆる》んでいる。

「ほんと、春一君の塩対応な感じって、昔ウチで飼ってた猫《ねこ》にそっくりなんだよね。冷ややかな目も凄い似てるの」

「……それって褒《ほ》めてますか？」

「最高級の褒め言葉《ことば》だよ～♪　春一君、家に連れて帰りたいくらいだもん。1人暮らしだったら、絶対拾っちゃうなぁ」

「捨て猫前提かよって言いたいし、誘拐《ゆうかい》は立派な犯罪ですからね？」

「ねえ、両手で頭ウリウリしたり、ギュウしちゃダメ？」

聞いちゃいねえ……。

「勘弁《かんべん》してください」と要求を棄却《ききゃく》すれば、恋野さんは「冷た可愛いなぁ～」と大満足。

あしらわれるのが前提で接しているらしい。というか、何その新しい造語。

「ごめんごめん。春一君が飼ってた猫に似てるのが嬉《うれ》しくてつい。でもそれだけじゃないよ？　春一君は後輩《こうはい》だからやっぱり可愛いがりたくなっちゃうの」

本心で言ってくれているのが良く分かるし、こっちが本気で嫌《いや》がるようなことはしないのだから、素直に謝られてしまえば不満は生まれない。

とはいうものの、距離の取り方が分かるのも考えものだな。逆を言えば、俺が嫌がる寸前まで玩具《がんぐ》にできるのだから。

恋野さんって意外と悪女？

腕時計《うでどけい》で時刻を確認すると、９時半過ぎ。

「もう時間？」

「そうですね。そろそろ行こうと思います」

席から立ち上がると、恋野さんも出入り扉まで付いて来てくれる。

「ほらほら。両腕前に出して」

「？」

言われるがまま両腕を前に出せば、恋野さんは俺のカーディガンをまくり始める。

恋野さんの細くてしなやかな指が手首から二の腕までを上がっていき、それだけでも背筋が伸びてしまう。

「せっかく女の子２人と遊ぶんだから、少しでもカッコ良く見られるようにね？　うん、これでばっちし♪」

間近でとびきりの笑顔をされたら、色んな意味でありがとうございますとしか言いようがない。

恋野さんが扉を開いてくれ、ベルの音色が心地よい。

「またデートの感想も聞かせに来てね。いってらしゃーい」

「だから、デートじゃありませんから……。いってきます」

恋野さんは、店員さんというか近所のお姉さんという表現のほうが正しいかもしれない。

そして、もう1つ。確かに俺は気まぐれな猫に似ているのかもしれない。が、恋野さんの飼っていた猫とは違《ちが》うと、確信を持って言える。

年上のお姉さんに撫でられたり触《さわ》られるのは、嫌よりも恥ずかしいの感情が先行することを知ってしまったから。

大人のお姉さんってズルい。

※　※　※

高校の最寄り駅、乙塚駅を直通特急で1駅通り過ぎ、本日の待ち合わせ場所である三宮へと到着《とうちゃく》。

「兵庫《ひょうご》県内で若者の街と言えば？」と問われたら、三宮は上位に挙がってくる街に違いない。多数の鉄道路線が集まる駅周辺は、アパレルショップや雑貨屋、ボウリング場や映画館、飲食店などなど。多くの店が商業ビルやアーケード街を中心に立ち並ぶ。俺らのような高校生は、アーケード街1つでも十分満足のいく買い物ができるくらいだ。

海側か山側、旧居留地など、エリアごとに店の系統や特色が変わっていく傾向《けいこう》があり、オシャレ玄人《くろうと》ニストほどブランドショップや古着屋などが点在する奥に潜《ひそ》んでいるイメージが俺にはある。

レベルの高い奴《やつ》、奥に潜みたがる。

ダンジョンあるある。

待ち合わせの駅は今いる阪神《はんしん》線ではなくJR。距離は近く、エスカレーターを上がって直ぐの信号を1つ渡《わた》るだけで、JR中央改札口へと辿《たど》り着ける。

既《すで》に美咲と羽鳥が、改札前の柱付近に立っていた。

が、同年代くらいの男3人も一緒《いっしょ》にいる？

「今日は大切な用事があるから、ごめんなさいっ！」

ナンパなう。遊びに誘《さそ》われている真《ま》っ只中《ただなか》らしい。男3人に手を合わせる美咲と、申し訳程度に頭を下げる羽鳥。どちらも尻軽《しりがる》女ではないから、付いて行く気はないようだ。

俺のことは置いて先に行ってくれていいのに。

元来、そう言い残した戦士が追いかけることはないように、俺も2人を追いかけはしないけども。

アホなことを考えていると、「あーそっか……。また機会があれば！」と1人の男が気《き》丈《じょう》に振《ふ》る舞《ま》い、残りの2人とともにロータリーを去っていく。その背中は哀愁《あいしゅう》が漂《ただよ》っている。

入れ替《か》わりで美咲と羽鳥の前に立てば、2人も俺の存在に気付く。

間近で私服姿の2人を直視してしまえば、ナンパされても何ら不思議ではないと思えてしまう。改札から出てくる人々が2人に釘付《くぎづ》けになってしまうのも頷《うなず》ける。

それくらい2人は垢抜《あかぬ》けている。

美咲の服装は、ふんわりとしたトップスが特徴《とくちょう》的。ハイカットのスニーカーや小さなトートバッグなどで遊びも入れていて可愛らしくまとまっている。

羽鳥の服装は、ボーダーシャツに七分丈《たけ》のデニムパンツスタイル。素足を彩《いろど》るサンダルが涼《すず》し気な印象を与《あた》え、やはり同年代でも大人っぽく見える。

今日1日、通り過ぎる人々に「何であんな奴が美少女2人と？　死にさらせバカ野郎《やろう》コノ野郎」という感情を抱《いだ》かれ続けるのだろうな。もう帰りたい。

「姫宮君おそーい」

「10分前ジャストだから遅《おそ》くはないだろ」

「ぴったり10分前なのが姫宮っぽい」

羽鳥がクスクス笑えば、伝染するように美咲も「ほんとだよね」と笑う。

何故、10分前行動しただけで笑われるのか。

「さっきのは知り合いか？」

「さっき？　あー、見てたんだ。ううん、知らない人たちだよ」

何でもないように振る舞う美咲や羽鳥は、ああいうナンパまがいな対処に慣れているのだろう。

「というか姫宮君。見てたなら駆《か》けつけて欲しかったなー」

「断るのって、結構体力使う……」

前言撤回《てっかい》。羽鳥は不慣れらしい。さっきのことを思い出したかのように胸に手を当てている。高鳴る鼓動《こどう》を抑《おさ》えようとすれば、へしゃげた胸が以下省略。

さすがの博愛主義者の美咲も、誰《だれ》かれ構わずお友達になろうとかいうパリピ思考ではないようだ。ナンパされて直ぐ友達になるのはタダのビッチだもんな。

「そんなこと言っても、お前ら断る瞬間《しゅんかん》だったし」

「断る前だったら？」

「すまんかった」

「助けに来てよっ！」

美咲は１つ溜息《ためいき》をつくと、羽鳥へ寄《よ》り添《そ》うようにピトリと密着。

「英玲奈《えれな》ー。目の前の不愛想な人は、私たちが無理矢理連れて行かれても、助けてくれないっぽいよ」

「姫宮は私たちのこと助けてくれないの……？」

「不愛想だからな」と言ってやりてー。

とはいうものの、そんなこと言えば反感を買うのは分かっている。

「安心しろ。無理矢理っぽいときは、俺の良心が働いてくれると思うし何とかなるだろ」

「今の発言で、私たちが安心できると思ったら大間《おおま》違《ちが》いだよ……」

信じるか信じないかは貴方《あなた》次第ですって言ったら、さすがの博愛主義者にもブン殴《なぐ》られるかもしれない。

※　※　※

今日巡《めぐ》るカフェは、事前に美咲と羽鳥が食べログやらＨＯＴペッパーを参考にしつつ、プライベートルームでキャイキャイ話し合ってピックアップした店たちだ。

現地に赴《おもむ》き、外観や内観、味や雰囲気《ふんいき》などをそれぞれ査定して、もっとも良いと思った店を予約するまでが本日の流れである。

1店舗《てんぽ》目のカフェは、白を基調とした可愛《かわい》らしい店。ボックス席やカウンター席に吊《つ》るされた球体形のランプシェードが幻想《げんそう》的で、有機野菜を使ったスイーツが絶品なんだとか。

ごぼうショコラとトマトタルトを目の前に、美咲と羽鳥の表情は綻《ほころ》びまくり。

「お前ら昼前から太るぞ」

「甘いモノには勝てないよっ！」

「今日は1駅前で降りて歩くから大丈夫《だいじょうぶ》」

互《たが》いのスイーツをシェアする2人は、今後の店でもスイーツを食べる気満々なのが伝わってくる。

美咲は料理好きで、食べるのも好きなのだろう。

「この店の野菜スイーツ、前々から気になってたんだ～♪」

中でも甘いものが心底好きなようで、「載《の》せていい？　クリーム沢山《たくさん》載せちゃってもいい？」と大真面目に羽鳥に尋《たず》ねている。羽鳥も羽鳥で、「今日だけは大丈夫……！」とコクコク頷き続ける。

皿に添えられたクリームをフォークですくい、ショコラへ載せた美咲は小さな口で一口。

「～～～♪　美味《おい》し～～～♪」

舌鼓《したつづみ》どころか全身鼓。左右に体を大きく揺《ゆ》らし、頰《ほお》にえくぼを浮《う》かばせて幸せオーラ全開。美味しさや嬉《うれ》しさを身体《からだ》全てで表現してご満悦《まんえつ》ムードだ。

タルトを食べている羽鳥もご満悦。頰の緩《ゆる》みを隠《かく》そうと口元に手を置くが、目尻《めじり》が若干下がっている。「ほぁぁ……」とうっとりする声も駄々《だだ》洩れ。

「姫宮君も一口食べていいよー。一口だけだよ？」と、はしゃぐ美咲に断りを入れつつ、俺もコーヒーを一口。

美味《うま》いの意味を込めて１つ頷く。

メニューに『コーヒー』ではなく、『有機コーヒー』と書いているだけのことはある。これが有機かどうかは、言われなかったら分からんものの、美味いものは美味い。

２人の楽しみが各店のスイーツを堪能《たんのう》することだとすれば、俺の楽しみは各店のコーヒーを堪能すること。ＷＥＬＬも含《ふく》め、どこの店が俺好みのコーヒーなのかを調査する所存である。カフェイン中毒上等。

カップをソーサーへと戻《もど》し終えたとき、

「あっ」

？　対面する羽鳥が何かに気付いたように声を上げる。

視線の先は俺？　というか、俺の腕？

理由は分からない。けれど、羽鳥の瞳《ひとみ》が見覚えのあるキラッキラになっており、カップを離《はな》した左腕《うで》に向けられていた。

左腕から俺へと視線がシフトチェンジ。感情はもはやテンションＭＡＸ。

「チプカシっ！」

「え」

俺の名前は姫宮ですけど。

何やら左腕に付けた腕時計のことを言っているらしく、前のめりになった羽鳥が「わぁ……！」と腕時計を凝視《ぎょうし》する。あまりの目力に腕を下げるタイミングを失い、俺の左腕がテーブルの上でフリーズ。封印《ふういん》されし俺の左腕。

「ちぷかし？」

聞き覚えの無いワードだと美咲が首を傾《かし》げる。羽鳥は両拳《こぶし》を自分の胸へと押し付けつつ、すぅぅ、と息を吸うと流れるようにトーク開始。

「チープなカシオ、略してチプカシ！　種類も沢山あって、お手頃《てごろ》価格なのにシンプルで可愛いモノばっかりなの！　一昔前に人気があったものなんだけど、レトロでクラシカルなデザインが再注目されて、20代～30代を中心にまたブームに火が点いてるんだ！　オシャレ好きな芸能人やモデルが愛用していたり、雑誌とかネットでも良く取り上げられてて、サブカル好きな女子の間で――、」

羽鳥のマシンガントークが突如《とつじょ》ジャムる。自分の発した『サブカル女子』というワードで我に返ったらしい。

「あ、あの……、」

さび付いた砲台《ほうだい》のようにギギギ……、と俺や美咲へ視線を合わせた後、「〜〜っ！」と赤面&やってしまった感のダブルパンチに襲《おそ》われている様子。

そっ、と両手を膝《ひざ》に戻しつつ、羽鳥はポツリ。

「ざ、ざっくり言うと……、私みたいなサブカル女が好きな腕時計、です……。ごめんなさい……」

「英玲奈⁉　何も悪いことしてないでしょ！」

戻ってきて！　と美咲はショート中の羽鳥を励《はげ》ましていく。

メンタルケアを終えた美咲が、俺の腕時計へと再度注目。「見せてー」と両手をおいでおいでさせ、自分のところへ持ってこいと要求してくる。

そのまま腕を伸《の》ばせば、美咲は「うんうん」と頷きつつ時計を見つめる。

「可愛い時計だと思ってたけど、有名な時計だったんだね。確かにレトロっぽくて、姫宮君のキャラに合ってるかも」

「古い人間ってことか？」

「亭主関白《ていしゅかんぱく》って前に言ったこと、もしかして引きずってる……？」

言ってましたねそんなこと。

羽鳥もまだ見足りないようで、美咲に傾《かたむ》き気味に時計を観察。それに気付いた美咲は俺の腕を摑《つか》んで持ち上げる。

「英玲奈もどうぞ」

「あ、ありがとう……」

「俺の腕をモノ扱《あつか》いするなよ」

羽鳥は俺の腕を美咲から受け取ると、そのまま観察を再開。

美咲が微笑《ほほえ》みかけてくる。

「姫宮君ってオシャレさんだよね」

「は？　俺が？」

「うん。シンプルな服装に、さり気ないところに気を遣《つか》ってるところとか。ワンポイントで自分に合った腕時計してくるあたり、凄《すご》くポイント高いよ」

「私もそう思う」と羽鳥もコクコク頷く。

「カーディガンの着こなしも野暮ったくないし、Tシャツも無地でVネックだからスッキリしてて清楚《せいそ》感ある」

「いや、カーディガンの着こなしは恋――、」

「『こい？』」

カーディガンの着こなしは恋。何そのクソダサいカップリング曲のタイトルみたいなの。

とはいうものの、口をつぐんで大正解だろ。恋野さんの名前を出して、誰だと追及《ついきゅう》され
るのは目に見えてる。

説明するの面倒《めんどう》くせー。何より、俺の憩《いこ》いの場をこれ以上失いたくねー。

「何でもない」

「……姫宮君、絶対面倒くさいから言いたくないだけでしょ？」

「おう」

「せめて隠そうとする努力はしなよ……」

自分に素直に生きるのが俺のモットーだし。

「でも周りから言われない？　オシャレ――、あ……」

羽鳥、俺と来て、今度は美咲が何かに気付くかのように言葉を詰《つ》まらせる。

「何だよ」

「ご、ごめん……、姫宮君には周りがいなかったね……」

「お前……、今のが俺じゃなかったら、かなり重傷な発言だからな？」

「ゴホン。ここのお店はどうだったかな２人とも」

誤魔化《ごまか》し下手《べた》かよ。

「姫宮君はどう？」

「そうだな。俺的にはだいぶ気に入ったな」

俺が気に入ったというワードを使ったことに美咲は嬉しげ。

「具体的にはどういうところ？」

「駅から地味に離れていて、利便性が微妙《びみょう》に悪いところだな。だからこそ、知る人ぞ知る秘境って感じがあるし、１人で来る客もチラホラいるのが素晴らしい」

「どうしてだろう……。褒《ほ》めてるはずなのに、お店が魅力《みりょく》的に感じられないのは……」

どうしてでしょうか。

「英玲奈はどう思う？」

「スイーツも飲み物も凄く美味しかった。けど、確かに姫宮の言う通りかな……？　実際歩いてみて意外と遠かったし、何人かは迷うかも」

俺と羽鳥の意見は違《ちが》うものの、ポイントは同じようだ。

そう。この場所、意外と駅から時間が掛《か》かる。サイトに記載《きさい》された距離《きょり》は近いように感じるが、実際は1・5倍くらいに感じるほど。その理由は傾斜《けいしゃ》。三宮は土地柄《とちがら》もあり、北上すればするほど山に近づくので、傾斜がきつくなる場所が多い。

ちなみに神戸《こうべ》市民は、山が見える方角＝北と判断する人間が多いので、地元を離れると道に迷いがち。神戸市民あるある。

美咲も距離が気になっていたらしい。

「うーん……、やっぱりそう思う？　店内はオシャレで可愛いし、スイーツも美味しいんだけどなぁ……。とりあえず、一旦《いったん》保留にしよっか」

これぱっかりは、足を運んでみないと分からないことだから仕方ない。

「そろそろ移動するか？」

「そうだね。けど、カフェは少しだけ時間置こうよ。立て続けだとお腹《なか》チャポチャポになっちゃうもん」

「うん。私も賛成」

「まあ、そうだな。俺も連続でコーヒーはキツイし、いいんじゃないか？」

「決まりだね。せっかく三宮に来たんだし、休憩《きゅうけい》がてら買い物に行こう！」

さすがはJK。2人とも仲睦《なかむつ》まじく、最初は何処に行くかで盛り上がり始める。

というわけで、

「次の店の集合時間は、いつにする？」

「「え……？」」

「だから自由行動後に集まる時間だって。現地集合でいいだろ」

立ち上がった俺に、「コイツ、マジか……」的な視線を浴びせてくる２人。

「ねぇ華梨《かりん》……。姫宮がごく自然に１人になろうとしてる……」

「すごいよね……。独りの行動が染み付きすぎて、当たり前に言うんだもん……」

残念一変、悲哀《ひあい》に満ちた２人の視線が若干イラッとする。

「姫宮君！　せっかく３人で来たんだから３人で行動しようよ！」

「何でだよ。３人で行きたいところ１軒《けん》ずつ回るなら、１人で行きたいところ重点的に回ったほうが効率的で有意義じゃねーか」

俺、効率厨《ちゅう》みたい。人生の効率厨。いい響《ひび》きだな。

中学校時代、学年イベントで遊園地に行ったときを思い出す。

班行動だと、どのアトラクションに乗るかで、言い争いや待ち時間が発生するのが面倒で早々に離脱《りだつ》したんだよな。

『俺、観覧車で回っとくわ』

『『え……』』

その後、1人でずっと観覧車乗って本読んでたっけ。

さらにその後、先生にめちゃくちゃ怒《おこ》られたのは嫌《いや》な思い出である。

効率厨への風当たりはゲームもリアルも強い。

逃《に》がさんぞと、2人に両腕《りょううで》をガッシリ掴まれてしまう。

そんなに一緒《いっしょ》に行動したいなら、TUSTAYAの18禁コーナーかドンキのR指定コーナー入ったろかい。俺も入れないけども。

「一緒に雑貨屋さん寄って、秘密基地で使うマグカップとか色々見に行こうよ。ね？」

「姫宮にも、服とかアクセサリーの選び方について色々教えてほしい……！」

断る権限など貴様にはないと、両者の握《にぎ》る力が強くなっていく。目力も。

人にモノ頼《たの》むっていうレベルじゃねぇぞ。あと美咲、秘密基地で浸透《しんとう》させようとすな。

とは言いつつだ。2人の提案に魅力を感じる自分もいる。プライベートルームを快適にするグッズは確かに欲しいし、これを機に服を数着揃《そろ》えるのも悪くない。アドバイスくらいなら直ぐ終わるし。

案外合理的かもな。もとより俺の行く予定の店など殆《ほとん》どないし。

「分かったよ」

「やった♪」「よかった」

俺がパーティーへの参加を認めただけで、拘束《こうそく》を解除した2人は大喜び。戦力にならないのにな。

「姫宮君は、どこか行きたいところあるのかな？」

「靴屋《くつや》だな。今履《は》いてるスニーカーが古くなってきたから、新しいのを買いに行きたい」

「じゃあ、まずは靴屋さんから行こっか」

「付いて来ても、俺の買い物なんかつまらないと思うけどな」

「そんなことない。姫宮がどんな靴を買うか気になる」

「だよね。人の買い物一緒に見たり回ったりするだけで楽しいもん」

ねー、と依然《いぜん》盛り上がる2人に水を差してしまう。

「後悔《こうかい》しても知らんからな」

「「？」」

※　※　※

というわけで、一服後の軽い運動を兼《か》ねた買い物タイム。

高校生のHOTスポットの1つ、三宮センター街を中ほどまで進み、俺の目的地である靴屋へと入る。最大手と言っていいくらいの有名チェーン店である。

2フロアある分、俺がよく利用する地元近くの店舗《てんぽ》より品揃《しなぞろ》えは多いものの、取り扱っているブランドやメーカーにさほど差はないようだ。

メンズを扱う2Fへと上がり、有名スポーツメーカーが並ぶスニーカーコーナーへ一直線。壁《かべ》にディスプレイされたスニーカーから1足の靴を発見し、陳列《ちんれつ》された棚《たな》から自分の足サイズが表記された箱を入手。

「じゃあレジ行ってくる」

「え……？　ちょ、ちょっと⁉　待ってよ姫宮君！」

付いて来ていた美咲が大慌《おおあわ》てで引き止めてくる。

「何だよ」

「もっと色々あるけど見なくていいの……？　まだお店に入って3分も経ってないよ？」

「おう。俺はこれを買うって決めてたからな」

「で、でもさ。試し履きくらいは、したほうがいいんじゃないのかな？」

「構わん。今の靴が小さい感じはしないから」

「そっか……。で、でもだよ……？」

「でも何だよ」

写真に写っちゃいけないものが写ってますよ……？　とでも言うように、俺の履いている靴を美咲はゆっくりと指差す。

「全く同じ靴買うの……？」

美咲の言う通り。俺が履いている靴と、俺が買おうとしている靴は全く同じスニーカー。メーカーはもちろん、色やサイズも。もともと特別なオンリーワンでもない、大量生産された定番モデル。

「全く同じだから買うんだよ。俺は中1から、このアディダスの白スニーカー一択《いったく》だから」

「中学からずっと!?」

「おう」

もはや何代目J Soul Brothersか分からないレベルで買い替《か》え続けている。

「お気に入りのモノを買い直すのは普通《ふつう》といえば普通だけど……。け、けどさ！　15歳っぽい買い物じゃないよ！　大人すぎる買い方だよ！」

「なんだよ。アディダスの白スニーカーに文句つけんのか？　この定番靴で街を歩いて馬《ば》鹿《か》にされるなら、俺は裸足《はだし》で歩いていても馬鹿にされるぞ。それは、もはや靴が馬鹿にされているんじゃない。俺が馬鹿にされているんだ」

「被害妄想《ひがいもうそう》が酷《ひど》いよっ！　違うから！　私が物申したいのは、スニーカーじゃなくて姫宮君だよ！」

あ。俺ですか。だとしても許さんぞコノ野郎《やろう》。

俺らのやり取りを眺《なが》めていた羽鳥が、どうして？　といった表情で尋《たず》ねてくる。

「姫宮ってファッションに興味あるんじゃないの？」

「全くないぞ」

即答《そくとう》。あまりの速さに「「え」」と2人が口を揃えて唖然《あぜん》。

「いやいや。俺が騙《だま》したみたいな感じになってるけど、一言もファッションに興味あるなんて言ってないからな？　今日も上下ユニクロコーデだから」

上から下まで1万円いかないリーズナブル設定だから。

「そうなの⁉　全然気付かなかった！」

「上手《うま》く扱《あつか》えててすごい……！」

2人はユニクロワロタwww的な危険思想ではないようだ。ユニクロを馬鹿にする奴《やつ》に限って、エアリズムとヒートテックを着用しているけど何故だろうか。インナーはセーフとか自分ルールはいいから早よ脱《ぬ》げと言ってやりたい。

「俺は服に全くと言っていいくらい興味ないから安くて無難でいいんだよ。靴もだ。ダンロップの休日お父さんスニーカーとか、ＤＱＮが履いてるゴツいブーツとか、悪目立ちしなければいい」

悪く思われなければ、良く思われなくてもよい。

「というわけだから、制服と私服に合わせやすいこの白スニーカーこそ、俺にとって最強のスニーカーなんだ」

「こんな保守的な考えで靴選んでる人、初めて見たよ……」

美咲は大きく溜息《ためいき》ついて呆《あき》れ気味。

「毎日使うものなんだから、色々冒険《ぼうけん》すればいいのに。英玲奈もそう思うよね？　英玲奈？」

一方その頃《ころ》、羽鳥さん。俺へと急接近して興奮中。

「姫宮の気持ちスッッゴイ分かる！　私も学校用の靴は毎回ローファー選んじゃう！」

お前のお高いらしいけどな。

羽鳥の裏切りに、「私が間違《まちが》ってるのかな……？」とポツリと呟《つぶや》く美咲。

美咲よ。お前はお前の意見を貫《つらぬ》いたらいいと思うぞ。

賛同はしないけど。

真っ直ぐ続くセンター街を外れ、旧居留地周辺まで進めば、美咲オススメのセレクトショップに到着《とうちゃく》。レディースだけでなく、メンズも取り揃えた広々とした店内となっており、俺でも比較的《ひかくてき》入りやすい店である。比較的入りやすいだけで、ユニクロが落ち着くが。

ディスプレイされたシャツの値段を確認してみる。

「へー。俺、こういう店初めて来たけど、手頃《てごろ》な服もあるんだな」

「でしょ？　品揃え多くて値段もそこまで高くないから、私のお気に入りのお店なんだ」

「せっかくだし、俺も夏物買おうかな」

別にユニクロ縛《しば》りってわけじゃないし。

微笑《ほほえ》みかけてくる美咲が、何かを思い出したように、はっ……！　と口を開く。そして、訝《いぶか》し気な表情に変化。そのまま俺を見ている？

「まさか姫宮君……。自分の着てる服と、似てるもの買おうとしてないよね……？」

「さすがにしないぞ」

「そ、そうだよねっ。さすがにだよね！」

「そんな選び方したら、どれ洗濯《せんたく》すればいいか分からなくなるだろ」

「そんな理由なんだ……」

残念がられましても。

不意に袖《そで》を摑《つか》まれ、「ねぇ姫宮」と、羽鳥が話しかけてくる。

「姫宮って普段《ふだん》、どうやって服選んでるの？　オシャレに興味ないのに、オシャレだから
……その、教えてくれたら嬉《うれ》しい……」

「私も姫宮君の服の選び方、すごく気になる！」

教えて姫宮先生、とでもいうように女子２人からの熱い視線。

「オシャレかはさておき、いいぞ」

「ほんとっ⁉」と羽鳥は顔を綻《ほころ》ばせると、メモを取る気満々でスマホを取り出す。

別に隠《かく》しているわけでも、減るもんでもないし構わない。

今からの買い物を踏《ふ》まえ、俺流服の選び方をレクチャー開始。

「俺の服の選び方は、３ステップだ」

「「３ステップ？」」

行動するが早し。

「ステップ①店員さんを探す」

辺りを見渡《みわた》し、商品棚《だな》の服を畳《たた》んでいる20代前半くらいの女性店員さんを発見。柔《やわ》らかい声でセールストークしつつ、前髪ぱっつんのゆるーい感じの服装がオシャレ上級者っぽい。この人にしよう。

「ステップ②店員さんに話しかける」

「すいませーん」と女性店員さんへと呼びかければ、「はーい♪」と小走りでこっちへと向かってきてくれる。

「ステップ③店員さんに頼《たの》む」

もっとも大事な言葉を店員さんへと告げる。

「いらっしゃいませー♪　いかがなさいましたかー？」

「服の知識全然ないので、選ぶの手伝ってください」

「いいですよー♪」

「「……」」

ここまでくれば、あとは流れに身を任せるだけ。

立ち尽《つ》くす2人を尻目《しりめ》に、買い物を続けていく。

頼もしい仲間を連れて。というか店員さんに引っ張ってもらって。

「どんなお洋服を今日はお探しですかー？」

「夏服を一式揃《そろ》えたいです」

「何かご希望とかあります？」

「シンプルだったり、無難な方向でお願いします。俺が今着てる服装を涼《すず》しくした感じがいいです」

「大人めシンプルコーデですねー♪　逆に何かNGはあります？」

「派手なものですかね」

「ハーフパンツとかはNGですかー？」

「短パンのことですよね？　あれはNGです。俺には前衛的すぎます」

「あはっ♪　お兄さん面白ーい！」

その他、予算や色や素材などの相談に乗ってもらっていき、試着室で一式着替《きが》え終わる。

カーテンを開ければ夏コーデ完成。俺の要望通り、シンプルで素晴らしい。

店員さんも満足気。

「お兄さん細身だから、敢《あ》えて太めのパンツ取り入れてみたんですけど、やっぱり似合いますね♪　通気性の良いリネン素材のイージーパンツなんで、夏でも快適に過ごせますよー♪」

「確かに通気性良くて涼しいです。じゃあ、この服一式と、さっき勧《すす》めてもらったボーダーのシャツください」

「ありがとうございまーす♪・あと、アクセサリーはいかがですか？　そちらもよろしければ一緒《いっしょ》に選びますよー♪」

「あ。チャラく見られるかもなんで大丈夫《だいじょうぶ》です」

「やっぱりお兄さん面白ーい♪」

そんなこんなで買い物終了《しゅうりょう》。

商品が入った袋《ふくろ》を手に引っ提げ、ずっと無言状態で付いて来ていた2人へと話しかける。

「以上が、俺流服の選び術だ」

美咲がようやく口を開く。

「姫宮君がオシャレな理由って、店員さんのお陰だったの⁉」

「そうだ。俺の服装は、店員さんたちの努力の結晶《けっしょう》によって成り立っているんだ」

ファッション誌とかハウツー本とかで勉強するのは、ファッションに興味があったり、オシャレになりたい奴だ。となれば、俺は今のところファッションに興味はないから勉強する予定はない。だからこそ店員さんをフル活用。

ちなみに、俺の付けている腕時計《うでどけい》、羽鳥のいうチプカシも、「何か安くてオススメな腕時計ありませんか?」って店員さんに聞いて勧められただけ。オシャレじゃなくて時間が知りたくて付けているだけ。

「店員さんはオシャレのプロだからな。相談すれば、自分に合った服装を考えて選んでくれる。いわば自分だけのスタイリストに一時的になってくれるってわけだ」

「合理的な感じが姫宮君っぽすぎる……」

呆れているかのような反応を示す美咲に対し、羽鳥は別の反応を見せる。

「す、すごい姫宮……！　裏技みたい……！」

さすがゲーム実況《じっきょう》好き。喩《たと》えが裏技て。

メモを取りながらコクコクと頷《うなず》く羽鳥は、企業《きぎょう》説明会に参加する就活生かよとツッコミたくなる。余程、深イイ話だったようだ。

「要点があれば教えて欲しい！」

「え、英玲奈!?」

正気ですか!?　と言いたげな美咲はスルー。あなたには分からんでしょうね。

「重要なことは2点だな。1点目は店員さん選びだ。100%と言っていいくらい選んだ店員さんのセンスに頼《たよ》ることになるから、しっかり選べ。接客態度が良くて、自分がオシャレだと思う人を選ぶことを俺はオススメする。どうしても良い店員さんを見つける自信が無いなら店長を探せ」

服を選ぶ目利き力など不要。良い店員さんや店長を見つける目利き力こそが、この手法では必要不可欠である。

「2点目は断る勇気を持つこと。自分に合わないと思ってるものを勧められて買ってしまうのが、この買い物で一番してはいけないことだからな。以上の2点が重要なことだ」

「タメになる……！」

応用性は高い。服だけでなく、美容室や眼鏡ショップなんかでも使えるから。自分に合う髪型《かみがた》にしてくださいとか、自分に合うメガネを選んでくださいとか。

メモを終えた羽鳥の瞳《ひとみ》はヤル気に満ち溢《あふ》れている。もはや戦士。

そして、羽ばたくかのようにビシッ！　と挙手。

「す、すいませんっ！　私に似合う――、「英玲奈ダメ――――っ！」」

急転直下で羽鳥の腕《うで》が美咲に下げられてしまう。

「え、英玲奈！　姫宮君の方法は最終手段に取っておこう！　店員さんナシじゃ生きていけない身体《からだ》になっちゃうよ！」

「俺が店員さん依存症《いぞんしょう》みたいに言うなよ」


結局、羽鳥と美咲は仲睦《なかむつ》まじげに服を選び合うという、極めてJKらしい選び方で買い物を満喫《まんきつ》している。俺の方法は正攻法《せいこうほう》ではないし、ファッションをエンジョイしたい、していきたいのならオススメはしない。やっぱり俺、店員さん依存症かもしれん。

既《すで》に買い物を終えた俺が店内をブラついていると、アクセサリーコーナーで色々と物色している美咲を発見する。奥の試着部屋の1室には羽鳥のらしきサンダルが置かれているから、羽鳥は試着中なのだろう。

「ねー。これどうかな？　似合う？」

大きな丸メガネを付けた美咲が、ニーッ！　と白い歯を見せて満面スマイル。

「バカっぽくて良いんじゃないか？」

「それは良くないんじゃないかな!?」

ご立腹な美咲は同じメガネを手に取ると、「君もバカっぽくなりなさいっ！」と俺へとメガネを掛《か》けてくる。

度は入っていないだけに、クッキリと美咲の笑っている表情が見える。

「あはは！　姫宮君だってバカっぽい！」

美咲が楽しんでいると、バックヤードから「お待たせしました～。1着だけSサイズ残ってましたよ～」と、美咲へと服を持ってきた店員さんが「あらまぁ」と同じメガネを掛ける俺らを微笑ましく見てくる。

「仲良しさんですね～。付き合ってどれくらいなんですか？」

誤解される行動をしていただけに「！」と、目をパチクリとさせる美咲。不意打ちだったからか、頬《ほお》は珍《めずら》しく赤い。

しかし、直ぐに何か閃いたように俺へと笑顔を向け直すと、俺の片腕へ軽めに飛び付いてくる。

「私たち付き合いたてなんです♪　ね、春一？」

「クラスメイトだろ。彼女面すんなよ」

「咄嗟《とっさ》の返しがエグすぎるよっ！」

　自分でもクズ男みたいな発言だなと思った。

「もう！　乗ってくれてもいいのに！」とむくれる美咲は、苦笑いする店員さんから服を受け取ると試着室へ小走り。入る間際に、ベーッ！　と短い舌を出してきやがる。

　俺を嵌《は》めようとするから、バチが当たるのだ。

「あれ？　華梨は……？」

　試着室のカーテンから顔だけ出した羽鳥が、キョロキョロと美咲を探している。

　羽鳥へ近づいてそのまま話しかける。

「美咲なら一番奥の試着室に入ったところだぞ」

「そうなんだ……。じゃ、じゃあ、姫宮が感想くれる……？」

「俺が？　別にいいけど、あんまし参考にならないと思うぞ」

「そ、そんなことない……！　あの……、開けるね……？」

そんなに恥《は》ずかしいのか。カーテン越《ご》しでも羽鳥がモゾついているのが分かり、恐《おそ》る恐るカーテンが開いていく。

全て開けきれば、先ほどまでとは違《ちが》う印象の羽鳥が立っていた。

「どう……？」

大人っぽさは依然《いぜん》残したまま、清楚《せいそ》さの代わりにセクシーさが含《ふく》まれるコーデ。それもそのはず、七分丈《たけ》パンツからホットパンツへと変わっており、羽鳥のスラッ、と長い脚《あし》が大胆《だいたん》に露出《ろしゅつ》されていた。

自信が無いように内股《うちまた》をすり合わせる羽鳥。

「私には派手じゃない……？」

「そうか？　俺はいいと思うぞ。羽鳥ってスタイルいいし、普通《ふつう》に似合ってる」

「え……。……～っ！　あ、ありがとう……。あ！　じゃ、じゃあこれは!?　着替えるからちょっと待って！」

「お、おう……」

照れを隠《かく》すかのようにカーテンを再び閉めた羽鳥は、中で慌《あわ》ただしく別の服の更衣《こうい》を開始しているらしい。何だろう。カーテン越しでクラスの女子が着替えてるの眺《なが》めるって地味に堪《こた》えるな……。

「お、お待たせっ……！」

「おー。こっちもいいな」

「ほ、ほんとにっ⁉　♪」

今度は白のロングスカート。一見、先ほどのような露出は少ないようにも思えるが、モモより下は半透明《はんとうめい》に透《す》けた生地になっていて、セクシーというより色気という表現がしっくりくる。スカートと同じ素材のボタンシャツも、羽鳥らしい上品さを引き立てている。

「姫宮はどっちのボトムが好き……？」

「俺か？　う～ん……。今のスカートのほうが羽鳥っぽい。けど、新しい一面見れたなっていうならさっきのホットパンツかな」

真剣《しんけん》に俺の意見へ耳を傾《かたむ》ける羽鳥。しばらく一考すると、「……うん！」と力強く頷く。

「わ、私っ……、新しい一面もっと出したいからホットパンツにする！」

「そうか。いいと思うぞ」

「うん……♪」

俺と趣味《しゅみ》が似たりよったりのところがあるけど、羽鳥もやっぱり女子なんだなと思う。服のことで一喜《いっき》一憂《いちゆう》できるのだから。

今だって嬉《うれ》しさを抑《おさ》えきれないと、いつもの癖《くせ》で、握《にぎ》った両拳《こぶし》や腕を、ぎゅうううっ！　と自分の胸がへしゃげるくらいに押《お》さえ続けてるし。

『パツンッ！　パツンッ！』

ん？

不穏《ふおん》な音の出どころ、羽鳥の両拳あたり、すなわち胸あたりを見てしまう。

！　お、おおう……。

羽鳥の癖により押し潰《つぶ》された豊満な胸が、シャツを押しやりビッグバン。

新たな宇宙が誕生する代わりに、羽鳥の胸周辺のボタン2つが外れてしまい、シャツの中からレース素材の下着、それどころか柔《やわ》らかいこと間違《まちが》いなしな谷間がコンニチワ。実際とてつもなく柔らかい。

スナップタイプのボタンは巨乳《きょにゅう》の弱点かもしれん……。

「え……？　あ……」

ワンテンポ遅《おく》れて、ボタンが外れたことに羽鳥も気付いてしまう。満面の笑顔が極致《きょくち》の羞恥《しゅうち》顔。

さらには俺へと視線をゆっくりと合わせ、

「っ〜〜〜！　きゃああ————————っ！」

「……」

シャッ！　とカーテンを閉められる。

「え、英玲奈⁉　どうしたの⁉」

慌てて美咲が試着室から顔を出す。

羽鳥のカーテンの中から、今にも消え入りそうな声音。

「姫宮に胸見られた……」

「覗《のぞ》いたの姫宮君⁉」

「覗いてねーから！　って、おまっ……」

「？　あ……！」

俺の視線の先、顔を出していた美咲も着替《きが》えの途中《とちゅう》だった模様。そして、興奮気味に身体を前屈《まえかが》みに出してしまったせいで、色白で華奢《きゃしゃ》な鎖骨《さこつ》ラインやブラ紐《ひも》だけでなく、その延長線上の形良い胸までチラ見え。カーテンを纏《まと》っている感じが逆にエロい……！

ラマーズ法かよというくらい、「ひ……、ひ……、ひ……」とみるみる顔を赤らめていく美咲。先ほどとは比べ物にならない。

「ひ、姫宮君のエッチ————————ッ！」

「……」

またしても、シャッ！　とカーテンを閉められる。

何でこいつらは、俺を覗き犯にしたがるのだろうか……。

※　※　※

その後も服屋や雑貨屋などで買い物していき、英気を養った美咲と羽鳥に引き連れられ、親睦《しんぼく》会の店探しが再スタート。2、3、4店舗《てんぽ》とカフェをはしごしていく。

16時手前、現在は5店舗目……、否、ここをカウントしてはいけない。

だって、ここファミレスだし。

何故、いきなりファミレス？　となったものの、理由は候補の1つというわけではなく、とある人物に美咲と羽鳥が会いに来たから。

「ポテトとドリンクお待ちー！」

元気いっぱい、というか居酒屋テイストな言葉掛けするウェイトレスが、俺らの頼《たの》んだ山盛りポテトやドリンクやらを運んできてくれる。

倉敷《くらしき》だった。

そう。会いに来た人物とはバイト中の倉敷。今日の店探しにバイトで参加できない倉敷のためにと、2人は遊びにやって来たのだ。

黒を基調としたウェイトレス服に、青白チェックの前掛《まえか》けエプロンを纏う倉敷は、学校の制服とはまた違った印象を与《あた》えてくる。胸に付けられた研修中バッジが輝《かがや》かしい。

「どう瑠璃《るり》？　仕事には慣れた？」

「もちろんっ！　店の看板娘《むすめ》とはわたしのことですよ！」

へっへーん！　と声高に即答《そくとう》できるのだから大したものである。フレンドリーな奴《やつ》だし、仕事に慣れたかは別として、職場には溶《と》け込《こ》めているのが容易に分かる。

ふと、倉敷が俺へと視線を合わせてくる。ニタァ、とイタズラげに口角を上げ、ピラピラと制服のスカートを揺《ゆ》らしてくるではないか。

「ほれほれ～姫宮～。わたしのウェイトレス姿だぞ？　興奮したとか言えよー」

「変態かよ」

「思い出に2ショット写真撮《と》っとく？」

「メイド喫茶《きっさ》かよ」

「ニャハハハハ！　やっぱり姫宮は返しが面白いっ！」

倉敷は腹の代わりにトレーを押さえて大笑い。

「で、どんな感じよ。親睦会の店探しは」

倉敷の質問に対し、美咲は途端《とたん》に「うーん……」と唸《うな》ってしまう。

「どした、どした？」

「それがさ。ココ！　ってお店が未だ見つかってないんだよねー……」

美咲から好ましい言葉が返って来なかった倉敷は、「そうなん？」と羽鳥へと尋《たず》ね、羽鳥も芳《かんば》しくないように苦笑いを浮《う》かべる。

そうなんです。店自体はスムーズに視察できているものの、条件にピッタリというような店は、今のところ見つかっていないのだ。

理由としては、駅から距離《きょり》が思った以上に遠かったり、高校生だけの予約は不可であったり、禁煙《きんえん》席と喫煙《きつえん》席で完全に分断されてて貸し切りには不向きだったり、シンプルに味がイマイチなどなど。

ネット予約でいいだろと思っていたが、今日様々な店に足を運び、やはり行ってみないと分からないことが多いと実感する。

ＪＫやＪＤの写真捏造《ねつぞう》と同じだな。プリクラやフォトショで美少女補正しすぎて、実物見たら「どなた？」ってなる感じ。もしくは歌い手の二次元アイコン。自分の顔を美化しすぎて、「二次元と三次元の間に何があった？」ってなる感じ。あくまで一部の話だが。

脳内で話逸《そ》れすぎ。

美咲と羽鳥から理由を聞いた倉敷は、「そういうことねー……」と心中察しますというように頷《うなず》く。

「自分の理想どおりのイケメンが中々現れない感じかぁ」

「瑠璃の恋《こい》活と一緒《いっしょ》にしないでくれるかな……？」

「えー、一緒じゃーん。とにかくさ、親睦会まで時間無いんだから、多少の妥協《だきょう》も考慮《こうりょ》していきなって。わたしはまだ時間あるから、彼氏作りに妥協しないけど！」

「一言余計だよ……」

美咲は倉敷の発言に半ば呆《あき》れつつ、正しい助言でもあることから、「アドバイスありがとね」と感謝も告げる。

『ピンポーン』という電子音が店内に響《ひび》くと、壁《かべ》に取り付けられた電光掲示《けいじ》板《ばん》に番号が表示される。客が注文ボタンを押したのだろう。

「おっと。今のわたしは3人だけじゃなくて皆《みんな》のものだから、そろそろ行くよ」

減らず口を叩《たた》く倉敷は、「とりま頑張《がんば》んな！」と言い残し、仕事へと戻《もど》っていく。

「相変わらず、エネルギッシュな奴だな」

俺のぼやきに、「そこが瑠璃の良いところだからね」と美咲は答えつつ、ポテトを1本咥《くわ》える。甘いモノ続きで、しょっぱいモノも恋しくなっているのだろう。

「で、これからどうするんだ？」

「2人には悪いんだけどさ、もう少し他のカフェ回ってみてもいいかな？」

咀嚼《そしゃく》を終えた美咲は、申し訳なさげに手を合わせてくる。

「妥協するにしても、まだ早いと思うの。やっぱり皆が満足してくれるようなお店で親睦会をしたいから」

実に美咲らしい理由だと思った。同時に、コイツの親睦会へかける想いが、どれだけ強いのかも思い知らされる。

「まぁ、俺も一応幹事だからな。最後まで付き合うぞ」

「うん。私も勿論大丈夫《もちろんだいじょうぶ》」

俺と羽鳥の返事に、「ありがとう！」と美咲は心からの感謝を告げる。

※　※　※

その後は、怒涛《どとう》のはしごカフェ。

「お腹《なか》ちゃぽちゃぽ……」

「私も……」

美咲と羽鳥はグロッキー状態。さすがにスイーツとドリンクを併用《へいよう》し続ければ、別腹も関係なくなるようで。スイーツも中盤《ちゅうばん》の段階からマカロンとかクッキーになってたし。

俺は未だにコーヒー愛飲中。今日1日ガンガン飲みまくっているせいで、ちょっと楽しくなってきているくらいだ。カフェイン中毒かもしれん。

18時を過ぎたものの、未だに決定的な店は選出されておらず。

明らかに美咲は迷っている。このまま妥協して本当にいいものかと。

「なぁ。わざわざ自分たちで考える必要はないんじゃないか？」

「？」

「服屋のときも言ったけど、その道のプロに相談したらいいんじゃないかってことだよ」

「で、でもさ、やっぱり私たちが任されたんだから……」

「何も全部任せるわけじゃない。条件を提示しつつ相談していけばいいだろ。俺らは高校1年生になったばかりだし、雰囲気《ふんいき》良さげな店知ってるほうが珍《めずら》しいレベルだろ。それに」

「それに？」

「人に頼《たよ》ることって悪いことじゃないだろ」

「！　……。まさか、独り好きの姫宮君から、そんな言葉が出てくるなんて……！」

「私もビックリした」

「……。でも、その通りだね……」

「うん」と羽鳥も頷く。

美咲が店の人へと話しかける。

「あ、あの！　私たちのクラスで親睦会をするんですけど──、」

美咲の話や条件などを真摯《しんし》に聞いてくれた店の人は、

「だったら、ウチの系列店がいいかもしれないね。パーティールームがあって、カラオケ歌えたり、大画面でゲームもできるから。4月限定で高校生貸し切りプランとかもあったはずだから良かったら聞いてみようか？」

「ほんとですか！　お願いします！」

めでたくも今日1日の目的が達成する。

※　※　※

「姫宮君のアドバイスのおかげだよ。ありがとね」

「俺の服の選び方が正しいと証明されたな」

「それとこれは話が別だからね……？」

すっかり日も落ちた19時前。元の集合場所であるＪＲ三ノ宮《さんのみや》駅に到着《とうちゃく》。

紹介《しょうかい》されたカフェは、駅からかなり近くの場所にあった。

森をコンセプトにしているようで、リゾートカフェの部類。地下1Fから2Fまである広々した店で、一面ガラス張りの店の周りは木々に囲まれている。賑《にぎ》わう街の中で、この場所だけトトロチックな世界を彷彿《ほうふつ》とさせていた。

内観やプランも満足するもので3人即決《そっけつ》で賛成。

「今日は楽しかったね！」

「うん。私も甘いモノ沢山食べたり、買い物できて楽しかった」

「姫宮君はどうだった？　今日は団体行動が面白いって思ったんじゃないかな？」

「そうだな。久々に団体行動も有意義だって思えた」

「ひ、姫宮君……」「姫宮……」

俺の言葉が予想外だったのか。2人は固まってしまう。

「驚《おどろ》いてるとこ悪いけど、観たいバラエティそろそろ始まるから帰るわ」

「「……」」

「あー！　華梨と英玲奈じゃん！　奇遇《きぐう》だな！」

「加西《かさい》君たちだ。バッタリだね」

帰ろうとする矢先、見覚えのあるような無いような集団に美咲と羽鳥が話しかけられる。

思い出した。体育のサッカーで見たことがある奴らばかりだ。ということは、隣《となり》クラスの奴なのだろう。

「カラオケ行くんだけど、行かね？　華梨の歌、聞きたい！」

「ごめんね。私たち、朝から色々回ってたからヘトヘトなんだ。今日はパス！」

「えー。ノリわりぃぞー」

「挑発《ちょうはつ》には乗りませーん」

　大体話し方とか見た目で分かる。こいつらは隣クラスでもカースト上位に違いない。俺らのようなカーストの低い人間は、入学して3週間足らずで、女子の下の名前を呼び捨てでなど呼べないし。ましてや隣クラスの女子など苗字《みょうじ》すら知らない。コミュニティの広さにはただただ感心するものだ。

「どこ行ってたん？」

「今月末に私たちのクラスで親睦《しんぼく》会するから、そのお店選びしてたんだ。中々条件に合ったお店が見つからないから苦労したよ」

「親睦会？　マジかよ！　俺らんとこそんなんねーんだけど！」

「いいでしょー♪　アマちゃん先生が企画《きかく》してくれたんだー。良さげな店だったから、また皆にも紹介するよ」

「お！　マジで楽しみにしとくわ！」

美咲は人を傷つけたり、不快にせずに言葉を選ぶのが上手《うま》いなと改めて思う。向こうのことを知らない俺のために誘《さそ》いを断ったし、向こうの奴《やつ》らも不快にさせないようにしていた。持前の明るさと笑顔で。だけど、やはり博愛主義者ってこういうとき役割が損だなと思ってしまう。誰《だれ》をも愛するってことはバランスも配慮《はいりょ》する必要があるから。

美咲とJR三ノ宮駅で別れ、羽鳥とは阪神魚崎駅で別れた帰り道。

地元の六甲ライナーに揺《ゆ》られつつ、ウトウトしていると、LINEからメッセージを受信する。今日だけのために作った3人グループのチャットでは、先ほど別れたばかりなのに、美咲と羽鳥は会話を続けていた。元気な奴らだ。

休みの日に団体行動するのって久々だったな。下手《へた》をすれば中学時代の頃《ころ》は無かったレベルである。

ふくらはぎが痛い。体育のときみたいに短時間で動きっぱなしのような感じではなく、1日中ゆったり歩き続けただけに、倦怠《けんたい》感は今のほうがあるかもしれない。

明日の日曜日は1人でゆっくり過ごそう。

何をして過ごそうかと頭で考えていると、気付けば寝《ね》てしまっていた。

# 5章　美咲華梨《みさきかりん》だって思い悩むし躓《つまず》く

4月下旬《げじゅん》の週明け。親睦会を今週末に控《ひか》え、俺たちは放課後返上で慌《あわ》ただしくも残りの業務に追われ続けていた。

……ということは全く無い。

俺はといえば、いつも通りプライベートルームで読書したり、ラジオを聴《き》いたりとまったりムード。

そりゃそうだ。前もって段取り付けて作業していたし、もとより、出欠確認と店予約くらいしか大きな仕事はないのだから。もはや当日まで何もすることはない。

羽鳥《はとり》に関しては、「寝落ちで見逃《みのが》してた2SISの生放送がさっき配信された！」と、大喜びで家へと帰宅。サブカル女子もパケット通信には勝てないらしい。

未だに作業しているのは美咲くらいだ。長机と向き合い、しなくてもいいような細かい仕事を見つけては楽しげにこなしている。美咲自身、親睦会を楽しみにしていたり、絶対に成功させようという強い気持ちが改めて伝わって来る。

「姫宮《ひめみや》君、こんな感じだけどどうかな？」

作業を終え、席から立ち上がった美咲が俺へと寄って来ると、そのままA4用紙を差し出してくる。

その紙には先日予約した店の情報が記載《きさい》された、美咲お手製の地図。住所や電話番号などの情報だけでなく、駅から店までの行き方も丁寧《ていねい》かつ分かりやすく書かれている。ところどころ美咲がよくLINEのスタンプで使うウサギの落書き入り。

「イラストのウサギ、可愛《かわい》く描《えが》けてるでしょ？」

ふと思う。

「年配の人って、何であんなにスタンプと絵文字の使い方が絶望的に下手なんだろうな」

「その疑問が生まれた理由から先に教えてもらっていいかな⁉」

むくれようがジト目になろうが、そっちの質問はノーコメントで。

「全体的によくできた地図だと思うぞ。けど、」

「けど？」

「ここ間違《まちが》ってるぞ」

「えっ、ほんと？」

同じ目線になろうと、俺の真横で中腰《ちゅうごし》になった美咲が、「どこどこ？」と尋《たず》ねてくる。

相変わらず距離《きょり》が近く、頬《ほお》を撫《な》でる美咲の髪《かみ》からは花の甘い香《かお》りが微《かす》かに漂《ただよ》ってくる。

こそばゆさを顔に出してしまうと恥《は》ずかしいので我慢《がまん》。頬を掻《か》きたくなる衝動《しょうどう》を抑《おさ》えつつ、間違い部分を指差す。

「ここ。ＪＲ三宮じゃなくてＪＲ三ノ宮な」

「さんのみや……？　ふふっ♪」

「あ？」

吐息《といき》が当たり今度は耳がこそばゆい。人の指摘《してき》を小馬鹿《こばか》にするように、美咲は得意げに笑うと大きく胸を反らす。さっきのイラストのくだり、仕返ししまっせ的に。

「ふふーん♪　それは姫宮君の勘違《かんちが》いだよ。私の家、神戸だから三宮駅を毎回通り過ぎるけど『ノ』は入ってないもん」

「思い違いってよくあるよねー♪」とからかい混じりに同情する美咲は、ドンマイという意味を込めて俺の肩《かた》をポンポン叩《たた》いてくる。根が深い。

けれど、同情するというのなら勘違いもいいところ。

「美咲の言う三宮の駅って阪神《はんしん》電車だろ？　正式名称《めいしょう》が神戸三宮の」

「？　そうだけど」

「阪神とか阪急《はんきゅう》はノ無しで三宮なんだけど、ＪＲの駅名だけノ有りで三ノ宮なんだよ」

「え……」

ポカンとする美咲は、おもむろにスマホを操作し始める。しばらくすると「……。ほんとだ……」と画面を見て呟《つぶや》く。

「ちなみに地名も三宮でノは要《い》らない。神戸市がそこそこ前から、JRも『三ノ宮』じゃなくて、他の交通機関と統一して『神戸三宮』にしてほしいって要請《ようせい》してるらしいぞ」

面倒《めんどう》なんだよな。スマホで乗換《のりかえ》案内アプリ使うときに、JR三宮だったらヒットしないから。検索《けんさく》候補でJR三ノ宮駅って出てくると、『もしかして、JR三ノ宮のこと言ってんの？　ぷーくすくすｗｗｗ』って言われてる気がしてイラッとするときあるし。さっきの美咲みたいに。

真横にいる美咲がチラチラとこっちを覗《のぞ》いてくる。素直に謝ればいいか、おどけて流そうか、小さくなるか色々考えているようだが、恥ずかしさが一番勝っているらしい。顔が赤い。

トドメ。

「人を小馬鹿にして、自分が間違っている気分はどうだ」

「す、少しでも姫宮君より優位に立てたと思った自分が恥ずかしいです……！」

「思イ違イッテヨクアルヨネー」

「～～っ！　ムカつく～～っ！」

美咲、羞恥《しゅうち》と怒《いか》りで真っ赤っ赤。俺の肩をゆっさゆっさと揺らし、八つ当たりもいいところである。

神戸市民のくせに知らなかったお前が悪い。

※　※　※

昼休み。弁当を食べ終わり、自分の席に突《つ》っ伏《ぷ》して日光浴中。

やはり窓際最前列の席は最高だ。窓から入る涼《すず》しげな風も、俺を包み込む温かい日差しも快適の一言に尽《つ》きる。

「意識高い系かよっ」

「えっ」「え……」

首を右へと傾《かたむ》ければ、倉敷《くらしき》が何やら美咲と羽鳥に物申している。

「華梨が豆乳ヨーグルトで、英玲奈《えれな》が野菜ジュース……。絶っ対、美容とか健康気にしてんじゃん！」

２人が飲むパックジュースに不満があるらしい。

「私だけイチゴミルクとか女子力ないみたいじゃん！」

倉敷はヤケ酒でもしてんのかというくらい、ちゅううううう！　とストローを吸引し、焼き鳥でも食ってんのかと思うくらいにポッキーに噛《かじ》り付く。

　思考は子供っぽいのに行動はオッサン。

　美咲ら仲良し3人組が机を囲ってガールズトークを繰《く》り広げているのは、日常風景である。コイツらの話を垂れ流しで聞いていると、声優やアイドルなんかが、ひたすら雑談するネットラジオを聞いているような感覚に陥《おちい》る。

「少しは意識してるかもだけど、別に無理して飲んでるわけじゃないよね？」

「う、うん……。美味《おい》しいし」

「はい出たっ！」

　ビシィ！　と倉敷に指差され、ビクゥ！　と羽鳥の肩と胸が跳《は》ね上がる。

「無添加《むてんか》とかオーガニックとかも心の底から美味しいです、って言っちゃう系女子かよっ！　そんなわけないから！　マックシェイクのが美味しいに決まってんじゃん！」

「マックシェイクも普通《ふつう》に好きだよ……。というかさ！　そんなんだったら瑠璃《るり》も大人っぽい飲み物飲めばいいでしょ」

「私のと交換《こうかん》してあげよっか？」と美咲がパックジュースを差し出すと、ふいっ、と倉敷が視線を逸《そ》らす。

「豆乳は苦手だから要らない」

「そういうところだよね⁉」

「何おうっ⁉　私が子供っぽいと言うのか～～～っ！」

八重歯を覗かせる倉敷が、美咲や羽鳥目掛《めが》けて襲《おそ》い掛かる。本気で喧嘩《けんか》したり揉《も》め合っているわけもなく、３人はアハハ！　と笑い合い、くすぐったり抱《だ》きついたり。

百合百合しい光景が視界一杯《いっぱい》に拡がっており、百合は世界を救うとでも言いたげ。周りの生徒らも、いつも通り微笑《ほほえ》ましく眺《なが》めている。

ほんわかムード漂う美咲たちの席とは打って変わり、その後方席は纏《まと》う空気が異なる。

飴屋《あめや》と武智《たけち》がスマホゲームの協力プレイで大白熱中である。

これもまた日常風景。

「エアパケの中身確認っ！　うぉぉぉぉ！　ＡＷＭゲットしますたっ！」

「ナイスだしっ！　８スコとサプレッサー持ってるから俺に任せろし！」

「は？　僕が使うんですけど。飴屋にはサブマシンガンがお似合いなんですけど」

「バス発車しやぁ～す」

「ちょっ！　僕置いて先行くな！　ヘッショすっぞ！」

「はぁ⁉　やってみろし！　俺のドラテク舐《な》めんなしっ！」

「ぷすすす！」「ふふふふ！」

このネットラジオは濃《こ》すぎだと、すぐに視線を逸らしてしまう。

男女差別は良くないことだが、これぱっかりは仕方ないのではなかろうか。百合百合しいのと、暑苦しいのでは需要《じゅよう》と供給の比率が違いすぎるし。

俺の周りは騒《さわ》がしいと言えば騒がしい。けれど、普段《ふだん》通りと言えば普段通りなので気になることはない。むしろ穏《おだ》やかな日常が流れているとさえ思う。

というわけで、俺も普段通り日光浴しながら寝《ね》ます。

おやすみなさい。


「いたいた！　おーい！　華梨――――！」


おはようございます。

教室出入り口前。美咲を呼ぶ男の声が教室中へと響《ひび》き渡《わた》る。

何故、リア充《じゅう》って声のデカい奴《やつ》が多いのか。我を通す力を持ってるから？

閉じていた目を再び開き、突っ伏した姿勢のまま視線を声のするほうへ。

声の主は先日、三宮で見かけた隣《となり》クラスのリア充。名は確か加西《かさい》。

染髪《せんぱつ》した髪をツンツンに立ててゴツいブーツを履《は》いており、見るからにチャラチャラしい。どれくらいチャラいかと言うと、俺の脳内で「ちゃーらー……へっちゃらー……」のOPが流れ始めるくらい。チャラ男が雲を突き抜《ぬ》けてフライアウェイしてくる。SPARKING。

加西を含《ふく》め、隣クラスであろう男女グループが美咲たちへと接近。身なりが派手な奴らばかりで、一目見ただけで遠藤《えんどう》や波川《なみかわ》らと仲が良いことが分かってしまう。

「皆《みんな》、どうしたの？」

「俺らも華梨らの親睦《しんぼく》会に混ぜて！」

「……え？　私たちの親睦会に……？」

急な申し出に戸《と》惑《まど》いを隠《かく》せない美咲とは対照的に、「YES！」と、いかにも何も考えて無──、失礼。いかにも悪気の無い表情で頼《たの》み込む加西ら。

何事かと様子を窺《うかが》っていたクラスメイトたちも、不穏《ふおん》な空気を感じずにはいられない。

「華梨クラスが親睦会やるって俺らクラスで話したら、めちゃ羨《うらや》ましがる奴多かったんよ。んで、こうなりゃ入れてもらわね⁉　って流れ！　華梨が誘《さそ》ってくれた店にも丁度行けるし、一石二鳥っしょ？」

一石二鳥なものか。併殺《ゲッツー》だ馬鹿野郎《ばかやろう》。

「何だ何だ⁉　加西らも親睦会来んのか⁉　うはっ！　超《ちょう》盛り上がんじゃん！」

類は友を呼ぶ。某《ぼう》RPG的に言えば、チャラ男【加西】が仲間を呼んだ！　大音量バカ【伊刈《いかり》】が現れた！

チャラ男もうるさいと思ったが、大音量バカのが断然うるさいと実感する。喉《のど》にスピーカーでも内蔵しとんのか。

悪循環《あくじゅんかん》。伊刈が騒ぎ立てれば、波川など俺らクラスのリア充グループまでやって来る。リア充密度がここら一帯半端《はんぱ》無い。俺・飴屋・武智がいないとバランスが取れないくらいだ。まだバランスが保てていると思える自分が誇《ほこ》らしい。

飴屋と武智といえば、ミスディレクション発動中。「僕は影《かげ》だ」とか言いそうなくらい存在感を絶ち、さっきまでの白熱ぶりが嘘《うそ》のよう。口は動かさずともプレイする手つきは緩《ゆる》めないあたり、ゲーマーとしては鏡だと思う。ドン勝頑張《がんば》れ。

伊刈と加西は大盛り上がり。

「華梨と英玲奈がセレクトした店だから、相当イイ感じだかんな！　カラオケもあるらしいから楽しみにしとけや！」

「マジか！　クラス対抗《たいこう》でスコア勝負すっか？　それとも、陽キャVS陰《いん》キャ？」

「ふはっ！　それ面白いかも！　けど、アニソンとか歌われたらマジ葬式《そうしき》じゃね⁉」

「ってかさ、このイベントって合コンっぽくね？」

「それな！　ぶっちゃけ、そう思ってる！」〜

2人がゲラゲラ笑えば、「「「サイテー！」」」とリア充の女子らが茶化す。

もはや隣クラスのリア充が来る前提で、周りの静けさも何のその。ここまで来れば呆《あき》れてモノも言えない。

「こらお前ら。華梨たちにも都合あるし、勝手に進めるのは悪いだろ」

リア充が皆、波川ならいいのに。そう思えるくらいド正論な波川の発言に、さすがのリア充たちも静まりを見せる。これが長である波川の力か。

「な？　華梨」と波川が美咲へと視線を送れば、一同の視線も美咲へと集中。

「ごめんね？」と角が立たないように、美咲が両手を合わせて謝罪する。

「Aクラスの人たちには悪いんだけど、今回はクラスの親睦会なんだ」

美咲は博愛主義者ではあるがパリピ勢ではない。コイツらが来ればクラスメイト同士が仲を深めるという、親睦会の主目的が達成しづらくなることを分かっている。

リア充たちの雰囲気《ふんいき》に飲み込まれず、自分の意見を述べられるのは流石《さすが》だと思う。

美咲は強い。

「いーじゃん別に〜」

けれど、コイツも手強い。遠藤比奈《ひな》だ。

相も変わらず甘ったるい香水《こうすい》の匂《にお》いを漂《ただよ》わせる遠藤は、甘ったるい間延びした声でクラスメイトに問いかける。

「皆も加西らが参加してもいいじゃんねー？」

ズルいなと思った。普段は内輪だけを皆と言うのに、こういうときだけクラスメイトを含めて皆と言うのだから。

クラスメイト一同はだんまりを決め込む。当たり前だ。抽象《ちゅうしょう》的にカースト上位に苦手意識があるだけで、具体的に反対する理由などない。

「ね、華梨。大丈夫《だいじょうぶ》っしょ～？」

遠藤が美咲へとニコー、と笑顔を向ける。本気で大丈夫と思っているあたりが女王様気質というか何というか。

クラスメイトの沈黙《ちんもく》を肯定《こうてい》と捉《とら》えた伊刈も「はい、決まりー！」と手を叩《たた》いてバカ騒ぎ、次いで、他のリア充たちもワイワイ大盛り上がり。

そんな中、羽鳥は両拳《こぶし》をぐっ……と握《にぎ》り締《し》めたまま俯《うつむ》き、倉敷は不満ありげな表情を浮《う》かべつつ片肘《かたひじ》つく。

美咲は何か言いたげに口を開く。けれど、そっとつぐんでしまう。これ以上は場の空気が悪くなるだけだと分かっているのだ。無意味な多数決だろうが決議されたのは確かで、クラス全体が受け入れたことには変わりはないのだから。

場をまとめるかのように、収束へと向かわせるように、波川が美咲に問いかける。

「俺もコイツらがハメ外しすぎないようにサポートするからさ。な?」

「……うん」

波川が心底申し訳なさげに手を合わせ、美咲がギコちない笑顔で頷《うなず》けば、リア充たちはさらにお祭りムード。女神である美咲を祭り上げるかのように、好意的な言葉を美咲へと供え続ける。

実際、コイツらは美咲のことが大好きなのだろうが、イマイチ腑《ふ》に落ちない光景だった。しばらくすれば祭りは終わり、リア充たちが自分たちの元居た空間へと戻《もど》っていく。数分前の教室と生徒たちの立ち位置に変わりはないはずが、明らかに空気が異なる。嫌《いや》な雰囲気が滞《とどこお》っている。

これ以上、教室内を観察する意味はない。

イヤホンを装着し、机へと突《つ》っ伏《ぷ》し直す。本格的に睡眠《すいみん》モードへ。

目を閉じつつ、ぼんやりと考えてしまう。一方的に主張するカーストの高い奴らと、ひたすら押《お》し黙《だま》るカーストの低い奴ら。どちらが悪いとかは無いが、改めて人間関係って面《めん》倒《どう》だな、と。

やはり独りのほうが、俺には気楽だ。

※　※　※

放課後。プライベートルームへ向かおうとカバンを肩《かた》へと引っかけた直後、俺のもとに1人の女子がやって来る。文科系の大人しい女子、瀬乃《せの》だ。

瀬乃はモジモジと手を合わせつつ、意を決するかのように俺へと告白してくる。

実はこのような状況《じょうきょう》、今回を含めて本日5回目。

俗《ぞく》に言うモテ期という奴だろうか。

「ごめんなさいっ！　親睦会の参加をキャンセルさせてください！」

すいません、嘘です。ひたすら親睦会の不参加申請《しんせい》受けてるだけです。何なら飴屋と武智にも告白されました。

予想通りというか、案の定。隣クラスのリア充が親睦会に参加すると決まって以降、親睦会を欠席したいというクラスメイトたちが、続々と俺に申し出てくる。

ここに来て俺大活躍《だいかつやく》。美咲に断りを入れるのは申し訳ないからと、クラスメイトが俺を最大限に利用してきやがる。俺はお客様窓口かよ。

とはいうものの、キャンセルを申し込む奴らの気持ちも分からんでもない。一部の者たちがお祭り騒ぎするだけの親睦会など、参加したい奴のほうが物好きだ。

故に目の前の瀬乃を引き留めようとは思わん。

隣の美咲は俺と考えが異なる。

「絵菜《えな》ちゃん、親睦会一緒《いっしょ》に楽しもうよ！」

「大丈夫だから」と美咲は瀬乃を引き留める。けれど、瀬乃の表情が曇《くも》りがかったまま。無理もない。美咲自身の表情も、普段の晴れやかな表情とは程遠いから。心から大丈夫と言えていないのは明らかだった。

それでも美咲は必死に説得をし、せめて欠席ではなく保留にしてほしいと嘆願《たんがん》。

「う、うん……。もう少し考えてみるね……」

芳《かんば》しくない返事ながら、瀬乃をかろうじて引き留めることに美咲は成功する。これもまた、俺が断りを申し込まれる度に見かける光景である。

申し訳なさげに瀬乃が教室を去って行き、後ろ姿を見送る美咲が微《かす》かに息を吐《は》く。しょげている表情や態度をあからさまに見せなくとも、些細《ささい》な行動の1つ1つに疲弊《ひへい》の色は見えていた。

「華梨、大丈夫……？」

「何か手伝うことある？」

様子を窺《うかが》っていた羽鳥と倉敷がやって来る。

2人の気遣《きづか》いに対し、「大丈夫っ！　心配してくれてありがとね！」と感謝を告げる美咲は元気を装う。2人もカラ元気なのは分かっているが、弱さを見せないだけにそれ以上は踏《ふ》み込めない。

「姫宮君」

「ん？」

「ちょっと用事があって秘密基地に行くの遅《おく》れちゃうんだけど、そのあと一緒に親睦会の予定を考え直してもらってもいいかな？」

「分かった」

「荷物お願いします！」とカバンを渡《わた》され、俺たちに別れを告げた美咲は、足早に教室を去っていく。美咲が見えなくなると、倉敷は「難儀《なんぎ》なやっちゃなー……」と呟《つぶや》き、羽鳥も物憂《ものう》げな表情を浮かべていた。

※　※　※

バイトがあるという倉敷と別れ、同行してきた羽鳥とプライベートルームへ辿《たど》り着いて間もなく。

「姫宮お願い。華梨のこと救ってあげて」

「俺が？」

腰《こし》掛《か》ける俺の目前に立つ羽鳥が、重々しい表情のまま1つ頷く。

突拍子《とつぴょうし》が無さすぎる発言に開いた口が塞《ふさ》がらず。

ようやく出てくる言葉と言えば、

「人選間違《まちが》ってないか……？」

誰《だれ》が誰を？　俺が美咲を？　ないないない。

しかし、人選ミスではないようで、「間違ってない」と羽鳥は主張する。

間違ってないと言い張るなら、羽鳥の目が腐《くさ》ってるだけ。

「羽鳥よ。ゲーム実況《じっきょう》好きのお前のために、分かりやすく説明してやる。お前が言ってるのは、畑を耕し中の農民に、「今から魔王《まおう》城行って姫救って来い」って頼んでるようなもんだぞ？」

「マリオだって職業は配管工」

「アイツは自発的に救いに行ってるからノーカンだ」

「じゃあ自発的になって」

「やだ」

突き放しても羽鳥は粘《ねば》る。

「……面倒だから？」

「あのな……、面倒だから嫌とかいう以前の問題で、できるできないレベルの問題で俺には向いてないって言ってんだよ」

それはまごうことなき俺の本心だ。

俺と美咲じゃ、人間関係についての考え方や価値観が違いすぎるから。

独り歴が長い俺でも、親睦《しんぼく》会の一件、カースト間の板挟《いたばさ》みで美咲が落ち込んでいることくらい分かる。だが分かるだけで、共感はできない。

共感できているのなら、美咲と同じ幹事の俺が現在ケロッとしてるわけがないし、「やっぱり人間関係って面倒」などと思うわけがない。

よって、相反するような考えを持つ俺が、美咲を励《はげ》ますことなどできやしない。できないどころか、火に油を注ぐ、焼け石に水。余計傷つける可能性だってある。似たような事例で俺、ブチ切れたことあるし。

「悪いが、独り至上主義者の俺が博愛主義者の美咲を救うことはできん」

「そんなことない……！　私の知る限り、姫宮にしか華梨を救えない」

羽鳥は大きく首を横に振《ふ》る。長く真っ直ぐな黒髪《くろかみ》が激しく揺《ゆ》れるくらい。

もはや粘る云々《うんぬん》の話じゃない。羽鳥は折れる気がない。

「お前は俺のことを勇者か何かと勘違《かんちが》いしてないか……？」

「そうかもしれない」

「は……？」

羽鳥のキレ長で大きな瞳《ひとみ》が、俺をただ真っ直ぐ見つめてくる。

羞恥《しゅうち》もなく至極真面目な表情で、俺までもゲーム脳になってしまったのだろうか。目の前で助けを求める羽鳥が、小さな村の娘《むすめ》に思えてくる。

「自分が正しいと思えることをハッキリ言えたり、行動できる姫宮だからこそ、華梨を救うことができる」

「ああ、成程な」と不覚にも心の中で納得してしまう。

何故、ここまで俺に対する評価が、羽鳥と食い違うのかが理解できた。

ここでもまた、価値観や考え方の違いが発生しているらしい。

羽鳥にとっては、俺が独り至上主義者だろうと博愛主義者だろうとどっちだっていいのだ。

仮にだ。言いたいことを言える人間か言えない人間かに重きを置いているのだから。

仮にだ。仮に、美咲を救える奴《やつ》の条件が、羽鳥の考えで正しいのなら俺は該当《がいとう》する。それは認める。ハッキリ物事を言えるのは、美咲や遠藤、波川のようなカースト最上位の奴か、俺のようにカースト最底辺の奴くらいしかいないし。

前者はカリスマと称《たた》えられ、後者は自己中と蔑《ないがし》ろにされるくらい違いはあるが。

多くの同級生たちが、後者の称号《しょうごう》を恐《おそ》れて何も言わない。静かな大衆であることを望む。

望むからこそ、親睦会に隣《となり》クラスのリア充《じゅう》が参入することを反対だと言わなかった、言えなかった。

羽鳥は、悔《く》いるかのように、キュッ……、と拳《こぶし》を握《にぎ》る。

「一番、協力しないといけない場面で、私は怖《こわ》がって華梨を守ってあげれなかった……。今の私には華梨を救うことができないし、資格がない……」

羽鳥は変わりたいと葛藤《かっとう》している。それは短い間だが、学校生活や休みの日に一緒にいたからこそ何となしに分かっている。

けれど、人はそこまで簡単に変われない。

だからこそ羽鳥は、藁《わら》にも縋《すが》る思いで俺に頭を下げてくる。

「お願い……！　図々しいし、自分勝手な頼み事なのは分かってる。でも、華梨を救ってあげて。それは姫宮にしかできないことだから……！」

「お前も大概《たいがい》めちゃくちゃ言うよな……」

「姫宮じゃないと、めちゃくちゃ言わない」

サッカーの授業の時、美咲にも同じように助けを求められたことがあった。

コイツらは俺のことを何だと思っているのだろうか。慈善《じぜん》団体の人とか勇者、はたまた未来から来た青狸《だぬき》だとでも勘違いしてんのかよ。

だとすれば勘違いもいいところ。俺はただの独り好きであって、それ以外の何者でもない。どいつもこいつも俺のことを過大評価しすぎ。

頭をガシガシ掻《か》きつつ、立ち上がる。

「どこ行くの……？」

「散歩」

※　※　※

既《すで》にどの部活動も練習がスタートし、グラウンドからの掛《か》け声や文化棟《とう》からの演奏音が耳へと届く。どこもかしこも青春が音で伝わってくる。青春の押し売りここにアリ。

汗《あせ》と努力が似合わない俺には、つくづく縁《えん》のない世界だと再認識しつつ、外付けされた非常階段を一段一段上がっていく。程なくすれば散歩の終着点。お気に入りスポットである最上階踊《おど》り場《ば》へと到着《とうちゃく》。

そこには既に先客が。

美咲だ。

最後の段に膝《ひざ》を抱《かか》えたまま俯《うつむ》いていた。

もしかしたらいるかも……、という程度の気持ちでやって来ただけに、一瞬《いっしゅん》立ち止まってしまう。

俺に気付いていないのか。ずっと俯いたままの美咲は、まるで非常階段から身を投げた少女の地縛霊《じばくれい》。それくらいにどんよりしたムードを漂《ただよ》わせ、「え……？　憑《と》りつかれてます……？」というほど元気がない。

自販機《じはんき》で買ったばかりの缶《かん》コーヒーを美咲の座る横へ、そっとお供え。

「私、苦いの飲めません」

「微糖《びとう》だけど」

「減らず口」

べっ！　と短い舌を出す美咲がようやく顔を見せる。どうやら憑りつかれてはいないし、俺の存在に気付いていたようだ。いつもどおりのコンディションには程遠いが、言い返したり笑いかけてくる程度の力は未だ残っているらしい。

「用事は終わりそうか？」

自分でも底意地の悪い質問だと思った。けど、これくらいの聞き方しかコミュ力不足の俺にはできない。

美咲も質問の意図を理解してくれ、もはや隠《かく》す意味もないと思っているのか、

「うーん……。正直言うと全然なんだ」

美咲は参りましたよ、と無理矢理に口角を上げる。

ここに来てしまってから言うのもアレだが、無理矢理、気丈《きじょう》に振《ふ》る舞《ま》う美咲を見ていると、俺はここには相応《ふさわ》しくない、それどころか邪魔《じゃま》な存在だと思った。誰も来て欲しくないからこそ美咲はここにいるわけだし。

「空き教室で待ってるから。今日中に用事が終わりそうにないなら連絡《れんらく》くれ――、？」

立ち去ろうとするものの、美咲に裾《すそ》を摑《つか》まれる。

「ねぇ……、姫宮君ももう少しここにいてよ」

俺を見上げる美咲の表情は弱々しさがあり、裾を握る力も強く感じてしまう。

言うがままに黙《だま》って隣に腰《こし》を下ろすと、美咲は安心するように俺の裾から手を離《はな》す。

分からん。俺が逆の立場なら、思う存分落ち込みたいから独りになりたいが。

「ごめんね。姫宮君のお気に入りスポット、勝手に使って」

「階段と廊下《ろうか》は共用部分だし構わん」

「もしかして、私に気を遣《つか》ってくれてる？」

「そこそこ」

「やっぱり。今の返しだって、いつもの姫宮君なら「おう」だもんね」

やはり人に気を遣うのは苦手だ。

不機嫌《ふきげん》混じりに視線を逸《そ》らすと、美咲は軽く笑う。

「やっぱりコーヒーもらってもいいかな?」

まだ冷えている缶コーヒーを美咲に手渡《てわた》す。感謝を告げた美咲はプルタブを開けると、そのまま一口飲み、「やっぱり少し苦い」と眉間《みけん》を皺《しわ》寄せる。文字通り苦笑いも。

味の感想ついでのように呟《つぶや》く。

「皆《みんな》と仲良くするのって難しいね」

「……そうだな」

独りマイスターの俺にそんなことを聞けば、YES以外の返答が返ってくるわけがない。

そんなことも分からないほどに、美咲は憔悴《しょうすい》しきっている。

美咲は博愛主義者であるが故に、カーストによる差別や対立する者同士による問題などを、誰よりも繊細《せんさい》に捉《とら》えている。だからこそ、全てに手を差し伸《の》べようと励んでしまう。

結果、矛盾《むじゅん》だらけになってしまい、自分だけが苦しんでしまう。

「皆が楽しめる親睦会にするには、どうすればいいんだろう……」

美咲の横顔を眺《なが》めれば、視線は遠くの空へと向けられていた。

相合傘《あいあいがさ》で下校したときのことを思い出す。あのときは曇《くも》り空《ぞら》だろうとお構いなしで美咲の瞳は輝《かがや》いていた。しかし、今の美咲はどうだろうか。

澄《す》んだ青空を眺めている美咲の瞳には以前のような輝きはない。胸にはぽっかりと穴が開いてしまったように、空虚《くうきょ》な空をただただ眺め続けるのみ。

全校生徒と仲良くなれた未来を想像できなくなっているのは明白で、両手に持った缶コーヒーの水滴《すいてき》が、美咲の代わりにポタポタと地面を濡《ぬ》らしていた。

美咲は何も喋《しゃべ》らなくなる。

俺の励ましの言葉を待っているのだろうか？

もとより俺が言葉を掛けるのがセオリーなんだろうな。とはいうものの、友達がいない俺には、気の利いた言葉の１つも思い浮《う》かばない。

無理もない。こういった問題を解決するために、俺はコミュ力を身に付けるよう天海《あまみ》先生に命じられているわけだし。

結論。俺には難しすぎる。

見栄を張るのも馬鹿《ばか》らしい。

「正直に言う。俺はこういうとき、何を話せばいいか分からん」

失望したのか。美咲は視線を空から俺へ戻《もど》すと、「……そっか」と微笑《びしょう》を浮かべる。

「だから、思ったことを素直に言う」

「？　……うん」

「皆が皆、楽しめる親睦《しんぼく》会は諦《あきら》めたほうがいいと思う」

「……！」

親睦会の一件で、現実を突《つ》きつけられたのか。俺の非道な一言にも美咲は反論してこようとしない。

「その代わり」

「？」

「美咲が楽しめる親睦会にすれば俺はいいと思う」

「！　……私？」

美咲の視線が上がる。俯くのを止め、俺を見つめる表情は驚《おどろ》きの色が濃《こ》い。

「今の美咲って、自分以外のために親睦会を成功させようとしてるだろ？」

「う、うん。だって幹事だから当然だよ」

「けど実際は幹事をやってみてどうだ？　全員のためって、できそうか？」

「……。正直に言うと難しいね」

「俺も幹事を初めて経験してみてそう思った。そりゃそうだよな。全員が同じ価値観や考え方なんて持ってるわけがないんだから」

だからだ。

「一定の線引きや妥協《だきょう》が必要だからこそ、自分を中心にした親睦会にしたらいい」

「で、でも……、それって、すごく自分よがりじゃないかな……？」

「自分よがりでいいだろ。幹事なんだから」

俺の即答《そくとう》に、美咲は目から鱗《うろこ》といったようだった。

幹事だから言う事を聞くんじゃなくて、幹事だから言う事を聞いてもらう。

「幹事なんて給料も何も発生しないボランティアみたいなもんだ。破天荒《はてんこう》すぎなければ、自分よがりの行動してもバチは当たらんだろ」

「！　……うん」

俺の言いたいことは大体言えた。というより、ベラベラ言いすぎたとすら思う。

「あくまで独り好きな俺の感想だから、気に入らなかったら聞き流してくれていい」

「ううん……、聞き流さないよ、すごい参考になったもん」

ゆっくりと首を振る美咲は、苦手だという缶コーヒーに再び口を付け、ぐいっ、と一気に傾ける。「……うん。やっぱり私には苦いや……」と相変わらず苦笑い。けど、苦々しさは先ほどと比べれば遥《はる》かに軽減されているように感じた。

だからこそ、今回の件で確信を持ったことを口にしてしまう。

「遠藤たちがコンビニ店員だったら、ホットコーヒーとアイスクリームを一緒《いっしょ》に入れてくるタイプだよな」

「……え？」

美咲がナニイッテンダコイツ、状態でフリーズ。

「分けてくださいって言ったら嫌《いや》な顔されそうな感じしないか？　自分の行為《こうい》を省みず不快感だけはいっちょ前に出して、すげー雑に温かいのと冷たいのに分けてきそう」

「……」

「ん？　……美咲？」

「……ふ、」

「ふ？」

「ふふっ……！　あはははは！」

美咲が吹《ふ》き出す。手に持つ缶コーヒーが零《こぼ》れてしまうと、急いで地面に置く。

置いたら最後。我慢《がまん》する必要がないとさらに笑う。苦笑いから笑い泣きだ。

美咲が壊《こわ》れた……。

「あはははは！　何でいきなり、そんな話になるの⁉　姫宮君ってやっぱり天然だよね！　あーっ、おかしい！」

美咲は笑う、とにかく笑い続ける。俺が引くくらい笑う。

「でも、分かるかも！」

「分かんのかよ」

「だってさ！　私たちが幹事なのに、勝手に英玲奈に頼《たの》んじゃうんだもん！」

せき止めていた栓《せん》でも抜《ぬ》けたのか。

「加西君も加西君だよ！　直前で参加したいって言われても、お店側に迷惑《めいわく》かかっちゃうもん！　悪気がないところが余計タチ悪いよ！」

不満が出るわ、出るわ。もはやデリカシー云々《うんぬん》というより、不満祭りだ。

「皆も皆だよ！　私に欠席したいって言えばいいのに、こういうときだけ姫宮君に頼《たよ》るんだもん！」

「だな。俺のことを何だと思ってんだよな」

「姫宮君も姫宮君だよ！　昼休みの間、盗《ぬす》み聞《ぎ》きしてるだけで助けてくれないんだもん！」

「おい」

「あはは！　ごめんごめん！」

目の端《はし》に溜《た》まった、たっぷりの涙を美咲は拭《ぬぐ》い、ようやく落ち着きを取り戻す。

美咲は真顔に戻りつつある表情で、「でもね？」と言う。

「どれだけ悪態ついても、やっぱり皆のこと嫌《きら》いにはなれないよ」

「……そうか」

やっぱり俺と美咲では考え方が違《ちが》う。

コイツはこれだけ傷ついて、へこんだにも拘《かかわ》らず、また人に手を差し伸べることを選ぶ。

皆と仲良くなろうと励《はげ》み続けることを選ぶ。

馬鹿な奴《やつ》だなと思う。けど同じくらい、それ以上に凄《すご》い奴だと思う。考え方は違えど心からそう思う。

「にしても意外だな。お前も人に対して恨《うら》み辛《つら》みとか、殺意を持ち合わせてたんだな」

「私がいつ殺意をバラ撒《ま》いたかな⁉」

ナチュラルな反応には、いつもっぽい元気さが見えている。

「恨んだり悔《くや》しいっていう気持ちは私にもあるよ？　けどさ、悪い感情って出してもいいことないもん。だから普段《ふだん》は我慢したり、出さないようにしてるんだ」

「成程な」

「でも姫宮君のおかげで、また１つ学んだよ。相手のことばかり考えるのは良くないって」

美咲は身体《からだ》ごと俺へと向けてくる。

「これからも、困ってるときは相談に乗ってね」

「サラッと面倒《めんどう》なこと言うなよ……。別にいいけど、10割方聞き流しても文句言うなよ？」

「それでもいいよ。隣《となり》には居てくれるってことだから。だよね？」

「ポジティブな奴……」

「ネガティブ寄りな姫宮君には丁度いいでしょ？」

言い返す気力も失せて溜息《ためいき》つけば、美咲に言い負かされた気がしてしまう。美咲も勝った自覚があるのか、えくぼができるくらい惜《お》しみない笑顔を俺へと向けてきていた。

完全にいつもの笑顔が目の前にあった。

美咲が両膝《りょうひざ》に手を当てて立ち上がる。ん～……、と大きく背伸《せの》びし、固まっていた筋肉をほぐすかのように、これでもかと天高く腕《うで》や身体を伸ばしている。

「元気出た。ありがとね」

なびく風を浴びつつ、笑う美咲には鬱々《うつうつ》とした気分も完全に消え去っていた。

※　※　※

翌朝。早朝から一仕事を終え、そのまま学校へと到着《とうちゃく》。

教室に入ると、何やら室内の一部分だけ人口密度が濃い。

さらには、クラスメイトたちが明らかに俺周辺の席へと注目しているではないか。

具体的には、隣の美咲の席に注目しており、集めたのか、はたまた集まったのか。美咲を中心に俺らクラスや隣クラスのリア充《じゅう》らが揃《そろ》っていた。俺の机に腰掛《こしか》けるな遠藤。

メンツを見れば、すぐに親睦会のことだと分かる。

「ごめんなさい！　やっぱり私たちのクラスだけで親睦会をやらせてほしいの！」

美咲が全身全霊《ぜんれい》を込めた謝罪に一同は戸惑《とまど》う。

同じく戸惑いを見せる加西が、

「予約人数が無理だったん？」

「ううん。そういうことじゃないの。やっぱり、入学して間もないクラスメイトの人たち同士、仲良くなろうってイベントだから」

美咲は自分の思いの丈《たけ》をリア充グループだけでなく、教室にいるクラスメイトの1人1人に語るようだった。実際、クラスメイト全員が耳を傾けている。

「もちろんAクラスの皆《みんな》とも仲良くしたいって思ってるよ？　だからさ。加西君たちとは、別の日に遊ぶじゃダメ、かな？」

もうこれ以上は分解できないほど、勘違《かんちが》いしようがないほどに、美咲が腹を割って自分の思いを語り終える。

今の話を聞いて理解できないのなら、もうどうしようもないと思う。

「え――――。別に加西らいてもいいじゃんね〜」

どうしようもない奴が出現。1人の女子が退屈《たいくつ》げにスマホをいじりつつ、甘ったるそうに言葉を吐《は》く。遠藤だ。

「昨日も思ったけど、ヒナには華梨が言ってる意味分かんないんだよね〜。別にさぁ、気が合う友達同士で楽しくできればいいじゃん」

遠藤は言葉を適当にポイポイ放り投げる。ただただ自分の言いたいことを咀嚼《そしゃく》もせず、口にするだけの簡単なお仕事です状態。

「ウチらもう高校生だよ？　お友達ごっことか、つまんないこと止《や》めよーよ」

甘ったるい声なのに言っていることは中々エグく、周りのリア充でさえも口をつぐんでしまう。それでも、お嬢様《じょうさま》気質の遠藤は気付いていないのか気にしていないのか。

「皆ー。ヒナの言ってることって間違《まちが》ってるー？」

もはや得意技。スマホから目を離《はな》した遠藤は、クラスメイトに問いかける。マスカラやアイラインがくっきりと描《えが》かれた瞳は、目力が半端《はんぱ》ない。クラスメイトたちは視線を逸《そ》らすくらいだ。案の定、教室内は静寂《せいじゃく》に包まれ、誰《だれ》しもが口をつぐむ。

1名を覗《のぞ》いて。

「……私は間違ってると思う」

静けさ漂《ただよ》う教室で間違いを主張する人物。

美咲や周りのクラスメイトたちがザワつくのも無理はない。発言主は、大人しい系女子の羽鳥だったから。変わりたいと口にするのも震《ふる》えていた羽鳥が、初めて変わろうと行動に移していた。昨日の発言を聞いた俺としては、本人がどれだけの想いで美咲の味方をしているのかを分かってしまう。

遠藤の目は笑っていない。

「んー？　英玲奈どうして？」

「比奈は楽しいかもしれないけど……、多くの人は楽しくないから」

羽鳥は何度も、遠藤の目力に屈《くっ》しそうになり首を下げようとするが、絶対に下げるものかと拳《こぶし》を握《にぎ》り締《し》める。自分の瞳にも力を入れ、遠藤を真っ直ぐ見つめ続ける。

「はいはーい！　わたしも華梨と英玲奈に賛成ー！」

倉敷も美咲や羽鳥のために立ち上がる。

「は？」と、新しい賛同者の倉敷を遠藤は睨《にら》みつける。苛立《いらだ》ちを隠《かく》すつもりは毛頭なく、自慢《じまん》のパーマがかった毛先を、指でグルグルグル……、何度もいじり続ける。

「瑠璃も……？　華梨と仲が良いからって反対するのってズルくない？」

「えー。仲が良いから反対するのも理由の1つでしょ」

倉敷は敢《あ》えて空気を読めない感じ。コイツもコイツで肝《きも》が据《す》わっている。

剣呑な雰囲気を察してか、波川が調和すべく参入。

「比奈落ち着けって。自分たちの意見を言い合ってるだけなんだから。な？」

「……」

波川がなだめ遠藤は静かになるものの、不機嫌さが直ることはない。行動や仕草の1つ1つで苛立ちを表現できるのだから役者モノである。

波川もどうしたものかと腕を組み、普段騒がしい伊刈でさえだんまりを決め込んでしまう。多くの生徒が重い空気に負けて気まずい雰囲気だ。

俺としたら、結果は出てると思うけどな。

思うからこそ、ギャラリーポジションを止《や》め、俺の席へと足を運ぶ。

時が止まったかのように周囲は固まっていただけに、1人動き出す俺へと視線が突《つ》き刺《さ》さる。美咲や羽鳥たちも俺の行動に驚《おどろ》きを隠せないようだった。

自分の席へと辿《たど》り着き、そのまま机横のフックにカバンを掛《か》けようとする。しかし、俺の机へ腰掛けている遠藤が邪魔《じゃま》で掛けられない。

俺の机にもたれる遠藤がギロッ、と睨みつけてくる。恨み辛み、ストレス、全てのマイナスな感情を俺へとぶつけてくる。何で俺だよ。伊刈だけにしとけよ。

ふわふわパーマなど逆立ちそうな勢いで、威嚇《いかく》するかのようにいつも以上に甘い匂《にお》いがキツい。実際は、間近にいるのが原因だが。

「何？」

「いや、俺の席」

「ヒナたち取り込み中だから、どっか行っててくんない？」

「いや、俺の席」

苛立ちを遠藤は隠さず、言葉を吐き捨てる。

「陰《いん》キャラのくせに」

「陰キャラは喋《しゃべ》っちゃダメなのか？　何様だよ。神かお前は」

教室内が、ざわっとした。

周りからすれば、「あ。コイツ詰《つ》んだ……」という感じだろうか。けれど、関係ない。俺には社会的地位の崩壊《ほうかい》など怖《こわ》くない。これ以上下がらなければ、誰に嫌われようが構わない。そもそも、もう詰んでる。

それがおひとり様クオリティ。

さすがの遠藤も「な、何なんお前？」とたじろぎを見せる。

「華梨たちの味方してるつもり？　何？　あはっ♪　姫宮って華梨のこと好きなの～？」

小学生かよ。

俺を見下しつつ嘲笑《ちょうしょう》を浴びせてくる。

「幹事で一緒《いっしょ》に仕事しただけで好きになっちゃったわけ？　超身の丈《ちょう》合ってないんですけど～！　ていうかチョロすぎてキモすぎ～！」

「好きで何が悪い」

「……ハ？」

遠藤だけでない。耳を傾《かたむ》けるクラスメイト全員が同じようにポカンと口を開いている。

美咲もだ。

「遠藤に比べたら、俺は美咲が好きだぞ」

恥《は》ずかしいことなど決して言ってない。それは俺の本心なのだから。

「お前さ。美咲がどんだけ必死になって親睦《しんぼく》会成功させようとしてるのか知ってんのかよ？　毎日毎日、しなくてもいいような仕事見つけては、俺は毎日毎日、無理矢理確認させられてるから知ってんだよ」

「姫宮君……」

「美咲はクラスメイト同士でもっと仲良くなってほしいって本気で思ってんだよ。今日までずっと頑張《がんば》ってきてんだよ。だから、お節介《せっかい》でウザいと思うときもそこそこあるけど、俺は美咲が嫌《きら》いじゃない。だが、お前は大嫌《だいきら》いだ。口ばっかりで文句しか言わないから」

「……っ。別にアンタみたいな陰キャに嫌われても別にいいし……！」

遠藤が「マジでキモい……！」と睨みつけてくる。甘ったるい声にドロドロと憎《にく》しみが入り、胸やけしそうな声である。

「もう萎《な》えた。親睦会つまんないっぽいし、ヒナ行かないから」

「隣《となり》クラスが来るならお前は参加するのか？」

「……はぁ？　馬鹿《ばか》じゃん？　今、その話をしてたんじゃん」

「来るんだな？」

「……？」

遠藤に馬鹿《ば》扱《かあつか》いされつつ、周りの奴《やつ》らからの視線を感じつつ、ポケットからスマホを取

り出し、ＬＩＮＥを起動。そのままに、俺の少ない友達リストから『恋野《こいの》君歌《きみか》』をタップ。

しばらくすると聞き馴染《なじ》みのある、おっとり落ち着いた声が耳へと届く。

『もしもーし。春一《はるいち》君、さっきぶりだねー』

「あ。どもです。すいません、朝の話なんですけど店長なんて言ってましたか？」

『うん♪　オッケーだってー』

「あ、じゃあ今週の土曜日の夕方に予約させてください。詳《くわ》しい時間とかは、また今日の放課後に電話か直接店に行って相談させていただければと」

『はーい♪』

恋野さんに別れを告げ、電話を切る。

遠藤やリア充たちも、さすがに俺の会話だけ聞いていても分かるだろう。

「学校近くの喫茶店《きっさてん》をセッティングしておいた。隣クラスなり他のクラスなり、二次会から呼べば問題ないんじゃないか？」

リア充たちも意外な展開にザワつきを見せる。

こんなこともあろうかと、今日の早朝、お気に入りの喫茶店ＷＥＬＬ《ウェル》に足を運び、早朝からバイト中な恋野さんに、予約について確認をお願いしてもらっていたのだ。

用事と言いつつ、朝飲んだコーヒーは中々に乙《おつ》だった。朝コーヒーにハマるかも。

「カフェというより純喫茶《じゅんきっさ》だけど、外観も内観も雰囲気のある店だから、オシャレなのは保証する。これが最大の譲歩《じょうほ》だ。これ以上何か要求するなら俺と美咲の管轄外《かんかつ》だ」

初耳な美咲へと視線を合わせると、美咲は全身から喜びが湧《わ》いているようだった。

コミュニケーションってこういうことなのかな、って思った。

「Aクラスの皆《みんな》は二次会から参加でも大丈夫《だいじょうぶ》かな？」

加西らは願ったり叶《かな》ったりだと大喜び。

未だに睨んでくる遠藤の肩《かた》に波川が手を置く。

「俺は二次会も行きたいな。比奈はどうする？」

「……行く」

降参するというより、馬鹿らしくなったように遠藤は呟《つぶや》く。

たまには伊刈も役に立つ。

「二次会に俊太郎《しゅんたろう》と比奈来るってよ！　しかも、別クラスも呼んでいいって！　これは盛り上がんべ！」

隣クラスのリア充含《じゅうふく》め、「「「おおお！」」」と大騒《おおさわ》ぎ。

全く。相変わらず、騒《さわ》がしい奴らである。

朝っぱらから多くの奴らからの注目を浴びて、俺のＳＡＮ値激減。

少しでも回復しようと、廊下《ろうか》の窓辺でボーッとしていると、

「姫宮君！」

追いかけて来たらしい美咲が目の前に。

「良かったの……？　紹介《しょうかい》してくれたお店って、姫宮君のお気に入りのお店なんだよね？」

「仕方ないだろ。直ぐ予約できて小洒落《こじゃれ》た店なんて、そこしか知らなかったんだから」

「だよね……」

無駄に罪悪感を感じている美咲を見てしまえば、さすがに気が引ける。

「……まぁ、このままだとプライベートルームが使えなくなってたかもしれないし、気にするな」

俺の言葉を聞いてキョトンとする美咲。

しばらくすれば、申し訳なさげにクスクスと笑う。

「……。何で笑うんだよ？」

「ごめんごめん。また気を遣ってくれてるなって」

コミュ力不足がこんなところでも顕著に表れるとはな……。

「姫宮君さ。「何でもかんでも人に手を差し伸べないで、ちゃんと１人１人の気持ちを考

えながら手を差し伸べてくれ」って、私に言ってくれたの覚えてる？」

「おう。初めてお前が空き教室に来た時だろ？」

「うん。今回はさ。姫宮君自らが私を助けてくれたから、すっごい嬉しかったんだ」

「……！」

不意打ち。学園アイドルであるカリン様の至近距離の笑顔に、俺の鼓動は早まるばかり。

「今回は本当にありがとね！　カッコ良かった！」

「お、おう……」

高い買い物だったか安い買い物だったかは分からない。けど、後悔はしていない。

予鈴のチャイムが鳴り、何を思ったのか美咲が俺の手を握りしめてくる。

「⁉　お、おい！」

「そろそろ戻ろっか！」

俺の手を引っ張る美咲の手は、これでもかというくらい温かかった。

美咲と教室に戻れば、

「華梨！」

扉前で待っていた羽鳥と倉敷が美咲のもとへ。語らずともといった様子で3人は見つめ合うのだが、徐々に互いの頬が緩んでいく。終いには感極まったように密着し合う。

「2人ともありがとう～！」

「もっと感謝しろ～！　おお？　珍しく英玲奈が甘えん坊だな！」

「慣れないことして緊張したから。……甘えたい」

美咲が恥ずかしがる羽鳥に一層甘えてもらおうと肌と肌を合わせれば、「なんのわたしも！」と、倉敷が2人まとめて自分のもとへと手繰り寄せる。

「「姫宮さん！」」

「……」

美咲には羽鳥と倉敷がお出迎えに対し、俺には飴屋と武智がお出迎《でむか》え。チェンジで。

チェンジは効かず、2人が俺の手を握ってくる。さっきまでゲームをしていたからか汗ばんでいる。

「姫宮さん！　俺は感動したし！　親睦会に是非《ぜひ》参加させてほしいし！」

「僕もです！　先ほどのやり取りには痺《しび》れましたよ！」

「暑苦しいから手を放してくれ」

「「スーパードライッ！」」

客人は2人だけではない。さらには波川までやって来る。

「姫宮、ありがとな」

「幹事だから気にするな」

「ははっ！　飴屋と武智が言う通り、本当に姫宮はドライだな！」

爽やかに笑う波川は、未だに騒がしいリア充たちを統制するように話しかける。

まるでゲームのエンドロール、大円団のような展開だ。

「姫宮のおかげで二次会できて良かったよな！」

波川の号令に、民衆であるリア充たちが「「「「姫宮っ！　姫宮っ！　姫宮っ！」」」」と大コール。特に伊刈がうるさい。

魔王《まおう》を討伐《とうばつ》してきた俺を国王である波川が称《たた》え、民衆たちも祀《まつ》ってくれるような。

何度も言うが、俺はただのおひとり様だから。

そんな俺がチヤホヤされている光景を美咲も微笑まし気に眺めている。

ラストシーン。波川が、いつぞや見たザイルっぽいハイタッチを求めてくる。

そして言うのだ。

「親睦会一緒に楽しもうな！」

「あー俺。幹事だけど親睦会には参加しないから」

「「「「…………………は？」」」」

民衆が一気に静まる。

「えっと……、その日は、何か大切な用事が入ってるのか？」

「おう。その日は独りでゆっくりする予定だ」

「「「「………………」」」」

ふぅ。ようやく、教室に静けさが戻って来たな。

ふと、美咲へと視線を合わせる。

周りの奴同様、いや、それ以上に残念そうな視線で俺を見つめていた。

「……おバカ」

いやいや。お前は不参加なの知ってんだろ。

# エピローグ

長かったような、あっという間だった日々が過ぎ、本日は親睦会。

もちろん俺は参加しておらず、理由は聞かれるだけ不毛だ。辞書で親睦の意味を調べろ。

土曜日にも拘《かかわ》らず、俺はプライベートルームに足を運んでいる。本当は家でゆっくりしたかったものの、妹のゆずが良からぬことをすること間違《まちが》いなしなので。

休日出勤という響《ひび》きは悪いが、暇《ひま》を潰《つぶ》すために学校に来ているだけなので特には悪い感じはしない。

時刻を確認すれば、16時過ぎ。今頃《いまごろ》は二次会の折り返しといったところだろうか。

一次会は無事終了《しゅうりょう》しただろう。欠席や保留にしていたクラスメイトも考え直してくれ、俺以外は全員参加で行われたようだし。

二次会はセッティングしただけなので詳しいことは分からない。風の噂《うわさ》では、各クラスのリア充《じゅう》たちが集まってワイワイするんだとか。三次会はカラオケだとか。

ガラガラ、と扉《とびら》が開く。

出入り口を見ても誰《だれ》もいない……？　ということはなく、視線をグイッと下げる。

「姫宮《ひめみや》君、幹事のお仕事お疲《つか》れさまでした♪」

「ども」

今日もお気に入りの黄色い風呂桶《ふろおけ》を両手に抱《かか》える天海《あまみ》先生が入って来る。

リアル休日出勤ご苦労様です。

「いかがでしたか？　幹事をやってみての感想は？」

幹事になってから今日までの２週間弱を思い返すこと数秒。

「……ふっ」

「鼻で笑うなです！」

「やっぱり独りが気楽だし、俺には独りのほうが向いているって、常々感じる２週間でしたね」

「それもまた一興です」としみじみ頷《うなず》く天海先生が、何かに気付いたように微笑《ほほえ》む。

「姫宮君は馴染めてないかもしれませんが、周りの子たちはそうでもないみたいですよ？」

「え？」

教室の出入り口前には見覚えのある２人が。

「こんばんは！」「お疲《つか》れ様」

「……出た」

私服姿の美咲《みさき》と羽鳥《はとり》が、当たり前に登場。

「親睦《しんぼく》会が終わったら、ここに入る権利はお前らにないはずだぞ」

「だったら二次会の途中《とちゅう》で抜《ぬ》け出《だ》してきたから、まだ有効期限あるよね？」

あと30分か……。

時計を見たのがバレたのか。

「アマちゃん先生！　今後も手伝う仕事があれば何でも言ってくださいね！」

「私も手伝う！」

「おい、有効期限のくだりの意味を教えろ」

「でもさ姫宮君。私たちのこと好きなんでしょ？」

美咲がニコニコしながら羽鳥の腕《うで》を摑《つか》めば、羽鳥も微笑みかけてくる。

「いや、嫌いじゃないってだけでだからな？」

「素直じゃないなー♪」「素直じゃない」

はぁ……。もはや、仕方ないと諦《あきら》めるしかないか……。

この短い期間でコイツら2人のことは、それなりに理解した。こうなると折れん。

「勝手にしろ」と美咲と羽鳥に言えば、2人は笑顔のまま各々の椅子《いす》へと座る。

人間関係って本当に面倒《めんどう》だし、難しいなとつくづく思う。果たして俺は、今後も平穏無事なおひとり様人生を守り続けることができるだろうか……。

すすった缶《かん》コーヒーをこれほどまでに苦いと思ったことはない。

# あとがき

初めましての方は初めまして、お久しぶりの方はお久しぶりです。凪木《なぎき》エコです。

テンプレ丸出しの挨拶《あいさつ》で恐縮《きょうしゅく》ですが、愛嬌《あいきょう》ということでお許しください。許してんご。

クソうぜー挨拶はもうしませんので、振《ふ》り上げた拳《こぶし》は下げてんご。

無限ループ。

冗談《じょうだん》はさておき。めでたく新作である『お前ら、おひとり様の俺のこと好きすぎだろ。』を発売までこぎつけることができました。

正直言いますと、あとがきを書いている今でさえ、「本当に店に並ぶんですか？　マ……？」というくらい紆余曲折《うよきょくせつ》しつつ完成させました。一転、二転、どころか、伸身《しんしん》ユルチェンコ3回半ひねりするくらい、今作品は担当さんと話し合いました。

苦労と結果は必ずしも結びつくとは限りませんが、1人でも多くの方に楽しんで頂ければ幸いです。すごい聖人君子っぽいこと言いましたが、今、タリーズで「隣《となり》のマダムらウルセー」と思いながら、あとがき書いてます。コーヒーうめー。

突然《とつぜん》ですが、皆《みな》さんは春一《はるいち》派でしょうか？　華梨《かりん》派でしょうか？

ざっくり言えば、独りが好きか、皆《みんな》と一緒《いっしょ》が好きか。

この本を手に取ったということは、春一派の人が多いかな？　と勝手に思い込んでいます。「既読《きどく》スルーとか真顔でやっちゃうような非道な人たちなんでしょ？」と、片肘《かたひじ》で皆さんをつつきたくなります。片肘ちぎろうとするの止《や》めてください。

僕は春一派閥《はばつ》です。独り好きなのに派閥と言うのもおかしな話ですが。

昔から協調性がないんです。興味のない話だと全く聞いてなかったり、行きたくないイベント事は「行かない」って首を横に振ったり。友達との高校最後の旅行も、「スノボー？　寒いからパス」と断るくらい人間味が溢《あふ》れているクソガキ仕様。

こんな僕を理解してくれる友達やパイセンがいるのですから、不思議なもんです。

とはいえ、僕が好きだと胸を張って言える人たちも欠陥《けっかん》を抱《かか》えているアウトレットな奴《やつ》らが多いです。何なら、俺よりアンタらのが訳アリ商品だろと言えるくらい（笑）。

独り好きなくせに友達と遊んでんじゃねーかと、ツッコまれるかもですが、何事も塩梅《あんばい》、比率が大事かなと。前作のあとがきでも同じようなことを語ったのですが、僕は独りの時間が８、皆と一緒の時間が２くらいが一番落ち着きます。

自分が楽しい、気楽に過ごせる黄金比率は人それぞれだと思います。

別に春一のように『独り』に極振《ぶ》りでも、パリピのように『皆と一緒』に極振りでも、それが自分の黄金比率というのなら構わないと思います。ですが、現状の比率がベストじゃない方は頑張《がんば》って黄金比率を探してみてください。

特に学生さん。今送ってる青春時代は貴重でっせ。ファイト。

ここからは謝辞を。

担当さん。今回は前作以上にご協力及《およ》び、ご迷惑《めいわく》をお掛《か》けしてしまい、ただただ頭が上がりません。これ以上の失態が死に繋《つな》がるのは重々承知ですので、死力の限りを尽《つ》くしていきます。でも死にたくないです。

イラストレーターのあゆま紗由《さゆ》さん。華梨たちの可愛らしいイラストの数々には感無量の一言に尽きます……！　春一の冷めている感じはイメージピッタリで、画面でうんうん、頷《うなず》いてしまいました。精進していきますので、今後ともよろしくお願いします。

最後はもちろん読者様。本作品を手に取っていただき、ありがとうございます。重ねて御礼《おれい》申し上げます。

それでは皆さん、２巻でお会いできればと！　それでは！

凪木エコ

お便りはこちらまで

〒一〇二―八〇七八
ファンタジア文庫編集部気付
凪木エコ（様）宛
あゆま紗由（様）宛

富士見ファンタジア文庫

# お前《まえ》ら、おひとり様《さま》の俺《おれ》のこと好《す》きすぎだろ。

平成30年8月20日　初版発行

著者――凪木《なぎき》エコ

発行者――三坂泰二

発　行――株式会社KADOKAWA
〒102-8177
東京都千代田区富士見2-13-3
0570-002-301（ナビダイヤル）

印刷所――暁印刷

製本所――BBC



※定価はカバーに表示してあります。
KADOKAWA　カスタマーサポート
［電話］0570-002-301（土日祝日を除く11時～17時）
［WEB］https://www.kadokawa.co.jp/（「お問い合わせ」へお進みください）
※製造不良品につきましては上記窓口にて承ります。
※記述・収録内容を超えるご質問にはお答えできない場合があります。
※サポートは日本国内に限らせていただきます。

ISBN978-4-04-072818-6 C0193

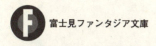

ファンタジア文庫
俺が好きなのは妹だけど妹じゃない
OREGASUKINANOHA IMOUTODAKEDOIMOUTOJYANAI
永見祐《なかみゆう》
涼花の兄。夢はラノベ作家だが書く小説は一次選考止まり。涼花の代わりにラノベ作家としてデビューする。
1~6巻好評発売中!

美少女で、成績優秀、生徒会長も務める中学三年生の妹——永見涼花。 そんな妹がラノベ大賞を受賞!? しかもその小説のタイトルは『お兄ちゃんのことが好きすぎて困ってしまう妹の物語です。』だと!? おまえ、俺にはいつも冷たいのに……。さらにラノベを知らない妹から相談を受けた兄の俺が涼花の代わりにラノベ作家としてデビューすることになり!? 素直になれない妹と兄がラノベでつながるラブコメディ!

**永見涼花《なかみすずか》**

祐に想いを寄せる妹。日々、書いていた兄と妹のイチャイチャ妄想小説がラノベ大賞を受賞してしまう。

# 兄を好きな妹は・・・フィクションじゃ・・・ありません!

著：恵比須清司　イラスト：ぎん太郎

大冒険!?
ポータ
旅商人で癒やし役
大好真々子《おおすきままこ》
真人の母親
大好真人《おおすきまさと》
ゲーム世界に
転送された勇者
ワイズ
賢者なのに
残念な子
1〜5巻
好評発売中!
ファンタジア文庫

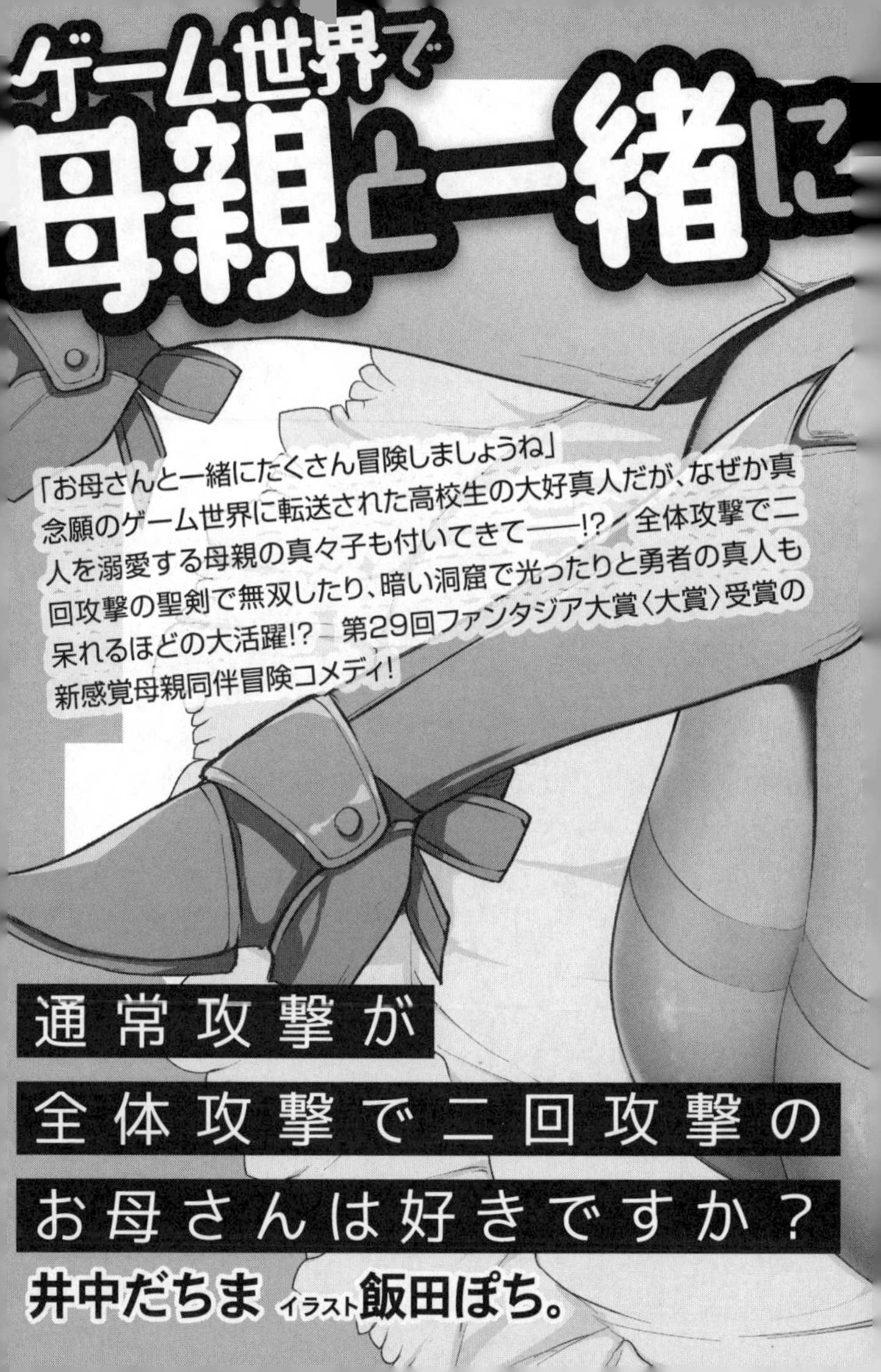
ゲーム世界で母親と一緒に
「お母さんと一緒にたくさん冒険しましょうね」
念願のゲーム世界に転送された高校生の大好真人だが、なぜか真
人を溺愛する母親の真々子も付いてきて——!? 全体攻撃で二
回攻撃の聖剣で無双したり、暗い洞窟で光ったりと勇者の真人も
呆れるほどの大活躍!? 第29回ファンタジア大賞〈大賞〉受賞の
新感覚母親同伴冒険コメディ!
通常攻撃が
全体攻撃で二回攻撃の
お母さんは好きですか？
井中だちま イラスト飯田ぽち。

第32回
切り拓け！キミだけの王道
ファンタジア大賞
原稿募集中！
あなたの小説でドキドキさせてね？
〈大賞〉300万円
〈金賞〉50万円
〈銀賞〉30万円
〈前期〉締め切り
2018年8月末日
選考委員
葵せきな「ゲーマーズ！」
×
石踏一榮「ハイスクールD×D」
×
橘公司「デート・ア・ライブ」
×
ファンタジア文庫編集長
応募の詳細は大賞WEBサイトにて！
https://www.fantasiataisho.com/
イラスト：みやま零